メディアワークス文庫

黒狼王と白銀の贄姫 1
辺境の地で最愛を育む

高岡未来

JN075532

これまでの物語

義姉《ぎし》の身代わりとして辺境の国オストロムの
「黒狼王」のもとに嫁いできた、薄幸の王女エデル。
蛮族の王と恐れられていた青年王オルティウスは、
エデルの優しく健気な心根に触れ、
彼女を貶めようとする者たちから守り抜く。
幼い頃に生き別れた母親との再会、
息子フォルティスへの押しかけ花嫁騒動。
様々な困難を乗り越えたエデルは王妃としての立場を
少しずつ、だが着実に自覚し始めていた。
これは、偽りの結婚で始まった二人が、
幸せを育む物語。

C H A R A C T E R S

オストロム王国

エデル
西の国ゼルスから政略結婚で嫁いできた王女。

オルティウス
オストロムの青年王。
「黒狼王」と渾名される。

フォルティス
エデルとオルティウスの息子。

ミルテア
王太后。カリヴェナ出身。

リンテ
オルティウスの妹。

ルベルム
リンテの双子の弟。

アルーツェ
新米侍女。マレノ家の養女。

ゲレメク卿
軍馬の育成で名高い領主。

レスラフ
ゲレメク卿の息子。

カリヴェナ王国

デトレフ
末の王子。ミルテアの甥。

フェレン・ロートレイツ卿
前国王の弟。ミルテアの叔父。

デニシューカ
ミルテアの末の妹。

目　次

プロローグ

もう間もなく年が暮れようかという最後の月、この頃になるとイプスニカ城の中であっても場所によっては吐く息が白い。

冬特有の重たい灰色の空を見上げれば、夏の澄んだ碧《あお》い空が懐かしくなる。

もしかしたら今日は雪がちらつくかもしれない。生まれた時から北国に住まうエデルの、経験と勘によるものだ。

「面《おもて》を上げなさい」

女官長の声に従い、小広間に集められていた娘たちが一斉に顔を前へ向けた。

最年少は十代中頃に達したばかりであろうか。まだあどけなさを残した年若い娘たちである。

「あなた方は本日より、こちらにいらっしゃいますエデルツィーア王妃殿下並びにミルテア王太后殿下、そしてリンテ殿下のいずれかの御方《おかた》に仕えることになります。あなた方を送り出した領主方の顔に泥を塗ることがないよう、誠心誠意お仕えなさい」

ヤニシーク夫人の言葉ののち、横一列に並んだ娘たちは腰を落とし礼を取った。

部屋の奥に配された椅子に着席するエデルは彼女たちに声をかける。

「まずはルクスへの長旅ご苦労でした。そして急な要請にもかかわらず、あなた方を送り出してくれた各領主に感謝します。皆の忠誠と忠義の心を、わたくしはしかとこの目で見届けました。これからよろしくお願いしますね」

王妃の柔らかな声は、娘たちの緊張を僅かながら解《ほぐ》したのだろう。少なくない娘たちの顔からこわばりが抜ける。

彼女たちはオストロム北側、主にクライドゥス海沿岸を含む土地を治める領主の娘だ。

近頃、西側の商業自治都市の動きがきな臭くなっていた。

豊富な資金力で王とも対等に渡り合う彼らではあるが、どの国にも属さずにその都市内の自治を行う彼らを苦々しく思う王たちが存在するのも事実。

彼らの勢力争いの余波を受けぬため、オルティウスは沿岸部を治める領主たちに触れを出した。

それは「王家に仕える侍女をイプスニカ城に遣わせよ」というもの。

商業自治都市勢力が同盟を維持するために港を有する各国の領主たちに接触し、自分たちの側につけ、自治をもぎ取れなどと唆《そそのか》す事例が複数散見されるとの情報を得たため、甘言《かんげん》に乗るなという牽制《けんせい》を込めたのだ。

王の召致に対する返書には、全て「是」と書かれてあった。

召致された娘は総勢十人。彼女たちは今後エデルとミルテア、リンテに仕える女官たちの下に付き、まずは集団生活と城の生活に慣れていくことになる。

領主たちの忠誠に報いるためにも彼女たちをしっかり預からなければ。少女たちの緊張を帯びた表情を前にエデルは決意する。

「ではこれより一人ずつ名前を読み上げます。まず、ダヌーシェ・プラシル――」

ヤニシーク夫人の声に合わせ各領主の娘たちが一人ずつ礼を取っていく。

「――次に、アルーツェ・マレノ」

「あなた、アルーツェといったかしら……」

ヤニシーク夫人の声を遮ったのは、隣に座るミルテアであった。

王太后から話しかけられた娘は目を白黒させたまま微動だにしない。それはそうだろう。まさか最初の謁見《えっけん》で王族から声をかけられるなど、想像もしていなかったに違いないのだから。

ヤニシーク夫人に促されマレノ家の娘、アルーツェが頭を下げつつ「はい」と答えた。

ミルテアは進行の流れを止めてしまったことに今更気付いたようだ。

「あなたの髪色が……わたくしに似ていたものだから珍しくて」

「わたくしは、正確にはマレノ家の養女なのです。本当の父は現当主の弟で、母は外国人でした。二人共わたしが赤ん坊の頃に亡くなったため、伯父上が引き取ってくださました」

アルーツェの説明には感傷めいたものは乗っていなかった。すでに消化している事柄なのだろう。

エデルはそっとミルテアを窺《うかが》った。

アルーツェを見つめる彼女の眼差《まなざ》しは、どこか不可解だった。一瞬だけ現れたのは驚愕《きょうがく》の色。だがそれもすぐに消えてしまう。遠方の土地を治める領主一族と昔関わりでもあったのだろうか。

「話の腰を折ってしまいましたね。ヤニシーク夫人、続けなさい」

その声は平素と変わらない落ち着きを取り戻していた。


年の瀬の慌ただしい季節に侍女の仲間入りを果たした娘たちの最初の仕事は、城内の生活様式に慣れることもそうだが、新しい年を迎えるための準備を手伝うことである。主《あるじ》のドレスや調度品の点検や点呼。領主へ今年一年を労《ねぎら》うカードの準備に室内の片づけなど。この季節特有の仕事も多くある。

エデルの主な役割はこれらの割り振りをヤニシーク夫人と相談し、彼女を通して指示を出すことである。

右も左も分からなかった結婚当初とは違い三回目となる今年は、それぞれの得手不得手《えてふえて》を考慮し誰にどの程度の裁量を与えるかを決定した。

また忙《せわ》しない年末に一息つけるように、皆で魔除《まよ》けの飾りを作ることを提案した。新人侍女たちが早くイプスニカ城に慣れるようにとの思いもあった。

「今日は皆との交流が目的ですから、肩の力を抜いて思い思いの魔除けの飾りを作りましょうね」

暖炉の火がくべられた温かな室内にいるのはエデルとリンテ、それから二人の侍女たちだ。

この時季は大きな催しもないため、イプスニカ城はどこか寂しい。その代わりにこうして近しい者たちとゆったりとした時間を過ごすことができる。

「長い夜が続く季節に、外から悪いものが入ってこないように、って飾るのが魔除け飾りでしょう。だったら、ここにある材料を全部組み合わせれば、最強のリースができあがるのではないかしら」

「それは確かに……」

「あ、でも用意されているリボンを全部巻きつけると、色の大洪水になっちゃう。うーん、どうしよう」

「リボンの色の組み合わせを変えたリースをいくつか作ってみましょう」

王妃と王妹《おうまい》が臨席するのだ。

机の上には乾燥させたハーブや香辛料、輪切りの柑橘類《かんきつるい》がふんだんに置かれている。

それから彩《いろど》りを加えるリボンや魔除けの謂《いわ》れのある葉や木の実なども。

さすがに木の枝を編み込むところから始めては時間がかかりすぎるので、土台となるリースや燭台《しょくだい》飾りは出来合いのものが用意されているが。

「ねえ、あなたはこっちの赤と青どちらがいいと思う？」

最初は委縮していた新米侍女たちであったが、リンテが率先して相談を投げかけるうちに肩から力が抜けていったようで、それぞれリースや燭台飾りを完成させていく。

次に取りかかるのは香り袋だ。

ドレスやリボンを仕立てる際に出た余り生地を組み合わせて袋を縫う。

「今年はアマディウス使節団がやって来たり、お義姉様《ねえさま》たちがヴェシュエ使節団を迎えるために出かけたり、色々なことがありましたね」

「そういえば、二つとも一年の間に起こったことだったわね」

「盛りだくさんな一年でしたね」

ちくちくと針を動かしながらおしゃべりに興じる。

「アマディウス使節団が到着した港は、マレノ家の領地にあったのでしたね」

エデルは新米侍女の一人、アルーツェ・マレノに話しかけた。

マレノ家は北部沿岸を治める領主の中で一番大きな港を持っており、オルティウスが今回の件でその動向を一番注視していた。

そのため彼女は、最初から王妃付きになることが決まっていた。

「は、はい。使節団を出迎えるためにお越しになられたステイスカ卿《きょう》が我が家に滞在なさいました」

「マレノ家の協力には感謝しています」

「いいえ、我が家の方こそ王家の皆様方のお役に立てたこと、大変嬉《うれ》しく存じます。また、ハロンシュ枢機《すうき》卿《きょう》より説教をいただく機会もちょうだいしまして……」

と、ここまで話したアルーツェが口を中途半端に開いたまま、顔から血の気《け》を引かせた。彼が罪を犯したことと、その後破門になり刑に処されたことを思い出したのだろう。

「到着した時は、まさか彼が罪人だとは考えもしなかったでしょう。わたしの方こそ、変に気を使わせてしまいましたね」

「いいえ、滅相もございません。あの時は同行する修道女の皆さんがルクスへ赴くのを、遠い旅路だな、としか考えていませんでした。けれども実際に馬車で七日以上旅してみて、オストロムがいかに広い国であるのかを実感することができました」

「わたしも今年初めてこの国を旅しました。地域によって食も文化も建物も随分と違うのだということを学びました」

そこから話題は彼女たちの故郷の話になった。

エデルとリンテ付きになった新米侍女は総勢七人。同じテーブルに座る彼女たちが順番に話す領地の景色に耳を傾ける。

皆、大小の差はあれど港を有している。交易を行う港を持っているのはマレノ家ともうあと三家だ。他は領民が漁を行うための港を持つのみだ。

海に近いため食卓に魚がのぼる機会も多くある。ルクスに届くニシンといえば燻製《くんせい》や塩漬けだが、港近くでは獲《と》れたてを焼いて食べるのだそうだ。

「せっかく魔除けの飾りや香り袋を作っているのですから、実家に送ってはどうでしょう。一度陛下から各家に手紙を送る予定だと聞いています。一緒に運んでもらえるよう頼んでみますね」

「よろしいのですか？」

エデルの提案に一人の娘がぱっと顔を輝かせる。まだ十代中頃のリンテに近い年の娘だ。歳《とし》が近く気が合うだろうとリンテ付きの侍女兼話し相手に選ばれていた。

やはり単身王都での生活となると、同じ立場の仲間が複数いるとはいえ心細かったのだろう。実家の領地はルクスから遠いこともあり、両親が王都を訪れる機会は年に一度か二度。事情があればその間隔はさらに開く。

場の空気が一気に明るくなる。

「じゃあわたしとお義姉様とで、皆にあげる香り袋を作りませんか？　ルベルムが相手じゃ張り合いがないなあって思っていたの」

正直なリンテに思わず笑みを零《こぼ》してしまった。

故郷の話と香り袋を家族へ送付できるかもしれないことによって郷愁の念に駆られたのか、それぞれ近くに座る者同士が家族の話題に花を咲かせながら針を動かす。

エデルは今年もオルティウスに贈るつもりだ。初めて贈った時のことを思い出せば、胸の中に甘やかな感情が蘇《よみがえ》る。

香り袋を渡す際「今年一年側《そば》にいてくれてありがとう」と目を細めて感謝の言葉を伝えてくれるから、エデルも同じものを返すのだ。

（そうだわ、フォーナへの手紙にも同封しようかしら）

香り袋と一緒にリースももう一つ作って同封しようか。などと友人の顔を思い浮かべていると、誰かが発した「可愛《かわい》いチャームね。お母様の形見なの？」という言葉を拾った。

興味を惹《ひ》かれたエデルは声の方へ視線を向ける。

「ええ。わたしは母の顔は覚えていないけれど、これを身に着けていると母が側にいてくれるような気がして」

そう言って首から銀の鎖を取り出しているのはアルーツェだった。鎖には小指の爪ほどの大きさの銀色のチャームがついている。馬蹄《ばてい》や鍵など、古くから幸運を呼び込むと信じられている意匠である。

「外国で作られた物かしら？」

「きっとそう。わたしの母はオストロム人ではなかったから。それにね、結構小さな傷がついているの。きっと、母がずっと持ち歩いていたものだと思う」

「そういうの、いいわね。わたしも小さな頃にお祖母様《ばあさま》からブローチを譲っていただいたの。いつか娘が生まれたら贈りたいわ」

「まあ、あなたったら気が早いわね。それとも、誰か気になる人でもできたの？」

「ステイスカ卿に優しい言葉をかけられたって、言っていたものね」

「あ、あれは単なる挨拶よ！」

「皆、妃殿下もいらっしゃるのですよ」

高い声を出した侍女にぴしゃりと言ったのはユリエである。うっかり侍女部屋での会話になりつつあった彼女たちがぴたりと口を噤《つぐ》んだ。

その後は適度な声量で雑談をしつつ、それぞれが香り袋を仕上げた。

そのさなか、リンテがエデルにこっそり言った。

「ガリューったら、相変わらずね」と。

曖昧に微笑《ほほえ》むことしかできないエデルであった。

第一章

一

それは年が明けた二番目の月のこと。北のクライドゥス海を経由し、とある宝石商がイプスニカ城を訪れた。

宝石商は依頼状を手にしていた。書状にしたためられていたのは前オストロム国王の名であった。

「お父様がわたしのために……宝石を？」

「ああ。父上はリンテの社交デビューを何年も前から考えていたのだそうだ。おまえに相応《ふさわ》しい宝石をと、ここにいる商人たちに大陸中を探させていた」

にわかには信じられないという風情で発言したリンテに対し、オルティウスがあっさり肯定した。

城に数ある応接間でのやり取りである。

エデルは漆黒の天鵞絨《ビロード》の上に乗せられた数多《あまた》もの宝石たちに目をやった。

エメラルドやラピスラズリ、ルビー、サファイア、ダイヤモンドなど、王族の目に触れるに相応しい深みのある色と美しい輝きを有している。

ミルテアとリンテが呼ばれたこの場にエデルが同席しているのは「おまえと一緒の方がリンテも素直に宝石を選ぶだろう」というオルティウスなりの思惑があってのこと。

「父上の意向を受け、商人たちはこうして最上の品々をイプスニカ城へ持参した。リンテ、どれでも好きなものを選ぶといい。父上の、おまえを想《おも》う心だ」

「わたしを……」

父を思い出すオルティウスの声はどこか柔らかである。

エデルは前国王と対面したことはない。この国に嫁した時、彼はすでに故人であった。肖像画で出会ったオルティウスの父は、黒髪に青い瞳を持った偉丈夫《いじょうふ》だった。髭《ひげ》を蓄え前を見据えるその眼差しは冷厳で、どこかオルティウスに似ていた。

民の前では威厳ある王も、家庭では娘の成長を願う父であった。

「私はこれで席を外す」

「あ……」

立ち上がったオルティウスに対し、まだ話を受け止めきれないのか、リンテが思わずといった風に声を出す。

「エデル、おまえも何か見繕ってはどうだ？　私が選ぶとおまえの瞳に似たものばかりになってしまう。たまには違う色の宝飾品が欲しいだろう」

「はい。ありがとうございます」

側に座るリンテを気にしながら、エデルは微笑《ほほえ》み礼を言った。

オルティウスが退出したのち、同席する女官を介して商人が各宝石の来歴を披露する。

遠く海を隔てた別の大陸で産出された大きなエメラルドは、夏の濃い緑色を思い出させる。深い紅色のルビーは十年に一度産出するかどうかというほどの一品であるとのこと。どの宝石たちも独自の輝きを有しており、眺めるだけでも心が華やぐ。

「本当にお父様がご依頼なさったの？」

リンテがぽつりと零した。

「ええ。もちろんです。わたくしもこちらの商人が持参した依頼状に目を通しました。確かに亡き陛下の筆跡でしたし、城にも同じ文書の写しと購買記録が保管されていました」

ミルテアが即座に答えた。

リンテが僅かに表情を歪《ゆが》めた。傷付いたようにも悔しいようにも見えるそれを、エデルは見逃さなかった。

「あなたのお父様は、あなたが立派な淑女になる日を心待ちにしていたのです。何年も前から、あなたの社交デビューを飾るに相応しい宝石を探させていたのですよ」

「わたし……好きな宝石などないもの。お母様が決めたらいいいんだわ」

「リンテ」

投げやりな声を出す娘に対し、母の声がにわかに低くなる。

「お父様のお気持ちをないがしろにするのですか？」

「そうじゃないわ。でも、まだ十四歳なのに、こんな……こんなことを言われても実感が湧かないもの」

「まだ、ではありません。もう十四歳なのです——」

娘の態度に小言を繰り出そうとしたミルテアだったが、商人たちの存在を思い出したのか口を閉ざした。

一方彼らは居心地が悪そうに視線を揺らす。

大人の仲間入りに心を浮足立たせる娘の前に宝石を持参すれば、大抵の場合瞳を輝かせるのであろう。戸惑い尻込みをする場面など、そうはないに違いない。

「リンテ、あなたの好きな色は？　逆に普段からあまり身に着けない色はどれかしら」

エデルは親子が静かになった隙に話しかけた。

せっかく商人が遠路はるばるルクスを訪問したのだ。気乗りしないのは仕方ないが、興味の赴くままに宝石を選んでみたら案外気になるものが出てくるかもしれない。

エデルのとりなしにリンテはようやく宝石たちに目を向けた。

「あまり女の子らしい明るい色は苦手だわ。でも、この蛋白石《オパール》は面白いと思う」

リンテがやっと宝石に興味を示したことで、商人の顔に安堵《あんど》の色が浮かび上がった。商人は女官を通して、この蛋白石《オパール》がどれほど遠い場所からオストロムへ来たのかを語り始めた。

リンテは蛋白石が辿《たど》った旅路に熱心に耳を傾ける。

そこから興味を惹かれたのか、リンテが別の色の宝石を指し示し「これはどこから来たの？」と尋ねた。

他大陸で産出した宝石は船で運ばれ、大陸の果てで産出したものは商隊列で運ばれ、商人の手元へやって来た。

それらを聞き終えたリンテが改めて宝石たちを眺める。

「みんな、遠くから長い旅をしてきたのね。ねえ、この蛋白石を手に取ってみてもいいかしら？」

リンテが女官を介して尋ねた。

商人が天鵞絨《ビロード》の布を取り出し銀の盆に敷く。その上に乗せられた蛋白石がリンテの前に差し出される。白い蛋白石は光の加減で七色に光って見える。

「わたし、これがいいわ」

リンテの宣言に商人が喜色《きしょく》を浮かべる。

彼らは内心不安に思ってもいたのだろう。目当ての品々を探すさなか、依頼主が崩御《ほうぎょ》した。手付金として代金の何割かの先払いは受けたが、購買契約そのものをなかったことにされたら、と。

オルティウスは父に仕えていた侍従長や書記官長を集め、依頼状の真偽を確認した上でリンテと商人を会わせることにしたのだ。

さて、リンテの次はエデルだとばかりに商人たちの期待が向けられる。

先ほどオルティウスは、エデルにも買い物をするよう求めていた。であるならば、ここは遠慮をしてはいけない場面だ。

「お義母様《かあさま》も何か選んではいかがでしょうか」

私的な場であるため、エデルはミルテアに先を譲った。

「わたくしはのちほど選びます。もう少し落ち着いた色味で小ぶりなものがいいかしら。そう目立っても仕方がありませんし」

並べられているのは若い娘が心を躍らせそうな大粒で明るい色の宝石が多い。

ミルテアの意向を汲《く》んだ商人が「もちろんそのような品も用意してございます」と頭を下げる。

買い物の順番が決まったため、エデルは漆黒の天鵞絨の上に並べられた宝石たちを眺めた。

（これは王妃の役目でもあるのだから、しっかり選ばないと。やっぱりリンテに言った通り、わたしも好きな色で選んだ方がいいのかしら？）

前王の願いを叶《かな》えるべく遠路はるばるルクスを訪れた商人への労いの意味やオストロムの財政が安定していることを示すためにも、この場でエデルが宝石を購入する意義は大きい。

もともと物欲というものをあまり持ち合わせていない。いざ買い物をとなっても、どれを選ぶべきなのか。

色の洪水で溺れそうになるエデルだったが、自然と目が吸い寄せられたのは深い色の青い宝石たち。

「その蒼玉《そうぎょく》は、元はさる高貴なる女性が愛したものだという来歴がございます」

エデルの視線を追った商人が品物の説明を始める。産出したばかりの宝石だけではなく、元は誰かの所有物だった品も含まれているようだ。

大粒の宝石はその数が圧倒的に少ない。

そのため大粒で希少な宝石ほど名がつき、代々の購買記録も残りやすいのだという。

「この青い石はとても美しいですね」

ひときわ目を引いたのは深い青色のラピスラズリ。楕円形《だえんけい》に削られ研磨されたそれに吸い寄せられる。オルティウスの瞳を彷彿《ほうふつ》とさせるような色合いだった。

王妃の意を受けた女官が購入の意思を商人に告げる。

「さすがはオストロムの王妃殿下にございます。こちらのラピスラズリは、滅多にお目にかかれぬほど深い色を有しておりまして、最上級の品でございます」

「このような珍しい品々を遠路はるばるルクスまで運んでくれたことを嬉しく思います。よい買い物をすることができました」

エデルはふわりと微笑んだ。

一見すると和やかな商談の席である。

だが、内心たらりと冷や汗が流れた。彼は最上級の品と言ったけれど、値段はいかほどだろう。予算は大丈夫なのだろうか。一番お高い品物を引き当ててしまったのでは。

などと、頭の中でぐるぐる不安が回り始める。

(で、でも、そもそも王家へ持参する宝石だもの。ここにある宝石たち全部が同じような値段のはず……だわ)

つまりはどの宝石を選んでも一定の値段はするのだ。

そう結論付けたが、買い物に慣れるにはまだまだ時間がかかりそうだと思った。

二

数日後の午後、エデルはイプスニカ城内のとある回廊へ向かった。壁には数多くの肖像画が掛けられている。代々の王族やそれに近しい者たちだ。

ここに昨日一枚の絵が加わったためオルティウスから誘われ見学しに来たのだが、己の肖像画というのは何枚目であっても見慣れない。

「オルティウス様、あまりじっと見つめないでください……」

「俺は美術に関しては門外漢だが、いい出来だと思う」

真正面から褒め言葉をいただき赤面してしまう。いや、これは画家への賞賛である。そう思うことにする。

折に触れ家族の肖像画を描《か》かせることは、エデルたちのような身分の人間にとってはごく当たり前のことだ。

この肖像画はヴェシュエとの文化交流の一環として、かの国から遣わされた画家によって描かれた。フォルティスを抱くエデルという構図で、絵画の中の息子のぱちりとした瞳が愛らしく思わず頬を緩める。

「やはりエデルの細密画も描かせるべきだったか……」

という夫の声が漏れ聞こえて、エデルは無性に逃げ出したくなった。なんだかとっても恥ずかしくなったのだ。

（そうだわ……、せっかくだからあの絵を観《み》ておこう）

オルティウスからそっと離れ向かったのは回廊沿いの小部屋。壁面にはやはり絵画が飾られている。ここにはオルティウスの即位直後に描かれた騎乗姿の絵画が掛けられており、エデルのお気に入りであった。

「あら……、リンテ？」

「お義姉様」

室内には先客がいた。

供もつけずにリンテがぽつんと佇《たたず》んでいたのは、唇を引き結んだ壮年の男性の肖像画の前。リンテの父である先代のオストロム国王である。

「お父様は……」

小さな声が聞こえてきた。

「お父様はわたしの夢をずっと応援してくれていたのだと思っていたのに……。どうして宝石を探させたのかしら」

父の絵姿を見上げるリンテの横顔はどこか苦しげで、父の前に立てば答えが落ちてくるとでもいうように一点を見つめ続ける。

「……きっと、お父様なりのお考えがあったのだと思うわ」

エデルはそれだけ言うのがやっとであった。

「わたしが騎士になりたいと言った時、お父様は喜んでくださったわ。それでこそオストロムの女だって」

リンテはぽつぽつと幼い頃の思い出を語った。

初めて見た父の訓練姿が目に焼きついて離れなかった。馬に乗る父の姿が格好いいと手を叩《たた》いて喜んだ。父は破顔してリンテを抱き上げてくれた。

「わたしも馬に乗りたいとねだったら、栗毛色《くりげいろ》の馬を贈ってくれたの。剣の稽古だってつけてくれたわ。わたし、とても嬉しかった」

エデルはそれらの思い出話に耳を傾ける。

肖像画の中では威厳を醸し出すように硬い表情で胸を張る先代国王だが、リンテにとっては優しい父であったのだろう。

「わたし……、まだ大人になりたくない」

リンテが引き絞るように心の声を口にした。

エデルはどう返すのが正解か分からずに伸ばしかけた手を中途半端な場所で止めた。

「おまえの気質がオストロムの伝統的な女性らしいことは俺も知っている。だが、社交デビューはすでに決まったことだ」

空気を割るように声を響かせたのはオルティウスであった。いつの間にか入室していたらしい。

「母上がおまえから剣稽古を取り上げないのは、そのあたりのことに気を使っているからだろう」

「でもお母様は、どこかの王族や貴族たちのお嫁さん候補としてわたしを売り込みたいのよ」

リンテはそれだけ言うと、顔を俯《うつむ》かせ部屋から出て行ってしまった。

エデルの側を通り過ぎる彼女とは随分と身長差が埋まっていた。出会った当初、髪の毛を左右に分けて耳よりも高い位置で結わえていたリンテは、最近では娘らしく髪の一部を結い上げ背中に流すことの方が多くなった。

春を迎えれば、エデルがオストロムに嫁してきて丸三年が経過する。改めて月日の経過を実感する。

「……悪い。失敗した」

嘆息交じりの謝罪が落ちてきた。

「リンテが戸惑う気持ちも分かるのです。変化は誰にでも訪れます。ただ……、受け入れるにはまだ時間がかかるのでしょう」

「難しい年頃だな。母上も扱いに手を焼いていると聞いている」

「まだ心がついてこない。そのように思います」

大人になることを強要されることへの反発。それから未知なる世界への畏怖。きっと様々な感情を抱え、持て余しているのだろう。

「母上にとって今年の宴《うたげ》は子育ての集大成なのだろう。年が明ける前から双子たちが大人の仲間入りをする宴の準備に奔走している」

「国内外へ多くの招待状を出したのだとか」

「ああ。俺も招待状の送付目録には目を通した。社交デビューの先輩としてリンテにアドバイスの一つでもしてやろうと考えていたんだが……。これ以上何か言ってさらに機嫌を損ねでもしたら、本気で母上から怒られるな」

オルティウスがぼやいた。どうやらミルテアとも大分親子らしくなったようだ。

「先にルベルムへアドバイスをするのはいかがでしょう?」

「そうだな。そうしておくか」

エデルは出て行ったリンテに想いを馳《は》せる。己にできることは少ないのかもしれない。でも、あなたは一人ではない。そう伝えたいと思った。

三

日差しの中に薄《うっす》らと春を感じるようになった頃、二か月ほど前に購入した宝石の加工が完了し、完成品が城へ届けられた。

「とてもきれい……」

エデルの口から思わず感嘆のため息と声が漏れたのも無理はない。

優美な曲線を描いた金細工は、花や蝶《ちょう》のモチーフになっていて、一番大きなラピスラズリを引き立たせるように左右に複数の貴石が並んでいる。

「この首飾りに合わせるのでしたら、髪飾りも同系色で合わせられてはいかがでしょうか」

ユリエが嬉々《きき》としてテーブルの上に置かれた箱から複数の髪飾りを取り出した。

室内には今日届いたばかりの宝飾品に合わせるために、城の奥から運んできた王家所有の宝石たちが数多く並べられている。

歴代の王妃が買い求めたものや輿入《こしい》れの際に持参したもの、外国の使者から献上されたものなど来歴は様々だ。おそらくエデルが婚姻の際に持参した品も含まれていると思われる。

ユリエに負けじとリンテ付きの女官が箱から目当てのものを取り出した。

「リンテ様の蛋白石《オパール》の首飾りでしたら、こちらの耳飾りを合わせてみてはいかがでしょうか」

「エデル様、ラピスラズリがお気に召しましたのなら、こちらの目録に書かれてあるブローチや鎖紐《くさりひも》はいかがでしょうか」

「リンテ様、このルビーの髪留めも素敵ですよ」

「もう。この体は一つしかないのよ。どれもこれも全部は無理よ」

エデルは侍女たちのこのような盛り上がりに慣れていたが、リンテは割と早く我慢が尽きた。

リンテは小さく、「お母様の入れ知恵ね」と呟《つぶや》く。

実はその通りのため、エデルは苦笑いを浮かべるしかない。美しいものを眺めれば娘がその気になるのではないか。そうミルテアが考えたのである。

「今年の舞踏会はこのラピスラズリに合わせてご衣裳《いしょう》を作られてはいかがでしょうか」

ユリエは主人を飾り立てたくて仕方がないようだ。

「次の舞踏会の主役はリンテとルベルムだもの。リンテのドレスの色が決まってから相談しましょう」

「ドレスの色は……お母様が今相談している最中で」

そう答えるリンテはこの手の方面については未《いま》だに消極的なようだ。

「方々からたくさんの絹地を取り寄せて、服地商を開けるのではないかしらってくらいの量なのよ」

リンテが苦々しく呟くその台詞《せりふ》も侍女たちからしたら羨《うらや》む光景でしかない。数人がうっとりしたため息を漏らした。

「それはそうと、あなたたちも舞踏会には出席するのでしょう？」

「はい。国王陛下のご厚情により、出席をお許しくださいました」

「あなたたちだって領主の娘なのだもの。資格はあるわ。そうね……、せっかくだし、当日身に着ける何かを貸してあげるわ。あんまり大きい石がついたものはだめだと思うけれど、このあたりの品々なら大丈夫だと思う」

リンテが今思いついたとばかりに放った言葉に対し、侍女たちが色めき立った。

しかし、すぐに同席するエデルの顔色を窺い始める。

多くの期待の目を向けられたエデルは、しばし考えたのち頷《うなず》いた。

「リンテの言った通り、この箱に収められている品であれば問題はないでしょう。一人一点まで、紛失を防ぐために目録と照らし合わせることができる貸出記録をきちんとつけること。これを徹底してください」

彼女たちがイプスニカ城に出仕を始めて早数か月。多少の息抜きがあってもいいだろう。

王妃の許しが出たため、侍女たちは恐る恐るという風情で指定された宝石箱の中身を覗《のぞ》き始める。一人が遠慮がちに手に取れば、すぐに数人が後に続く。

彼女たちの様子を眺めながらリンテが呟いた。

「皆嬉しそう。わたしだって宝石を眺めることが嫌いではないのよ。きれいなものはきれいだってちゃんと思っているし、男の子の格好がしたいとか、そういうわけじゃないの。だけど、あんな風に熱心に宝飾品やドレスを選ぶのが苦手というか、着られれば特にこだわりがないというか……」

「性質は人それぞれだもの。わたしも自分だけで選ぶのは得意ではないから、ユリエたちに助けられているわ」

「でも、お義姉様はお兄様の瞳と同じ色がお好きなんですよね？」

「そ、それは……」

エデルは目を泳がせた。その通りなのだが、指摘をされると恥ずかしい。

「わたしもいつか……そうやって好きなものを増やしていくことができるのかしら」

それは独り言のような呟きだった。

「随分と賑《にぎ》やかですね」

「王太后殿下！」

娘の様子を見に来たのだろう、ミルテアの登場に侍女たちがぴたりと口を噤み静止する。

近くの女官よりことの次第を聞いた彼女は、柔和に瞳を細め「そういうことならわたくしには構わないで選んでしまいなさい」と促した。

安堵の色を宿した侍女たちは宝飾品選びを再開する。

（わたしも長い間、自分の好みなど分からなかった。でも、オルティウス様に出会って青い色が好きになった）

きっとリンテも様々な出会いや経験を通して、好きなものを増やしていくのだろう。

楽しげな声に触発されたのか、リンテが侍女たちに交じって宝飾品を手に取り始める。

遠慮がちな侍女の一人に「あなたはこういうのが似合いそう」と意見を言う。

そのような娘の様子に安心したのか、ミルテアが輪の外側にいるアルーツェに声をかける。

「あなたは選ばないの？」

「わたしは彼女たちよりも年上なので、最後でいいかなと考えています」

「そういえば、十九歳なのだったわね」

「覚えていてくださって畏《おそ》れ多いです」

アルーツェが目を丸くする。

ミルテアが茶色の瞳を細め、テーブルの上の宝飾品に指を乗せる。

「懐かしいわ。わたくしには二人の妹がいたから……嫁ぐ前もこうして侍女たちを交えて宝石箱をひっくり返して、髪飾りや首飾りを何度も着けては外してを繰り返した」

「仲の良い姉妹だったのですね」

「ええ。天真爛漫《てんしんらんまん》で可愛らしい妹だった」

ミルテアがアルーツェに目を向けふわりと微笑んだ。手に取ったのは緑色のブローチ。四つ葉を模しており、小粒のエメラルドがはめ込まれている。

それを、彼女の胸元へあてがった。

「アルーツェに似合いそうね」

ミルテアはそう言ってもう一度微笑んだ。

エデルは、何とはなしに眺めていたその光景が妙に目に焼きついた。娘に向ける愛情と似た柔らかさを感じ取ったからかもしれない。

四

同じ日の夜、エデルはできあがった首飾りをオルティウスに見せた。

「おまえが青い色を選んでくれたというのが嬉しい。首飾りだけとは言わずに指輪でも髪飾りでも好きなものを何でも作ればいい」

「お城にはすでにたくさんの宝石がありますし、まだ買い物には慣れないのです」

「浪費が激しすぎるのは問題だが、エデルはもっと使ってもいいくらいだと城の金庫番が言っていたぞ」

オルティウスがくすりと笑った。

彼はエデルがラピスラズリを選んだのだと知らされた時から上機嫌だ。理由は言わずもがな、その双眸《そうぼう》と同じ色をエデルが求めたから。

「今、おまえの首に着けてみてもいいか?」

エデルが頷くとオルティウスが首飾りを手に持ち後ろに回った。背中に彼の気配を感じる。何かくすぐったい。どうしてだろうと考えれば、夫に首飾りを着けてもらうのが初めてなことに思い至る。

うなじにオルティウスの指が触れる。思わず漏らしそうになった吐息を必死に堪えた。

「できたぞ」

こちらの動揺は気付かれなかったようだ。

オルティウスがエデルの正面に移動し、鎖骨付近に視線を留め、じっくり眺める。その熱い眼差しに胸の奥がちりちりと焼かれてしまう。

「美しいな」

短い感想は、けれども彼の本心であることが十分に感じられて、頬にじわじわと熱が集まるのを止められない。

褒められたことへの照れ隠しに、エデルは口を開いた。

「今回ラピスラズリの購入を決めたのはわたし自身なのですが、心の中の臆病なわたしが、大変な買い物をしてしまったのではと。そうドキドキもしていたのです」

それは今日この首飾りを初めて身に着け、姿見の前に立った時に感じたこと。

「ですが、姿見の前でわたしは自然と背筋が伸びました。この輝きに負けないくらいの自分になりたいと。そう思えたのです。その時初めて思いました。きっと、背伸びをすることも時には必要なのでしょう。それに相応しい自分になりたいと律することができるから」

エデルは首元で輝くラピスラズリをそっと撫《な》でた。これはエデル自身が惹かれ購入を決めた宝石《もの》。

この首飾りが認めてくれるような自分でありたい。

もしかしたら歴代の王家の人々も同じような思いを持って宝石を求めたのかもしれない。それを身に纏《まと》うに相応しい威厳や気品を身に着けたいと。

「この気持ちを忘れずにいたいのです」

そう誓ったエデルを愛《いと》おしむようにオルティウスが額に触れた。

「おまえは本当に愛らしいな」

「え？」

「青い宝石を前にそのような宣誓をされれば、俺には愛の告白にしか聞こえない」

「それは……あの……、はい。わたしはオルティウス様のお側にずっとお仕えしたいのです」

思わぬ方向へ解釈されたが、この輝きに相応しくありたいということは、つまりはそういうことでもあるのだ。

照れながら頬を緩めたエデルをオルティウスが抱き上げた。

そのまま寝台の上に仰向けに寝かされる。

「俺の色を纏うおまえを今日はこのまま抱きたい」

「オルティウス様。だ、だめですよ？」

芸術品とも見紛《みまが》う品である。夫婦の営みのさなかに傷をつけては、末代まで逸話として語り継がれるかもしれない。それだけは止めなくては。

「仕方がない。冗談ということにしておこう」

エデルの声から本気加減を推し量ったのか、オルティウスがくすくす笑いながら敷布《しきふ》と背中の間に手を入れて起こしてくれた。

「リンテのもとにもできあがった品が届いたのだろう？　あれは喜んでいたか？」

「まだ消化できないものもあるようですが、同じ年頃の侍女たちに影響を受けたのか、随分と前向きになっていました」

「父というのも難しいものだな。きっと父上はリンテの気質を好ましく思っていた。ただ、それが全てというわけではなく、大人の世界に仲間入りをする娘が惨めな思いをしないように、できることをしてあげたかったのだろう」

オルティウスが嘆息した。

彼自身子を持つ身になったからこそ、亡き父の想いに寄り添えるのだろう。

エデルだってフォルティスが大人の仲間入りを果たす時、自分にできることは何だってしてやりたいと思っている。

それが彼の好みに合うかどうかは別だが、母の想いとしてはまずやれることは全てやりたいのだ。

そのような気持ちを抱く一方、リンテが自身の夢と現実との間で折り合いをつけられない姿を見れば、彼女の側に立ち、寄り添いたくなる。

「そういえば、カリヴェナ王国から返書が届いたと聞きました」

オルティウスが首飾りを外した。途端に首元が軽くなる。

「ああ。双子の社交デビューの夜会に合わせて俺の従弟《いとこ》がこの国を訪れるそうだ。会うのは初めてだな」

「従兄弟《いとこ》とはいえ、互いに王の子供同士ですと簡単には会えませんものね」

カリヴェナ王国とはミルテアの生国《しょうごく》である。オストロムの南に位置する隣国で、かの国との間には東西にステーラエ山脈が連なっており、それが国境の役目を果たしている。

現在のカリヴェナ王がミルテアの長兄《ちょうけい》で、複数いる息子のうち、末の王子デトレフが使者として発《た》つのだとオルティウスが補足した。

「手紙といえば、ロドヴィク家からも届いたと聞いたが」

「そうなのです。フォーナから嬉しい報《しら》せが届いたのです」

エデルはパッと明るい顔を作った。

フォーナ・ロドヴィクは、エデルが初めて得た友人である。

王都とエゲルッツ地方と、互いに離れた場所に住まうため、やり取りは手紙だ。

内容はもっぱら夫婦円満を目指す妻の会の活動内容について。夫のどこにときめいたのかを披露し合ったり、こういう癒《いや》し方はどうだろうという提案をしたりしている。

「実はですね……」

エデルはオルティウスの耳元へ顔を寄せ、吉報を口にする。

それを受けて彼が破顔した。

「エルヴェンに第一子が誕生するとなれば、家臣や領民たちの喜びもひとしおだろう」

「胎動が確認できるまで確実ではないとの前置きが書かれてありましたが、医者曰《いわ》くほぼ間違いないだろう、と。手紙に書かれてある体調の変化には、わたしも思い至ることがあります。ですので今年は大事を取りイプスニカ城へはロドヴィク卿一人で登城するそうです。身重での長距離の移動は体に負荷がかかりますから」

「今が大事な時期だ。その方がいいだろう」

領主は毎年春から夏の時季に王へ謁見するためルクスを訪れる。この時、妻や子たちを帯同することも多く、王都は一気に華やかさを増す。

エルヴェンは代替わり後に起こった水害の対処に忙殺されていたこともあり、イプスニカ城への登城がまだであった。

また、昨秋オストロムを訪れたヴェシュエ使節団の一人、ボーアス・コリスが起こした事件では領民の一部がその策略に加担した。

この件でエルヴェンは冬の間の謹慎と課徴金の支払いを命じられていた。謹慎が開けたため登城し、王への忠誠を改めて示さなければ揚げ足を取られる可能性もある。

「ロドヴィク卿が登城しましたら、フォーナのために滋養のつく食材を託そうと思います。ああでもタセリは交易が盛んですから、すでに色々と購入しているかもしれませんね」

「こういうのはエデルが夫人のために何かしてやりたいと思う気持ちが大事だと思うぞ。だからおまえがつわりの時に重宝《ちょうほう》したものなどを選び集めればいいのではないか？」

オルティウスが横に座ったエデルを引き寄せた。

彼の言葉に背中を押してもらい、やる気がむくりと湧き起こる。さっそく頭の中でいくつか候補を上げる。

（オルティウス様が取り寄せてくださった乾燥させた柑橘類はつわりのさなかでも口にできたし、生姜《しょうが》もすっきりしたわ）

程度の差はあれど、フォーナもつわりで物を口にできなくなるかもしれない。自分の経験が役に立てば嬉しい。

「エデル」

ふと、名前を呼ばれた。

すぐ近くにオルティウスの端整な顔があった。彼と目が合う。大好きな青い瞳にじっと見つめられると、胸の奥が切なく戦慄《わなな》いた。

この瞳に魅せられて青い色が大好きになった。

「オルティウス様」

唇に彼の名を乗せる時、いつも胸の奥に甘やかな色が広がる。

二人の間を隔てる僅かな距離を、エデルの方から詰める。

唇同士が触れ合った。

驚いたのかオルティウスは微動だにしない。一度離れたあと、もう一度エデルから唇を重ねた。今度は長く。いつも彼がしてくれているみたいに。

心臓の音が漏れ聞こえてしまいそう。

エデルから触れたことに対してオルティウスは驚いていたようだったが、いつの間にか主導権を奪還する。

白銀の髪に彼の指が絡まった。ぐっと引き寄せられ、深まった口付けに吐息ごと呑《の》み込《こ》まれる。くぐもった吐息の合間に暖炉の薪《まき》が爆《は》ぜる音が聞こえた。

赤々と燃える炎が、重なり合った二人の影を浮かび上がらせる。

「驚いた。もしかして、これも夫婦円満の秘訣《ひけつ》とやらか？」

口腔《こうこう》内をたっぷり愛《め》でたオルティウスが囁《ささや》いた。

「はい。わたしから……するのは……お嫌でしたか？」

「いや。嬉しかった」

「ずっと機会を窺っていたのです。ですが、どうにも恥ずかしくって」

「もしかして、ロドヴィク夫人の手紙に勇気づけられたのか？」

エデルはこくりと頷いた。

『時には妻の方が積極的になるのも夫婦円満の秘訣なのです』と手紙で教えてくれたのはフォーナだ。どれだけあなたのことが好きなのか言葉ではなく態度でも表せば、もっともっと仲良くなれるはず。そう締めくくられていた。

「はい。フォーナがロドヴィク卿と仲睦《なかむつ》まじく過ごしているのだと思ったら、わたしも頑張らなければと」

「切磋《せっさ》琢磨《たくま》というやつか」

オルティウスが機嫌よく肩を揺らす。

「では、ロドヴィク夫妻に負けないよう、俺たちも仲良く過ごそう」

「オルティウス様ったら」

茶目っ気を出した夫に瞳を覗《のぞ》き込《こ》まれたエデルはゆるりと彼の背中に腕を回した。

五

それから十日ほど経過した日のこと。

エデルはオルティウスと共に双子と相対《あいたい》していた。

オルティウスが自身の社交デビューの思い出話をルベルムに話し、それを受けて今日はガリューとヴィオスも含めた四人に話があるのだそうだ。

侍従たちが退出したのを見計らい、改まった口調で切り出したのはルベルムだ。

「今年は僕とリンテの社交デビューの年です。初めての夜会で僕たちが誰とダンスを踊るのか。きっと大勢の者たちが関心しているでしょう。すでに母上のもとには多くの推薦状が届いているそうです」

「一応俺のもとにも届いている。最近どの場に顔を見せてもさりげなく縁者の娘の自慢話をされる」

オルティウスの話を隣で聞きながら、エデルも内心頷く。

近頃の刺繡《ししゅう》の会は以前にも増してぴりぴりした空気に覆われている。

先日久しぶりに出席したのだが、誰か一人が発言をすると即座に誰かが牽制をするのだ。皆刺繍そっちのけで、どうにかしてミルテアに自身を売り込もうと必死であった。

「僕たちの社交デビューです。兄上は先日、事前に誰とダンスを踊るのか根回しを行ったのだと僕に教えてくれました」

「それをルベルムから聞いて、わたしたちも自分たちで考えてみました」

「最初はおまえたち二人で踊るつもりなのだろう？」

「もちろんです。僕たちは双子なので、そこを利用させてもらいます」

問題は次からだとばかりにルベルムが唇を舐《な》めた。

「恐れながら兄上、二番目のダンスのお相手に義姉上《あねうえ》へ申し込むことを許していただきたく存じます」

ルベルムが兄から許しをもらうべく、がばりと頭を下げた。

思いがけず指名されたエデルは目をぱちくりとさせた。

大抵の舞踏会でエデルは最初の二曲目までをオルティウスと踊っていた。三曲目からはその時々で変わる。たまにガリューやヴィオスと踊ることもあるし、先王の時代からの忠臣と踊ることもある。

いくら練習しても一定以上ダンスの腕前が上達しないエデルにとって、オルティウス以外と踊る場合、常に緊張を強いられる。

（絶対に足を踏まないように気をつけよう）

結婚して丸三年が経《た》つ国王夫妻のダンスへの注目度はさして高くもないが、ルベルムは今年が夜会デビューである。

緊張ですでに胃がキリキリ痛み始めるが、大切な義弟の頼みだ。頑張らなければ。

「分かった。二曲目にエデルと踊るのは妥当な線だろう」

「ありがとうございます！」

頷くオルティウスに向けて、ルベルムがもう一度大きく頭を下げた。

近くに座るガリューが忍び笑いを漏らしている。どうしたというのだろうか。

「それで。リンテはどうする？」

「わたしはステイスカ卿に頼めればと思います」

「なるほど。三番目はヴィオスに頼むのか？」

「いいえ。レイニーク卿には頼みません」

リンテがきっぱりと言った。

話の流れからして、彼女はオルティウスの側近二人にダンスの相手を頼むのだろうと思っていたのだが。

「どうしてだ？」

「ステイスカ卿は普段から多くの女性と仲がいいので、わたしと二番目に踊っても人々は気に留めないと思います。でも、真面目一辺倒なレイニーク卿とわたしが三番目に踊れば、人々はその選択肢も有りかと思うに違いありません。お兄様が側近に妹を嫁がせる話が独り歩きしてしまう懸念があります。よってお兄様の近衛《このえ》騎士隊長へもお願いはしません」

リンテの見解に大人四人が黙り込む。

「よく観察しているな」

彼女なりの観察眼が発揮された台詞に最初に噴き出したのはオルティウスだ。

見ればヴィオスの肩も微《かす》かに揺れている。

「普段から浮名を流しているガリューならば、王妹とのダンスもただの社交辞令だと人々は受け取るだろうと踏んだのか」

オルティウスが側近二人に視線をやった。

それを受けてガリューが口を開く。

「リンテ殿下のダンスのお相手をお務めできること光栄に存じます」

「よろしくお願いします」

リンテがにこりと笑った。

三番目のダンスの相手は、諸侯の中の重鎮もしくは王立軍総帥《そうすい》夫妻にお願いできればという双子の意見を汲んだ側近二人が選定と打診を請け負うことになり、この場は解散となった。

ルベルムが寄宿舎へ戻る姿を見送ったのち、エデルとリンテは話があると留め置かれた。どうしたのだろうと二人で顔を見合わせる。

オルティウスから告げられたのはリンテへの視察の打診であった。

「ゲレメク家への訪問……ですか？」

「かの家は軍馬の育成で名高いのはご存じでしょう。乗馬を趣味にするリンテ殿下の招《しょう》請《せい》を願う書簡が陛下宛に届きました」

仔細《しさい》を話すのはヴィオスだ。

乗馬という言葉にリンテがぴくりと反応する。

「表向きは軍馬牧場の見学とのことですが、ミルテア王太后殿下が近隣諸国の王族や貴族に舞踏会の招待状を送りましたゆえ、その前に息子を紹介したいのだという意図もあるのでしょう」

感情を交えることなく続けられる内容に、リンテの頬からだんだんと血の気が引いていく。

「すでに母上の許可は取ってある。ゲレメク卿の息子は現在十五歳だそうだ。王立軍の寄宿舎で三年過ごしたのち、領地の騎士団で鍛錬を続けているのだと聞いている。卿としては、息子とリンテを自然に顔合わせさせたいのだろう。現時点でそれ以上の思惑はないようだ」

エデルはゲレメク家の仔細を記憶から引っ張り出した。

ゲレメク家の歴史は古い。建国前の遊牧時代に遡《さかのぼ》り、国としてまとめ上げた当時の王への忠誠を誓った一族の長《おさ》の血を継いでいる。

(確か、領地はルクスから見て西南で……領内にはカリヴェナ王国へと続く主街道を持っているはずだったわ)

ヴィオスの補足によると、ルクスからは馬車で二日ほどの距離だそうだ。

今回の件はミルテアに対して国内諸侯の存在も忘れることがないように、という牽制もあるのかもしれないと、エデルは憶測した。

「俺が即位した時点で、おまえやルベルムに臣下の籍を与えることもできた。多忙な王の代わりに各地の視察を行う王族も存在する故《ゆえ》、リンテの請待《しょうたい》もそう礼に反したことにはならないと考えているのだろう」

オルティウスがミルテアの許可を取りつけた時点でこれは決定事項だ。

兄の説明を聞き終え、たっぷり数十秒沈黙したのち、リンテが乾ききった唇を舐めた。

「……軍馬牧場の見学ということでしたら……、ルベルムが一緒でもよろしいのではないでしょうか。ゲレメク卿の息子とわたしたちが同世代なのでしたら、ルベルムと話が合うと思います」

「その案は母上から却下されている。リンテのことだからルベルムを連れて行けば弟とばかり話をするだろうとの見解だ。母上が同伴してはどうかと話を振ってみたが、これも拒否された。母が一緒では育つものも育たないと」

「……」

さすがは母親である。娘の行動も考えもお見通しのようだ。

「とはいえ、リンテ一人を遣わすことを母上も案じていた。そこでだエデル。おまえも一緒に行ってみてはどうだ？」

「わたし……ですか？」

思わぬ提案に中途半端に口が開いてしまった。

兄の言が信じられぬのであろう。リンテもエデルと同じように目を丸くしている。

突然の指名にまだ頭がついていかない。リンテと二人きりということは、当然オルテイウスとは離れることになる。

「全行程で五日から七日ほど城を空けることになります。そう遠くない距離ですし、御《お》二方《ふたかた》にとっては、国内を視察するいい機会となりましょう。また、王族御二方を請待できたとあれば、ゲレメク家へ恩を売ることもできます」

ヴィオスの補足を聞きながらエデルは思考を巡らせる。ここで古い歴史を持つ家に対して貸しを作っておきたいのかもしれないと。

オルティウスが望むのであればエデルはその意を汲み動くだけだ。

「かしこまりました。陛下のご期待に沿えるよう全力を尽くします」

王妃として依頼を承ったことを示すように、エデルはゆっくりと頭を下げた。

六

急遽《きゆうきよ》イプスニカ城を空けることになったが、去年一度経験しているため女官や侍女たちは手際よく準備を進めてくれた。

エデルはリンテと共に持参する衣装や宝飾品を選び、随行者として名を連ねることになったヴィオスからゲレメク家及び近隣の家々や過去の王家との関わり合いを学んだ。

出発を明日に控えた夜、国王夫妻の寝室ではフォルティスのはしゃぐ高い声が響いていた。

「はーは、うっ……」

独り歩きを始めて数か月。フォルティスはまだ眠くないと主張するかのように室内をぱたぱたと駆けまわる。

フォルティスがドンッとエデルの膝辺りに飛び込むのを迎え、ぎゅうと抱きしめる。

しかし、息子はすぐに母から離れ、きゃっきゃと楽しそうに室内を駆ける。

フォルティスともしばらく会えなくなる。また一緒に眠りたいと願い出るとオルティウスは前回同様、快諾してくれた。

「ティース、そろそろ眠る準備をしましょうね」

「やあ」

最近のフォルティスは自我が芽生えてきたのか、大人の言うことに対して首を横に振りたがる。乳母やミルテアによると、程度の差はあれ大抵の子供が通る道とのことだ。

「もう少しだけよ」

「はーはぅ……え」

きゃあきゃあと、高い声を出しながらフォルティスが再びエデルに突進する。

普段はあまり構ってやれないため、甘えたいというのもあるのだろう。

その後オルティウスも加わりフォルティスと一緒に遊んだ。

両親にたくさん構ってもらいご満悦の息子は全力を出し切ったのち、こてんと眠ってしまった。振り幅が大きい。

オルティウスがフォルティスを寝台の上に寝かせ、その両側に夫婦が横たわる。

「ふふ。さっきまで夜の間中走り回るのかもしれないって思うほど元気だったのに」

「すっかり熟睡しているな」

「どんな夢を見ているのかしら」

「夢の中でも思い切り遊んでいるのかもしれないな」

すうすうと眠る愛息は今のところ大きな病を得ることもなく健やかに成長をしている。子の成長を見守れることはなんと幸せなことだろう。

愛らしい寝顔を見つめる傍らで、オルティウスが身を起こす気配を感じ取った。

「明日からしばらくの間、離れ離れになるな」

蠟燭《ろうそく》の明かりがオルティウスの顔を照らす。

嘆息交じりの声には寂しさと切なさが含まれていた。

準備に追われる日々の中でそのことを意識的に考えないようにしてきた。今回エデルの隣にオルティウスはいない。それを思うと不安が蔓《つる》となり足元に絡みつくようでもあったから。

オルティウスがこちらに向けて腕を伸ばす。エデルは身を起こし彼の方へ上半身を寄せた。

「正直に言えば……俺はおまえを目の届かない場所へやりたくはない」

伸ばされた手のひらがエデルの頬の上を滑る。

「だが、おまえは俺の妻である前にオストロムの王妃だ。これは俺への試練でもあるな。

妻の独り立ちを見守ってこそ良き夫だという」

王と夫との間で揺れるオルティウスの心の葛藤を表した言葉であった。

エデルはいつもこの手に守られてきた。正直に言えば心細い。

エデル自身で判断するべきことが多く発生するだろう。王妃としてゲレメク卿と渡り合えるのか。もしも途中で何か予期せぬ出来事に遭遇したら。考え始めるとたくさんの事柄が頭の中に浮かび、途端に胸の鼓動が速くなる。

それでもオルティウスがエデルを信じて送り出すというのなら。

これはエデルにとっても新たな挑戦。いつまでも夫に守られているばかりではいけないから。自身の成長のためにも、一歩を踏み出す時だ。

「緊張していないと言えば……嘘《うそ》になります。けれども、オルティウス様はわたしを信頼してリンテを託してくれました。わたしはその期待に応えたいです」

エデルはオルティウスの瞳をまっすぐ見つめた。

オルティウスの指がエデルの唇をそっとなぞった。優しく辿るその感触にぞくりとする。

来いと言われているようにも思え、エデルはフォルティスを起こさないようにオルティウスの側へと寄った。すると彼の両腕の中に閉じ込められる。

「エデルの体温が側にない寝台はひどく寒く感じるのだろうな」

「わたしもあなたの腕の中で目覚められないのだと思うと寂しいです」

彼の香りに包まれる。ここが世界で一番安心する場所。その胸にそっと頬を寄せる。

大丈夫。この温《ぬく》もりを覚えていられるから、わたしは頑張れる。

「リンテのことを頼んだ。あれはまだ大人になりきれていない。今回、おまえから学ぶことが多くあるだろう」

「はい」

もう一度「エデル」と名を呼ばれ、顔を上げると同時に口付けが落ちてきた。

七

王妃と王妹を乗せた馬車は特筆する問題が起こることもなく、森や野原を抜け順調に進んだ。

一行が進むこの主街道はいずれは南の隣国カリヴェナへと続くそうだ。

カリヴェナ王国とは東西に連なるステーラエ山脈が実質国境の役目を果たしている。

複数か国に跨《また》るこの山脈には峠に沿うように複数の街道が設けられ、南北への人と物の行き来を可能にしている。

　山へと向かうためこれから徐々に標高が高くなっていくそうだ。

ルクスを出立し三日目、エデルら一行はゲレメク卿が住まうグラーノ城へ入った。

　崖の上に建てられたこの城の歴史は建国時まで遡る。崖の下を川が流れ、川に守られるように街が作られている。この辺りを流れる川は全てステーラエ山脈が水源だ。

　ゲレメク卿は黒髪に灰青色《かいせいしょく》の瞳を持つ四十前後の男である。彼には四人の息子がおり、長男のレスラフのみ、最初の挨拶時同席を許されリンテと対面した。

　滞在日数は二日と短いため、到着早々に牧場見学と相成《あいな》る。

　彼が治める街の外に広がる草原を馬車で進めば、黒や茶の点がいくつも目視できた。柵の中で悠々と過ごす馬たちである。

　草原の中心に建つ小館にて昼食を供されたのち、リンテとレスラフが外へ向かった。エデルは館内にて留守番である。

「この地で育つ馬たちは皆賢く、よく訓練されているのだと陛下から聞き及びました」

　エデルは同席するゲレメク夫妻に話しかけた。

「オストロム人の由来は騎馬民族でございます。王家の直轄領でも馬の育成が行われておりますでしょう。そのような中、我が領をお心に留めてくださるとは恐悦《きょうえつ》至極《しごく》に存じます」

王の評に破顔したゲレメク卿は滔々《とうとう》とこの地における馬の育成について語り始めた。馬は何も生まれた頃から人を乗せることに慣れているわけではない。時間をかけた訓練が必要なのである。

エデルはなるほどと相槌《あいづち》を打ちながらゲレメク卿の話に耳を傾けた。

「昨年のレゼクネ宮殿ではリンテ殿下が楽しそうに馬を走らせる姿を拝見いたしました」

話題が切り替わる。彼の主題はここからが本番なのだろう。

「昨年の夏は複数の領主の娘たちがレゼクネ宮殿周辺に滞在しました。彼女たちとの交流はリンテにとって印象深かったようです。今でも手紙のやり取りをしているのだと聞いています」

「乗馬がお好きとのお噂《うわさ》を聞き及んでおりましたので、我が息子を紹介させていただきたかったのですが……。その隙すらないほど仲睦まじい様子でございました」

エデルはふわりとした微笑みを顔に張りつけつつ、供された銀の杯《さかずき》に口をつけた。中身は温めた山羊《やぎ》の乳だ。香りづけに蒸留酒が数滴垂らされている。あまり酒は嗜《たしな》まないことを伝え聞いているのだろう。

ここには助けてくれる誰かは存在しない。落ち着いた態度を崩さないよう心がける。

「リンテ殿下は前王陛下のご息女でございます。初めての娘ということもあり、前王陛下はそれはもうリンテ殿下を可愛がっておいでてございました。それこそ掌中《しょうちゅう》の珠《たま》のように、大事にされていらっしゃいましたよ」

「わたくしも時折、リンテから前王陛下との思い出話を聞く機会があります」

「前王陛下から折につけてリンテ殿下のお話を拝聴していたゆえでしょうか。畏れ多いことにリンテ殿下のご成長を我がごとのように感じるようになっておりました」

ゲレメク卿が灰青色の瞳を細めた。

前王を通してリンテの成長を喜ばしく思う心に嘘偽りはないように思えた。

「リンテ殿下の気質は聞き及んでおります。殿下にとってどのような選択が最良なのか、前王陛下の深い愛情を知り得た身としては、つい我がごとのように憂慮してしまうのです」

彼は前王との思い出話を口にしたにすぎない。

臣下の身で前王の姫の降嫁を願い出るのは、よほどの功績でもない限り褒められた行為ではない。

まだ建国間もない頃、オストロム王家に生まれた姫たちは有力諸侯に嫁いだ。国をまとめるには縁戚関係を作るのが手っ取り早い。ゲレメク家にも過去王家の娘が嫁いでいる。

今回も過去と同じことを。そう望んでいるのだろうとオルティウスたちは踏んでいるのだが、ゲレメク卿はそう性急にことを動かそうとは考えていないようだ。

彼はエデルに自身が前王に信頼を寄せられていたことを伝えるに留《とど》めた。

であれば、こちらから踏み込む必要はない。

「ゲレメク卿の心遣いに前国王陛下も謝意をお持ちになられていることでしょう」

「口うるさい男だと思われていなければ良いのですが」

苦笑を漏らしたゲレメク卿の目じりに皺《しわ》が寄った。

八

紹介された少年は幼さの中に青年期への入口へ差しかかったような不均衡さを同居させていた。歳はリンテよりも一つ上の十五歳。黒髪は太陽の日差しの下だと栗色《くりいろ》にも見えた。

（背はルベルムよりも高いけれど、肩幅はヴィオスよりもまだ華奢《きゃしゃ》だったわ）

リンテは春というにはまだ空気が冷たい空の下、牧場内を案内してくれたゲレメク家の嫡男レスラフと身近な人々を比べてみる。そういえばルベルム以外で歳の近しい男の子と話をするのが初めてだったことに気がついた。

「リンテ、休憩中にお邪魔をしてごめんなさい。今少しいいかしら？」

室内着に着替え、用意されていたお菓子を摘《つま》んでいたリンテのもとを訪れたのはエデルであった。

「わざわざお義姉様がこちらに来なくてもわたしが向かったのに」

「ううん、こっちの部屋からの眺めはどんな風なのかなって気になっていたから」

エデルがふわりと微笑んだ。本来であればリンテを呼び寄せる身分であるのに、彼女は労力を厭《いと》わないどころか、こちらにまで気を使ってくれる。

（オストロム人は元々機動性が豊かで、お兄様も割とご自分で出歩かれるから似てきたのかも？）

元々騎馬民族であったオストロム人は室内に閉じこもるよりも体を動かすことを好む傾向にある。先々代国王の妃《きさき》もしょっちゅう民のもとに降《くだ》り、何なら問題が起こると王よりも先に城を飛び出したなどという逸話が残っているくらいだ。

とはいえ、ヴィオスのように時間があれば書庫に閉じこもる者もいるし、西方諸国の文化に染まりつつある者もいる。気質も考え方も千差万別だ。それは分かっているのだが。

「どうしたの？　牧場で何か気になることでもあった？」

「ううん。何でもないの。ずっと馬車での移動が続いて体がかちこちに固まっていたでしょう。今日馬に乗せてもらえて楽しかったわ」

どうやら無意識に眉根を寄せていたらしい。リンテは慌てて弾んだ声を出した。

「疲れていない？」

「ん、へーき」

エデルと二人きりのため自然と言葉が砕ける。

「レスラフとは……、その、仲良く……なれそう？」

「表面上は、まあ……。わたしだって一応王家の娘だもの。こういう機会がこれから嫌というほど巡ってくるのでしょう？」

「それは……」

ちょっぴり意地悪な返し方をしたらエデルが顔に苦笑を張りつけ黙り込んでしまった。

（うっ……。お義姉様を困らせたいわけじゃないのに）

むしろエデルは板挟みになっているのだろう。リンテがこの優しい義姉に本音を垂れ流してしまうから。

母からは「ゲレメク卿はこの短い旅程の期間中に核心的なことは言わないでしょうから、あなたは知らぬ顔で視察をするに留めなさい」と言われている。

どうやらリンテを安売りするつもりはなく、単なる予行演習だと考えているようだ。

当然である。まだ社交デビューすら終えていないのだから。

けれども見学と称して嫡男のレスラフと二人で牧場へ放り出されたのだから（もちろんお互いにお付きの者はいるが）、ゲレメク卿が腹の中で何を期待しているのかは一目瞭然。父から栄誉ある役目を任されたとばかりに張り切っていたレスラフはといえば。

（わたしのことを褒めているようで「女性にしては」なあんていう枕詞《まくらことば》をつけてくれちゃったけれど）

そうなのだ。牧場見学の終盤、リンテは賢そうな瞳と美しい筋肉を持つ栗毛色の牝馬《ひんば》に乗る機会を得た。彼女は初めての相手に気を悪くするでもなくリンテの言うことをよく聞き、さらにはもっと速く走れるよとばかりに時折鼻をぶるりと震わせた。

今日初めてコンビを組んだのにもかかわらず、さらりと馬を乗りこなすリンテへレスラフはこう言ったのだ。

「驚きました。リンテ殿下は女性にしては勘が良いのですね」

きっと無意識に出た言葉だったのだろう。もしくは所詮は女のお遊び程度だと思われていたのか。

「あら、物足りないくらいよ。この子ももっと走りたそう」

だからリンテはつい澄ました声を出してしまった。確かに自分はイプスニカ城の奥で育てられた姫には違いないが、父王は最高の教師をつけてくれた。領主の息子風情に侮られる存在ではない。そう示したくなった。

「明日はレスラフがグラーノ城近辺の野原を案内してくれるのでしょう?」

「大丈夫、上手《うま》くやるわ。わたしだって、王家の姫だもの」

エデルの遠慮がちな問いかけにリンテはにこりと笑った。それは義姉への返事ではなく、自分へ言い聞かせるための決意表明のようなもの。

たとえレスラフの瞳の奥にリンテの乗馬技術に対して、驚く色と共に女性の割には上手だという軽視の欠片《かけら》を見つけたとしても。

思えばこの時の決意は翌日の雲行きを暗示させるものでしかなかった。

九

森を抜け草原に出たリンテは、思い切り空気を吸い込んだ。

肺の中が清涼な色で染められたかのように清々《すがすが》しい。冷たい空気を体一杯に受け止めれば寒くなるはずなのに何のその。まるで風の一部にでもなったかのようだ。

蹄《ひづめ》が大地を踏み鳴らす音と、血が全身を巡る律動がぴたりと合わさるかのような感覚。

（まるで世界の一部にでもなって溶け込んでしまったかのようだわ。最っ高に気持ちいい！）

きっとこれが馬を走らせる理由なのかもしれない。

昨日コンビを組んだ牝馬も全身で走る喜びを表しているように思えた。息がぴたりと合っている。

風をも味方につけて。さらに遠くへ。

（この先にはどんな世界が続いているのかしら？　もっともっと遠くまで行ったら……、きっと誰もわたしのことをお姫様だって知らないに違いないわ）

生まれた城と離宮、それから父王が連れ出してくれたルクス近郊くらいしか知らなかった。

でも、この先も大地はずっと続いているのだ。このまま馬を走らせたら一体どこへ辿《たど》り着《つ》くことができるのだろう。

これまであまり考えたこともなかったのに、今日は強く意識した。

自分の胸の内から湧き起こる名前も見つからない焦燥と不安。最近何もかも投げ出してどこか遠くへ行きたくなる。

（あら……、集落だわ）

どうやら相当に馬を走らせていたらしい。畑と石造りの民家が視界に鮮明に映るようになっていた。

「リンテ殿下、そろそろ引き返しましょう」

「ええ、そうね」

まずい。レスラフの存在をすっかり忘れていた。

気付けば彼を置いてけぼりにして一人で早駆けを楽しんでしまった。

「少し疲れてしまったから帰りは速度を落としましょうね」

申し訳なさを感じつつリンテは相棒の馬に話しかけた。

元来た道を今度はレスラフと並走するも、彼は口数が少なかった。

空の真上には太陽が陣取っており、随行する従僕たちが張った天幕からは小麦が焼けるよい香りが漂う。

即席の竈《かまど》にはパン種《だね》が入れられ、焼きたてふわふわの白パンが顔を覗かせる。塩漬けではない新鮮な豚肉は王家の使者を迎えるためにわざわざ潰したからだ。塩とハーブをまぶして炙《あぶ》る香ばしい匂いに鼻をすんすんさせる。

これだけでも胃が刺激され、きゅうきゅうと空腹を主張するというのに肉汁の滴るそれを柔らかなパンに挟んで口に入れれば。絶妙な焼き加減と塩加減にあっという間に平らげてしまった。

すると今度は竈近くで熱し溶け出したチーズをパンの上にかけてくれた。

最後に出された林檎《りんご》のパイも美味《おい》しかった。ざくっと四角く切られた林檎は砂糖で贅《ぜい》沢《たく》に煮詰められ、同居する干し葡萄《ぶどう》と木の実が食感にアクセントを加えている。

「今日はとっても楽しいわ。料理もどれも美味しかった。ゲレメク家は腕のいい料理人を抱えているのね」

「……喜んでいただけたようで、嬉しく存じます」

今回の目的である交流をすっかり忘れていたリンテは、それを取り戻すかの如《ごと》くにこやかにレスラフに話しかけたのだが、彼の声はどこかぎこちなかった。

それどころか昨日よりも明らかに口数が少なくなっていた。

母はレスラフとは普通程度の交流に留めなさいと言っていたが、その普通とはどの程度をいうものなのか。

帰城すればエデルとヴィオスにどうだったのか尋ねられるだろう。その時のために分かりやすい成果が欲しい。ではほぼ初対面の男の子との適度な交流とは？

さっぱり分からないのに、レスラフの纏う空気が朝よりも硬くなっている。

（もしかしてわたしが置いてけぼりにしてしまったせい？）

その可能性は十分にある。さすがに大人げないのでは？　そう思わなくもないが、だからといってリンテまで頑《かたく》なになるわけにはいかない。

今日はゲレメク卿が晩餐《ばんさん》の席を設けている。近隣の領主や外国の貴族も招かれているのだとも聞いている。その席でレスラフとも会話を求められるだろう。陽《ひ》もまだそう傾いていないうちにグラーノ城へ帰ることになり、その道中も会話は最小限に留まった。

やはり少しは仲良くなったという具体的なエピソードが欲しい。

帰還したリンテはレスラフに話しかけた。

「ねえ、今日一緒に走ってくれた子たちにおやつをあげにいかない？」

一緒に厩舎《きゅうしゃ》に行き馬たちへ労をねぎらう。これであればエデルやヴィオスも微笑ましく感じてくれるのではないか。ついでに言うならゲレメク卿だって満足するに違いない。

そう考え提案したのだが――。

「はっ――」

レスラフは鼻で笑うかのような気配を纏いながら嘆息した。

「リンテ殿下、それは僕たちが行うことではありません。下々《しもじも》の人間が行うことですよ」

「それは、そうかもしれないけれど。相棒をねぎらうことは大切なことだわ」

「彼らの役目は人間を居心地よく乗せることです。当然のことをしたというのに、何をねぎらうというのですか」

「なっ……」

　想像もしなかった言葉が返ってきて絶句する。

「それに淑女がそのような場所に赴くなど言語道断《ごんごどうだん》ですよ。僕だってあまり近寄らないのに殿下は変わっておいでですね」

「あなたのその考え方は間違っているわ。彼らは相棒で友達でしょう？　そりゃあ普段のお世話は専門の人間に任せることになるけれど、日頃から愛情を持って接することが大切だってお父様だっておっしゃっていたし、お兄様だって相棒のアーテルのことはとっても気にかけておいでだわ」

「……」

　リンテが前国王と現国王を引き合いに出したものだから、さすがにレスラフは反論を寄越さなかった。

　しかし、彼は矛先を別なものへと変えた。

「恐れながらリンテ殿下。まさかルベルム殿下にもこのような態度を取られていらっしゃるのですか？」

「このようなって？」

　さっぱり心当たりがない。

「男性を立てることなく反論をしたり、男性を負かそうと早駆けをしたり。そのような行為について申し上げました」

「先ほどあなたを置いてけぼりにしてしまったことについては、わたしの配慮不足だったわ。同行者の速度にも気を配るべきだった」

それについてはリンテも悪かったと思っていたため素直に認めた。

ただ彼の考え方の一部には賛同できかねる。だからこれ以上のことは言わない。

それをどう解釈したのか。

「……僕の母上は、常に父上を立てておいでです。オストロム女性は男性と肩を並べ領地を守るものだという風潮は、西側諸国と肩を並べる今の時代にはそぐわなくなっているのではないでしょうか」

レスラフが滔々と続ける。

「何事においても女性は謙虚であるべきだと、父上は常日頃から口にしておられます。我を出すのではなく、夫を立てる慎《つつ》ましやかな女性こそがこれからのオストロムに求められているのだと。あなた様も、これから淑女の仲間入りをされるのですから男性に意見するという気持ちは今すぐに捨てるべきだと思います」

「……あなたは、女は男の前を行くなと。そう言いたいの？」

「こういう場では男性を立てるべきだと申しているのです」

「同じことだわ。女は男に意見をするな。男を言い負かそうとするな。そう言いたいのでしょう？」

彼の主張がじわじわと頭の中に染み込んできて、胸の中に言い表せない不快感が生まれる。

「おあいにく様。ここはオストロムよ。昔から女だって剣を取り馬に乗って土地を守ってきた。この国には女の騎士団だってある。男の自尊心を守るためだけに女が身を引くなどあり得ないわ」

「そもそも、女の騎士団など何の役に立つというのですか。遊牧時代や建国時の混乱のさなかならいざ知らず。国として成熟した今、彼女たちの存在意義は本当にあるのでしょうか。我が領内では騎士団に所属できるのは男のみだと随分前に改めましたよ」

リンテの主張をレスラフが一考の余地なく切り捨てた。

少なくともそう感じ取った。脳裏にパティエンスの女騎士たちの姿が浮かび上がる。

国中から集まった才ある女性たち。騎士団の名に奢《おご》ることなく、黙々と日々の鍛錬に勤《いそ》しみ任務に励むその姿が。

王族の警護に当たる彼女たちは、入隊後の集団生活の中で武術はもちろんのこと勉学や礼儀作法なども徹底的に仕込まれる。

彼女たちのようになりたくて、リンテは家庭教師の厳しい礼儀作法の授業に耐えてきたのだ。

あれはまだリンテが七、八歳の頃のことだったと思う。

礼儀作法の授業の最中、何度も何度もやり直しをさせられたリンテはすっかり機嫌を悪くしていた。その時教育係の夫人がさらりとある言葉を口にした。

「これくらいのこと、パティエンスの騎士見習いの娘たちだって普通にこなしています」

「そんなの、信じられない」

つい反論したリンテであったが、その後こっそり彼女たちの訓練風景を見に行った。

窓の外から覗き見れば、確かにリンテよりも数歳年上であろう少女たちは同じ動作を指導官の号令のもと、何度も何度も繰り返していた。

鋭い叱責に表情を変えることなく訓練に勤しむ光景を前に、リンテは先日癇癪《かんしゃく》を起こした自分を恥じ入った。

リンテがパティエンスの女騎士たちを思い起こすさなかも、レスラフの舌鋒は止まらない。

「エデルツィーア妃殿下をご覧になられて分かりませんか。僕は昨年レゼクネ宮殿で陛下と並ぶお姿を拝見しました。お淑《しと》やかで慎ましく常に陛下を立てていらっしゃいました。敗戦国の元姫君という背景を抜きにしても、これからのオストロムにはあのような女性が求められるべきなのです」

「妃殿下が素敵な淑女であることは確かよ。けれども、妃殿下一人がオストロムの女性を代表しているわけではないわ」

聞き捨てならないとばかりにリンテは反論した。

それに対してレスラフが憐憫《れんびん》を交えたような笑みを浮かべた。

「乗馬で勝ってみせても所詮は女の身。剣の腕では男の僕には勝てないのに」

「……言ってくれるわね」

リンテは低い声を出した。

ここまで馬鹿にされて大人しく身を引くほどリンテはまだ人間として成熟していなかった。

それはレスラフにも言えた。不運なことに、この場に二人の間に入っていけるほどの身分の人間もいなかった。

「わたしだって小さな頃から剣の稽古を欠かしたことはないわ。あなたには……絶対に負けない！」

リンテは大きな声を出し、レスラフへ啖呵《たんか》を切ったのだった。

十

昼餐会《ちゆうさんかい》とその後の歓談の時間を終えたエデルは客室にてしばし休息を取ることにした。

ユリエがすかさずお茶の用意をしてくれる。

今回の視察に帯同したのは古参の侍女たちばかりだ。昨秋エゲルツ地方への旅程を経験した彼女たちは大変心強かった。

滞在二日目の今晩は歓待の宴が予定されている。

近隣の領主や外国の貴族など数十人が招待されており、さらには旅芸人の一座や吟遊詩人まで呼ばれているのだとか。賑やかな場になりそうだ。

（オルティウス様が側にいらっしゃらないのは不安だったけれど……。あとは夜の宴を乗り越えるだけだわ）

そう鼓舞するが、ここが一番の山場だろう。昨晩はゲレメク卿夫妻との晩餐だったが、今晩は多くの招待客と言葉を交わす必要がある。

のちほどヴィオスともう一度打ち合わせを行うべきだろうか。

そのように考えていると、そのヴィオスが先触れを寄越してきたため、急遽面会の場を整えることになった。

今回彼が遣わされたのは、宰相候補として国内の有力諸侯と今から関係を築いておきたいという本人の意思とオルティウスの意向が合致したためだ。

「今晩の宴にはカリヴェナ王国の貴族も参加されるそうです」

「どのような身分の方でしょうか」

「カリヴェナの前国王陛下の弟君であらせられるフェレン・レニス・ロートレイツ公爵閣下でございます。閣下は政治にあまり関心がないのか、表舞台に登場することはあまりございませんでした。近年は近隣諸国の視察という名のもと、物見遊山《ものみゆさん》を行っているのだとか」

「王家の御方とはいえ、気質は様々なのですね」

すでに臣籍に降《くだ》っているため、ある程度自由が利くのだろう。

そこまで目を光らせる必要はないと判断しているのか、ヴィオスの口調に目立った変化はなかった。

「かの国と、何か気をつける事項はありますか？　ミルテア王太后殿下のもとには時折かの国の大使が機嫌伺いに参ると聞き及んでいますが」

現在カリヴェナとの間に不和の種はなかったはずだ。

「特にこれといった軋轢《あつれき》はございませんが……強いてお伝えすることがあるとすれば、カリヴェナとオストロムの国境に面した二か国それぞれの領主が共謀し、国境沿いで交易品の奪取や関税の不正会計が発覚したことがありました」

先王の時代、今から約五年前のことだという。落石事故に見せかけたり、雪崩を人為的に発生させ商隊列を混乱させたりして、品物を奪取し、別の商流に乗せ売りさばいていたのだそうだ。

「カリヴェナ側の告発にて発覚しました。すでに関係者には罪に見合った処罰が下されていますから、今更話題に上ることもないでしょう」

「ありがとうございます。頭の隅に留めておきますね」

「すでに両国共に新しい領主が土地を治め、現状不正の類《たぐい》はありません」

「ロートレイツ公爵はこのあとルクスへ向かうのでしょうか。現王の第三王子、デトレフ殿下の正式な訪問は決定していますが……」

「先遣隊の役割を果たしているのか、そのあたりのことも確認を取っておきましょう」

一国の王族の移動ともなれば、その供に貴族が名を連ねるのが定石《じょうせき》だ。供と称するには身分が高すぎるが、ロートレイツ公爵にとってもミルテアは姪《めい》である。久しぶりに会いたいという気持ちがあるのかもしれない。

思わぬ大物の名前に改めて気を引き締めるエデルのもとに、「至急の連絡にございます！」という切羽詰まった取り次ぎの侍女が訪れたため、会合は中断となった。

十一

エデルたちが向かった先はグラーノ城の裏手であった。

平らにならされ開けた空間、鍛錬場の役割を果たしているのだろうその場所で、リンテが剣を持ちレスラフと打ち合いをしていた。

剣と剣がぶつかる金属音がエデルの耳に届く。

「一体どうして、このようなことに……」

エデルは呆然《ぼうぜん》と呟いた。傍らに佇むヴィオスは絶句している。

ゲレメク家自慢の馬に騎乗し、同じ年頃の少年少女のみでグラーノ城周辺を散策する。いささかお膳立てがすぎるきらいはあるものの、予行演習にはいいだろうとミルテアが許可した。乗馬に関しては渋々といった体《てい》ではあったが、表立って反対はしなかったと聞いている。

エデルもヴィオスもゲレメク夫妻も同行せず、随行したのはそれぞれの護衛役と道中の世話役らに留めていた。

「誰か状況を説明できる者は？」

ヴィオスの声かけに顔を強張《こわば》らせた一人の女騎士が近寄った。

「遠乗りから帰還した際、リンテ殿下はレスラフ様にある提案を行いました」

本日の遠乗りに随行した年若い彼女が仔細を語り始める。

話を聞く限り、少年と少女の意見の食い違いである。

騎士たちは主から離れた場所から警護をする関係で一から十まで全ての内容が耳に届くわけではない。大きな声を耳が拾う程度のものだ。

「レスラフがリンテ様に対し挑発するようなことを言い、リンテ様が啖呵を切った。頭に血がのぼったお二人は現在剣の打ち合いを行っている――と」

ヴィオスが淡々とまとめれば女騎士が悄然《しょうぜん》とした様子で「申し訳ございません」と頭を下げた。

「お二人を諌《いさ》めることができるような身分の者、もしくは年かさで経験豊富な付添人をつけなかったことが災いしましたね」

あまりにも畏《かしこ》まった空気では、打ち解け合うのも難しいだろうと気を回した結果が目の前のこれに繋《つな》がっている。

一報はゲレメク卿へも入れられたのだろう。エデルたちに遅れること数分後、夫妻揃《そろ》って必死の形相《ぎようそう》で現場へ駆けつける。

「申し訳ございません！　一体どうしてこのような状況に……」

ゲレメク卿が剣戟《けんげき》を前に顔を真っ青にさせた。

夫人に至っては「ああ、なんてこと……」と、一度身を震わせたのち膝から崩れ落ちてしまった。

「今すぐに止《や》めさせます」

ゲレメク卿が厳しい声を出し、一歩を踏み出したその時。

キンッという大きな音が聞こえた。

そして――。

手元から剣を弾《はじ》き飛《と》ばされたリンテの首元にレスラフが手に持つ剣をぴたりと当てた。

皆の息を呑《の》む声が聞こえたような気がした。

レスラフはしばしの間微動だにせず、唇を小さく動かしている。

「レスラフ！　その剣をリンテ殿下からどけないか！」

怒号のような声が辺りに響いた。ゲレメク卿である。

レスラフの肩がびくりと揺れた。そこでようやく少なくない大人たちが周囲に集まってきていることに気がついたようだ。

　驚きに目を見開いた彼は父の激昂《げっこう》する姿を目にし、一度くしゃりと顔を歪ませたのち別の方向へと走り去ってしまった。

「ええい！　何をしておるっ！　レスラフを捕まえてこいっ！」

「リンテ！」

　エデルは、家人《けにん》に命令するゲレメク卿の横をすり抜け駆け出した。

　彼女は頭を下に向けぽつんと取り残されたままであった。髪の毛に隠れて表情までは分からない。どうしよう。何て声をかけたらいいのだろう。

　逡巡《しゅんじゅん》していると、後ろから平時と変わらぬヴィオスの静かな声が聞こえた。

「リンテ殿下。色々と伺いたいことはございますが、ひとまず城に戻り晩餐のお支度を」

　リンテがパッと顔を上げた。灰青の瞳から一粒、涙が頬を伝う。

「――っ！　放っておいて！」

　叫んだリンテが逃げるように走り去る。

「リンテ！」

　その背中に向け名を呼んだが彼女が振り返ることはなかった。

　思わず追いかけようと足を踏み出しかけたエデルをクレシダが「ここはわたしが」と制し走っていった。

きっと今のリンテにはエデルの声よりも彼女たちの声の方が届くのかもしれない。リンテにとって先ほどのレスラフとの一戦は大事なものにちがいないから。

エデルでは踏み込めない。そう思い至った。それがひどくもどかしい。喉の奥から苦しさがせり上がる。

「エデルツィーア王妃殿下！」

大きな声にエデルはハッと意識を引き戻す。

正面ではゲレメク卿が地に両膝を着け頭を低く下げていた。

「此度《こたび》は我が息子の愚行をどうおわび申し上げたらよろしいでしょうか。誠に申し訳ございません。身柄を押さえ次第謝罪させたのち、王家の意のままに処分を」

ゲレメク卿にとって、長男が王家の姫と己の与《あずか》り知らぬところで剣の勝負を行ったこと自体が非常事態なのだろう。平伏《ひれふ》したその声は憐《あわ》れむほどに動揺の色に染まっていた。

逆にエデルは彼の動転した様相を前にして僅かに平静さを取り戻した。

腹の奥にぐっと力をこめ、落ち着いた声を出すよう努める。

「現時点では周囲の人間の断片的な証言しか集まっていません。まずはリンテとレスラフ双方に事情を聞かねばなりません」

「どのような理由があったにせよ、前王陛下の大事なご息女であられるリンテ殿下に剣を向けたのです。それに最後にはあのような……。いくらリンテ殿下が剣を嗜まれるとはいえ、レスラフの剣技と女性の遊戯とでは天と地ほどの差がございます。それなのにあれは殿下に剣を突きつけました」

エデルは現時点ではあまり大事《おおごと》にするつもりはなかった。

伝え聞く限り、双方共に未熟さゆえの失言や軽率な判断があっただろうとの観点からだ。

王家の姫だからとリンテの言い分を全て呑《の》むのではなく、まずは二人から事情を聞きたい。そう考えているのだが、ゲレメク卿はすぐにでもレスラフに対して厳しい処分を下しそうな雰囲気だ。

どう伝えるべきかと、唇を湿らせるエデルを前にゲレメク卿がさらに言い募る。

「イプスニカ城で尋問を行うのであれば隠すことなくレスラフを差し出しますし、家督相続についても王家の意のままに従う所存――、いえ、今すぐにでも息子から家名を剝奪し――」

「ゲレメク卿、落ち着いてください」

話が飛躍しすぎだ。

「しかし！」

くわっと目線を上げた彼は今にでも自決しそうな風情を醸し出していた。

「ゲレメク卿」

冷静な声が割って入った。ヴィオスである。

「妃殿下はご子息へ現時点での苛烈な対応は望んでおられません。とはいえ大人の与り知らぬ場所でリンテ殿下と剣の打ち合いを行ったことに関しては、軽率と言わざるを得ません。私闘と言い換えても障りがないでしょう」

ヴィオスの静かな声に落ち着きを取り戻したのか、ゲレメク卿がゆるりと頷いた。

エデルはヴィオスから視線を受け、あとを続けるために口を開く。大事にしたくはないけれど、何らかのけじめは必要なのだと腹に力を入れる。

「レスラフを連れ戻し次第謹慎を命じます。事情聴取のためにのちほど人を遣わせます。それ以上の沙汰はオルティウス国王陛下並びにミルテア王太后殿下へ事情を説明したのち判断がなされることでしょう」

「妃殿下とレイニーク卿のお心のままに」

ゲレメク卿が再び平伏した。

この場は一度解散になった。

エデルは城内へ戻る道すがらヴィオスに礼を言う。

「間に入ってくださりありがとうございました。レスラフへ謹慎を命じた手前、リンテだけ晩餐会に出席させるのは……」

「ここは公平にといきたいところですが、二人共欠席させては客人たちに要らぬ詮索をさせるきっかけを与えてしまうでしょう。リンテ殿下にはイプスニカ城に戻り次第、改めて謹慎を受けていただくことにしましょう。我々が命じなくてもミルテア殿下がそう判断を下しましょう」

「そう……ですね」

ヴィオスがミルテアの思考を読む。

城内へ入る手前でエデルは立ち止まった。リンテが流した涙が頭から離れなかった。

十二

晩餐は滞りなく進み、場を広間に移してダンスが始まっていた。

吊《つ》り下《さ》げ式燭台が照らす明かりと楽団が奏でる音楽が客人たちの華やぐ声の隙間を揺蕩《たゆた》う。

エデルは二曲ほど礼儀としてダンスを踊ったのち、ヴィオスと共に客人らとの交流に勤しんでいた。傍らにはリンテの姿もある。

レスラフとの剣戟のあと走り去ったリンテは三十分ほどしてクレシダにつき添われ戻

ってきた。

晩餐会の身支度を整えるにはギリギリの時間だったため、彼女はすぐに別室へ連れて行かれた。そのためゆっくり話せていない。

戻ってきたリンテを出迎えた時、エデルはその瞳が薄《うっす》ら赤く染まっていることに気がついた。たくさんの涙を零したのだろう。

どうしてあのような行動に移したのかと尋ねたかった。

けれども今エデルが大人としての言葉をかければ、リンテは心を閉ざす。そのような予感があった。

リンテはエデルという個人を信頼し、本音を話してくれる。

まずは王妃としてではなく、一個人としてリンテに寄り添いたい。

(宴が終わったあと、リンテと話す時間を取れるといいのだけれど)

そう思いながら視線を彼女に向けた。リンテと目が合う。

だがリンテは、ぱっと視線を余所《よそ》へ向けてしまった。

エデルの鼻腔《びこう》を麝香《じゃこう》の香りがくすぐったのはそのような時のこと。

一人の男性がこちらへ近付いてくるのが見てとれた。

金褐色の髪に灰緑色《かいりょくしょく》の瞳を持った細身のその男は、五十に届く歳を感じさせることのないしっかりとした足取りだ。

晩餐の席でエデルたちの近くに着席していたフェレン・レニス・ロートレイツ公爵である。ヴィオスが話していたカリヴェナ前国王の弟君だ。

エデルは彼に声をかけた。

「楽しまれていますか、ロートレイツ公爵」

「私には少々賑やかすぎるが、たまにはこのような場も悪くはありません」

フェレンが気難しげな顔に微笑を乗せる。晩餐の席でも感じたのだが、彼はこれまであまり笑うことをしてこなかったのだろう。浮かべた笑みはぎこちない。

近隣諸国の視察という名のもと物見遊山を行っていると聞いていたため、社交的な人物を想像していたのだが、どちらかというと隠遁《いんとん》生活を送っていた修道士という言葉の方がしっくりくる。

「各地の視察をされていると、その土地の有力者に招かれる機会もありましょう」

「ええ。おっしゃられる通りです。人々は何かと理由をつけて宴を開きたがるものですから」

フェレンがどこか投げやりに吐き捨てたから、エデルは目をぱちくりとさせた。

「私がこうして外出をするようになったのは、いつまでも最愛の人を失った悲しみに身をゆだねるのは彼女のためにもならないと。そう考え直したからなのですよ」

直前の発言があまり社交の場に相応しくないと思い至ったのか、フェレンが続けた。

「ロートレイツ公爵は奥様を亡くされたのでしたね」

「……ええ。随分と昔に。人生で一番の宝物を失いました」

フェレンの瞳の奥に痛みが宿った。彼の妻が二年と少し前に亡くなったことは事前に聞いていた。

「お辛《つら》いことを思い出させてしまいましたね」

「いいえ。確かに半身をもがれたような喪失を味わったが……。過ぎてしまったことです」

フェレンがゆるゆると首を左右に振った。

「その件では周囲の人間にも随分と心配をかけたゆえ、王家への恩返しも兼ねて各地を訪問することにしたのです。それに外へ出るようになったおかげで可愛い姪孫《てっそん》とも対面することができたのだから」

ここでフェレンが視線をリンテへと向けた。

「わたしも……お母様のお身内であるロートレイツ公爵とお会いすることができて嬉しく思います」

「リンテ殿下のことはカリヴェナに届けられたオストロム王家の肖像画で存じていました。といっても描かれていたあなたはもっと幼い年頃であったが」

「わたしもお母様の家族のお顔は肖像画で存じています。お母様の姉妹が描かれたものや、確かロートレイツ公爵が描かれたものもあったかと」

国を超えて嫁せば再び故郷の地を踏む機会は滅多に訪れない。それが世の風潮であった。次期国王のもとへ嫁すのであれば尚《なお》のこと国を跨《また》いだ移動は難しいだろう。

家族の思い出の品として折に触れて描かせた肖像画を嫁入りの支度品と共に持参することは広く行われている。

初対面の親戚を前にリンテは緊張しているようだった。初めて宴へ出席することに加えて昼間の出来事も尾を引いているのだろう。

「そうあまり硬くならずとも、今日の宴はまだ小さな方です。だが旅芸人一座や吟遊詩人を招くなど趣向を凝らしている。普段王城で暮らしていては出会えぬだろう？」

「は、はい」

フェレンの問いかけにリンテがこくりと頷く。

その時、広間の別の場所から歓声が聞こえた。旅芸人一座の誰かが芸を披露し始めたのだと思われる。

「リンテ殿下、またとない機会です。近くでご覧になられては？」

「で、でも……」

リンテがエデルの顔色を窺う。

あのような騒動を起こした自分が楽しんでいいのか。リンテのそのような逡巡を感じ取ったエデルはその心が軽くなるように言い添えた。

「いってらっしゃいリンテ。ゲレメク卿も一座の団員も、あなたに鑑賞してもらえれば喜ぶわ」

「では行ってきます」

彼女の背中を見送りつつ、エデルはフェレンと歓談を続ける。

「ロートレイツ公爵もこのあとイプスニカ城へ入るのですか？」

「私もミルテアには会っておきたいと考えていましてね。もう五十も間近に迫った歳ゆえ、いつ迎えが来るかも分かりません」

「ロートレイツ公爵は冗談がお上手ですね」

どうやらフェレンは軽口を叩くほどにはエデルに親しんでくれた模様だ。

エデルはその後も招待客らに声をかけ挨拶を交わした。オルティウスと一緒に謁見の間にて市井《しせい》の声を聞いてはいるが、地域に根ざした者たちの生の声を聞けるまたとない機会だ。

真面目に社交をこなしつつ、エデルはリンテの姿を探す。

つい先ほどまで人の輪に交じり旅芸人一座の演目を鑑賞していたはずなのだが……。

「いかがなさいましたか？」

「レイニーク卿。リンテを見かけませんでしたか？」

「ご婦人たちと会話をされているのは目視しましたが……」

ヴィオスが顔を向けた先へエデルも視線をやる。しかし、彼女の姿は見当たらない。

「そろそろ夜も更けつつあるのでリンテを休ませたかったのですが……。先に下がったのかしら」

今回エデルはリンテの保護者役を仰せつかっている。ミルテアとオルティウスの二人から「よろしく頼む」と言われていた。

「そうですね。これ以降は酔っ払いも増えますし、リンテ様のお耳に入るには相応しくない話題が口にのぼる場面もありましょう」

ヴィオスが頷いた。今日の招待客の身元はゲレメク卿が保証している者たちばかりだが、酒が進むにつれ年若い娘に聞かせるにはまだ早い話が人々の口に上る可能性は否めない。

「私は一度控えの間へ行ってみます」

外で待機している侍従や侍女、騎士たちのもとへ向かったヴィオスを見送り、エデルも歩き出した。

先ほどヴィオスが話していた、リンテと会話をしていたというご婦人たちへ近付くと「リンテ殿下は一体何を占ってもらうつもりなのかしら」という声が聞こえてきた。

(占い……？)

エデルは首を小さく傾《かし》げた。それは星の動きを読んで吉兆を占ったり、カードをめくって失せ物《うせもの》を探したりするというあれだろうか。占ってもらった経験はないが、このような宴の席での余興として一定の需要があることは知っている。

「あの……。歓談中失礼します。今、リンテの名が聞こえました」

話しかけられた婦人は相手が王妃だと知ると、慌てた様子で礼を取った。

「余興に招かれている旅芸人一座の中に占いを得意とする者がおりまして、わたくしたちも先ほど占ってもらったのだとお話ししました」

「占い師もぜひ王家の姫たるリンテ殿下のお悩みに寄り添いたいと申し出ていました」

「このような機会でもないと占い師などと接することもございませんでしょう」

順番に口を開いたご婦人たちはまだ若く、その分好奇心もあるのだろう。全員が占いを所望したのだという。

「ではリンテも現在占いの最中だというのですね」

「はい。あちらの小部屋で」

婦人の一人がきまり悪そうに広間の奥を示した。保護者役である王妃に無断でお遊びに誘ってしまったことに対して罪悪感が湧き起こったのかもしれない。

「居場所を教えてくれてありがとう。リンテにも息抜きが必要ですもの。宴の会場から離れなければ大丈夫ですよ」

大事ではないと安心させるように頷き、エデルは彼女たちから離れた。

十三

占いにはどれほどの時間を要するのだろう。

少しの間待ってみてもリンテが戻ってくる気配はなかった。

宴のために解放されている続き間や小部屋へはそれなりに人が出入りする。

(悩みごとを相談しているさなかに立ち入るのは気が引けるけれど……、今回わたしはリンテの保護者でもあるわけで……)

じりじりと焦燥を抱えて待つよりも、せめて居場所だけは把握しておくべきだ。そう保護者側に意見を傾けたエデルは広間から続き間へと足を踏み入れた。

壁際に置かれた椅子に座り歓談する者の声に紛れて、吟遊詩人の紡ぐ異国めいた歌が聞こえてくる。

室内に漂う香水の匂いとどこからか流れてきた煙草《たばこ》の匂いが混じり合う。近年異国から伝わった煙草を愛用する殿方が増えているとも聞く。

先ほどの婦人が示したあちらの小部屋というのは複数ある。エデルはたっぷり二十秒は迷ったのち、順番に扉を叩いていった。返事はない。それからやはり逡巡して扉を開く。中は無人だった。同じ行為を数度繰り返し、連なる最後の小部屋の扉をゆっくり押し開いた。

「こちらで占いを行っていると聞いたのですが」

エデルは室内の椅子に座り近しい距離で談笑していた男女に声をかけた。

「いいえ。こちらには誰も。香水の残り香があったので、直前まで誰かが使用していたのは確かですが」

「そうですか。歓談中失礼しました」

強い薔薇《ばら》の香水が充満する部屋の扉を閉めたエデルは首を傾げる。

「リンテ、どこで占ってもらっているの」

少しずつ心臓の鼓動が速くなる。

煌々《こうこう》と灯《とも》る燭台の明かりがうら寂しく感じるのは、奥へ進むにつれて人気《ひとけ》がなくなっていくからだろうか。

誰にも聞かれたくなくて人気のない場所での占いを望んだのだろうか。きっと彼女にとって、あの勝負は大事なことだったのだ。

奥へと進み、燭台の数が一気に減った。この先は招待客に解放されていないのだ。

エデルは壁際に立つゲレメク家の騎士に声をかけようとして、あることに思い至った。

そういえば占い師の性別と背格好を聞いておくのを失念していた。

「この先に少女と大人が連れ立って歩いていきませんでしたか？」

「……」

騎士はエデルの声に無反応であった。さすがにこれだけの情報ではどう回答していいか判断がつきかねたのか。

短く嘆息したエデルは違和感を持った。

目の前の騎士の様子がどこかおかしい。目の焦点が合っておらず、心をどこかに置いてきてしまったかのように虚《うつ》ろだった。

「わたしの声が聞こえていますか？」

エデルはもう一度騎士に話しかけた。だが、騎士はここではない場所を見つめるばかりだ。

「妃殿下、いかがなさいましたか」

エデルを呼ぶ声に振り返るとオパーラの姿があった。

見知った顔にホッとしたエデルは、騎士の様子がおかしいことを伝えた。

オパーラが騎士の肩に手を置き「しっかりしろ！」と強い声を出した。

大きな声に「う……」とうめき声を出した騎士は、しかしその後前へ崩れ落ちた。

オパーラが屈《かが》み込《こ》み容体を探る。

「気を失っているだけです」

ひとまず騎士を床に寝かしつけ立ち上がったオパーラが「レイニーク卿から伝言です。控室にリンテ殿下はおられませんでした」と言った。

「ありがとうございます。実はリンテは占い師に占いを所望したそうです。居場所だけでも把握しておきたいと探しているのだけれど……」

「ではわたしが探して参りましょう」

「待って。オパーラ一人だと動きづらい場所もあるでしょう。これはわたしの取り越し苦労だし……あまり大事にしたくはないの」

イプスニカ城内であれば王家の騎士が自由に闊歩《かっぽ》しても目立たないが、ここはゲレメク家の城である。騎士たちがリンテを探し回れば人々は何か懸案事項があったのではないかと勘繰る恐れもある。

エデルが自らリンテを探すのであれば、少々の過保護として微笑ましく映るはずだ。

「それにオパーラたちパティエンスの騎士にはリンテの最後の砦《とりで》になってほしいのです。わたしはオルティウス様の妻として、王妃としての判断を下さなければなりません。彼女の絶対的な味方にはなれない……」

占いの最中というデリケートな部分に踏み込めばリンテの感情を逆なでする恐れがあ

る。憎まれ役は引き受ける。そう言外に告げるとオパーラは納得し小さく首肯した。

「リンテの気持ちも分かるの。わたし自身、突然運命が変わったから」

エデルは奥へ足を進めながらぽつりと言った。

将来への漠然とした不安。言葉として思いを表すことが難しい様々な憂慮。

エデル自身覚えがあった。きっと誰しもが多かれ少なかれ抱えているのだろう。

それらに呑《の》み込まれないよう必死に踏ん張って。

けれどもふとしたきっかけで押し込めていたそれらが芽を覗かせる。

きっとリンテは言葉にすることが難しいたくさんの感情を、身近な人間よりも縁もゆかりもない誰かに聞いてもらいたいと考えたのだろう。

「そういえば……何か甘い香りを感じるのだけれど」

「リンテ殿下の匂いではありませんね」

宴の会場にいる時は人々が纏う香水や整髪料の匂いに紛れて気がつかなかった。

この場所を確かに誰かが通ったのだろう。花の匂いというよりも、どこか人工的な過度に甘さを煮詰めたようにも思える匂いが残っていた。

「妃殿下、あれは――」

オパーラの声に促されたエデルは奥へ目を凝らす。視界の端でひらりと布が揺れた。誰かがいる。あの布地はリンテが身に纏っているものに似てはいないだろうか。

二人は奥へと歩いた。

気が急《せ》き、自然と歩みが速くなった。

「リンテ！」

「リンテ様！」

視界が開けた先は、階段になっていた。ちょうど城の端だ。段の中央付近にローブを纏った占い師と思《おぼ》しき誰かが佇んでいる。その数段下にいるのはリンテだ。

二人の声は届いているはずなのに、彼女は振り返らない。

ローブ姿の者がちらりとこちらへ目線を向けた。

頭の奥で警鐘が鳴った。何か嫌なことが起こっている。

「リンテに何をしたのです！」

エデルはオパーラと同時に二人へ向け、駆け出していた。

一刻も早くあの者からリンテを引き離さないと。使命感に突き動かされた。

だから占い師がローブの内側で忌々しく舌打ちをしているだなんて考えもしなかった。

占い師がこちらを向いた。

目が合う。顔の造作までは分からない。それなのに、その瞳だけは妙に目に焼きついた。

あの甘い匂いがぶわりと漂う。香りを吸い込んだその時、占い師の声が届いた。

「私の目を見ろ。全て忘れろ。今見たことを、これまでのことを、記憶を失《な》くせ――」

目を逸《そ》らすことができない。そのしわがれた声が否応《いやおう》なしに心の中へ入り込んでくる。

頭が痛い。呼吸が浅くなる。エデルから大切なものを隠していく。

嫌だ。やめて。わたしの大切なものを奪わないで。声にならない抵抗も虚《むな》しく、強い力で上から押さえつけられるかの如くエデルは心から光を奪われていく。

「な……に……を……」

エデルはがくりと膝から倒れた。頭の中を掻《か》き回《まわ》される感覚が気持ち悪くてそのまま意識を手放した。

第二章

一

早馬によってもたらされたその報告を受けた時、オルティウスは半信半疑であった。

まさかそのようなことが本当に起こり得るのか。そう考えていた。

オルティウスはイプスニカ城を出立《しゅったつ》した。近衛騎士と連れ立ち、騎乗姿である。

帰城中のヴィオスと文を往復し、ルクスの郊外で落ち合うことになった。

それらしき隊列はまだ見えない。気持ちが急いているようだ。

じりじりとした思いを持て余し、どのくらいの時を過ごしただろうか。遠くに隊列の先頭を捉えた。

待っていられるはずもなく、隊列へ向かったオルティウスに気付いた先頭隊が合図を出し馬車が停車した。

まずヴィオスが降り立った。

「私がついていながらこのようなことになり、申し訳ございません」

「不測の事態が多数起こったと聞いている。エデルの様子はどうなんだ？」

「目を覚ました時はひどく取り乱しておられましたが、今は落ち着いておられます。しかし、ご不安な様子に変わりございません」

「……そうか」

オルティウスは言葉を区切り、ヴィオスの後ろ側、即《すなわ》ちエデルが乗る馬車へと目を向けた。

「イプスニカ城へ入る前に、まずは御夫君《ごふくん》であられるオルティウス様とご対面を、と思い早馬を仕立てました」

「そうだな。まずは……王としてではなく、夫としてエデルの前に立ちたい」

オルティウスは心を落ち着かせるように息を吐き出した。

どこかでまだ、これは何かの間違いだと思う己がいた。

オルティウスが見守る前で、馬車の扉が開く。パティエンスの騎士が手を差し出す。ぎこちない、迷うような素振りで女騎士の助けを借りエデルが大地に降り立った。

日の光に白銀の髪が照らされ輝く。

約十日ぶりに再会する彼女は、オルティウスの記憶の通りの姿だ。

だが、その双眸は不安の色を濃く宿しており、己と視線が交錯した途端に慌てたように目を伏せてしまった。

まるで数年前の、初対面の頃を思わせる表情と仕草だった。

呆然とするオルティウスの前でエデルが淑女の礼を取った。

「お目にかかり恐悦至極に存じます。オルティウス国王陛下」

それを聞いた瞬間。オルティウスは心臓を鷲摑《わしづか》みにされたかのような、突然崖から突き落とされたかのような、体が急速に冷えていく感覚に陥った。


「情報を整理すると、ゲレメク卿が招いた旅芸人一座の中に自称占い師が紛れ込んでいた。その者によってエデルとオパーラは記憶を封じられた可能性が高い――、そういうわけだな」

王の執務室には関係者が集められていた。

訪問の同行者であるヴィオス、そしてレイニーク宰相とガリューである。

「エデル妃殿下は現在、オストロムに嫁す一年ほど前までの記憶しか持ち合わせておりません。即ち彼女の中では、ゼルスの宮殿に住んでいたのにある日突然オストロムなどという隣国へ連れて来られ、しかも王妃になっていた。寝耳に水の事態に当初は酷《ひど》く混乱しておいでででした」

なるほど、彼女の中からオストロムに嫁してオルティウスに出会って以降の思い出がきれいさっぱり消えているというわけだ。

一時間ほど前に相対したエデルのこちらへ向ける眼差しを思い出し、胸がずきりと痛むのを感じた。

「記憶を封じるなど……魔法はおとぎ話の中だけだ」

オルティウスは己の声が一段低くなったことを自覚した。

「にわかには信じられませんが、催眠術だと考えれば不可能ではないのでは。目にしたのは妃殿下とオパーラの症例が初めてですが、文献では読んだことがございます。その者の心に働きかけ、目の前にいるはずもない化け物が見えるようになったり、大嫌いな食べ物が大好物の味に感じられたり、体の一部を動かせなくなったり、様々な暗示をかけることができるのだそうです」

「その不届き者は、当初リンテをかどわかそうとしていたのだったな」

「さようでございます。おそらく、リンテ殿下に催眠術をかけ、連れ出そうとしていたのでしょう。あいにくとリンテ殿下も前後の記憶を曖昧にしておられまして詳細を伺おうとしても、ぼんやりとしか覚えていらっしゃらないとのことです」

「リンテは記憶を遡ったりしていないのか？」

「件の占い師とのやり取りを忘れているだけで、他の記憶はきちんと保持しておいでです」

どうやらリンテにかけるはずだった暗示を咄嗟《とっさ》にエデルたちにかけることにしたので

はないか。もしくは、リンテの方が中途半端に終わり、エデルとオパーラには最後までしっかりかかったのではないか。ヴィオスがそのような推測を語った。

「占い師と思《おぼ》しき不届き者はまだ捕らえられていないとのことだったな」

「ゲレメク卿が招待した旅芸人一座には占いを得意とする女がおりました。宴の余興として占いは好まれます。当日も複数のご婦人方が占いを所望しておりました。彼女たちの証言の占い師は旅芸人一座の女で間違いございません。ですが、リンテ殿下に接触した占い師は、彼女ではないのでしょう。その時間本物は手洗い場に赴いており、ゲレメク家の小姓と下女の目撃証言がございます」

どうやら旅芸人一座に所属する本物とどこかから紛れ込んだ偽者、占い師と名乗る人物があの場に二人いた模様だ。

「旅芸人一座の占い師が占った人数と招待客たちの中で占いを所望した人数が合いません。複数人が偽者に占ってもらったのだと推測しますが、詳しい背格好を覚えている者はおりません」

「なるほど、その偽者が催眠術のようなものを操るのであれば、己の存在を煙《けむ》に巻《ま》くような暗示をかけていても不思議ではないか」

「詳細を聞こうともリンテ殿下は前後の記憶を失くし、妃殿下とオパーラは数年分の記憶を失くしてしまった。捜査が難航するわけだ」

ガリューが頭痛を解そうとでもするかのようにこめかみを指で押さえた。

「ゲレメク家の騎士も意識が混濁した状態で倒れているのを発見されております」

「催眠術をかければどこでも出入りは自由というわけか」

招待客らの家人たちまで範囲を広げ捜査を行っているが、それらしき不審者の洗い出しには時間を要するだろうとの見解をヴィオスが示した。

「内偵隊を遣わす。徹底的に洗い出せ」

オルティウスは低い声で言い放った。

二

エデルは姿見に向かって腕を伸ばした。先日までのよく知る自分よりも大人びた顔つきをしていることが不思議に思えた。それに細かった体が女性らしい柔らかな線を描いている。白銀の髪は艶《つや》やかで、手の爪はよく手入れがされ、ささくれもない。

毎食たくさんの料理が目の前に用意され、そのたびにこんなにも食べきれないのではと思うのに、食べ進めていると完食できてしまう。

きっと彼らはエデルがどれだけの量を食べることができるのかを把握しているのだ。

毎日温かな湯を贅沢に使い体を清めることを許され、丁寧に髪を梳《くしけず》られる。自分が何を言わなくても女官や侍女たちが先回りして世話をしてくれ、朝目覚めると温かな蜂蜜湯を手渡してくれる。

大切にされている。そのことがすとんと胸の中に落ちてくる穏やかな生活。

（でも……何も思い出せない……。つい数日前までゼルスの宮殿にいたはずなのに……。わたしがオストロムの王妃になっているだなんて）

ここにはエデルを虐げる者はいない。けれども、見知った人間は誰一人いない。

生国ゼルスの東隣の国で、エデルはひとりぼっちだった。

「ここにいたのか、エデル」

男性の声に思わず肩をびくりとさせた。

振り返った先に佇んでいたのは、黒髪に青い瞳の青年だった。

オストロムの国王オルティウスその人で、それからエデルの夫なのだという。

「ご、ごきげん麗しく存じます。陛下」

エデルは慌ててスカートの両裾を持ち上げ片方の足を後ろへ引いた。

「そうかしこまるな。おまえは俺の妻なのだから」

予想よりも砕けた声を出す国王を前にどのような態度を取っていいのか分からなくな

る。エデルの中で国王という地位に就く者は畏怖の念を持って接する相手だ。

「で、ですが……」

「おまえにとっては……寝耳に水な話だったな」

狼狽《ろうばい》するエデルを前に、オルティウスの声に僅かながら悲しみの色が宿った。

彼が一歩、また一歩とこちらへ歩み寄る。

エデルは、あっという間に目の前へとやってきたオルティウスを見上げた。

少し野性味を帯びた精悍《せいかん》な顔立ちにエデルよりも高い背。一見すると冷厳で酷薄そうなのに、その声は想像以上に柔かな響きで耳に届く。

「あ、あの……。何も覚えておらず申し訳ございません」

「エデルが謝る必要はない。全ては卑劣な手段を講じた犯人の科《とが》によるものだ。おまえの記憶が戻るよう手を尽くす」

「ありがとうございます、陛下」

「オルティウス」

「え……？」

「できれば、二人きりの時は名前で呼んでほしい」

「でも……」

畏れ多くも自分のような者が気安くその名を口にしていいのだろうか。

「いつまでも陛下と呼ばれていては、打ち解けることができないだろう?」

「が……頑張ります」

か細い声でそれだけ言うと、オルティウスがふっと口元を緩めた。

なぜだか胸の奥がきゅうっと引き絞られるような心地になる。どうしてだろう。出会ったばかりだというのに、彼から目が離せない。

「少し、話をしよう」

そう言って彼が案内してくれたのは、日当たりの良い場所に設《しつら》えられたテーブル席。

侍女たちが茶器や菓子を乗せた皿を運んでくる。

こぽこぽと注がれる琥珀色《こはくいろ》の液体からはふわりと瑞々《みずみず》しい香りが漂う。東国から運ばれた茶は言わずと知れた高級品で、それが自分の前に供されるのだから戸惑うばかりだ。

小麦粉と卵で作られた柔らかなスポンジケーキや甘く味付けした胡桃《くるみ》をパイ生地で巻いて焼いたものや、イチジクの蜜漬けが練り込まれたケーキなど、複数種類の菓子が贅沢に並べられている。

移動中に供された食事も豪華だったが、イプスニカ城での待遇はそれ以上だ。

これら全て王妃のために用意されたものだと理解すれば、心臓が早鐘を打ち始める。

自分がその王妃という実感が湧かない。どちらかというと、国王を前に茶器を持つその手がぷるぷる震えている侍女の方に共感してしまう。

その彼女と目が合う。オストロムでは珍しい亜麻色の髪の彼女は緊張で強張った頬をさらに硬直させ、さっと後ろへ移動してしまった。

「エデル、遠慮をせずにたくさん食べろ」

「あ、ありがとうございます」

女官や侍女たちを下がらせたオルティウスに促され、エデルは恐る恐る菓子に手をつけた。

小さな口を開けてスポンジケーキを頬張る。美味しい。瞳を煌《きら》めかせたエデルを、オルティウスが柔和な眼差しで見つめる。

「記憶を失くした際、皆はおまえにどこまで話をしたか？」

「ええと……。レイニーク卿が大まかな時系列を教えてくださいました。ゼルスとオストロムの間に戦が起こったこと、和平のために政略結婚が行われたこと、そして陛下とわたしの間に御子がいること、です」

「概《おお》ねその通りだな。あとエデル、俺の願いをもう忘れてしまったのか？」

「あ……、申し訳ございません。オ……オルティウス様」

「そこまで恐縮するな。オルティウスと何度も呼べばそのうち慣れる」

王の願いを忘れてしまったにもかかわらず、彼の声は相変わらず柔らかだった。

「はい。あの……オ、オルティウス様、レイニーク卿はこの国に嫁してからの詳細はあなた様から説明を受けた方がいいだろうと。そのように仰せでした」

「そうだな。少し長い話になるがつき合ってほしい」

そう前置きをしたのちオルティウスが話した内容は、エデルにとって驚くべきものばかりだった。

姉の身代わりとしてこの国に嫁ぎ、毒殺未遂や前王弟の反乱や子の妊娠、それから母との再会など、語られる内容が想像の範囲を超えていた。

「ええと……波乱に満ちた結婚生活だったのですね……？」

「そうだな。まとめると色々なことがあったな」

オルティウスがしみじみと頷いた。

「困難な状況も多々あったが、隣にはいつもおまえがいてくれた。だから乗り越えることができた。おまえは俺を何度も助けてくれたんだ。それにフォルティスを産んでくれた」

「何も覚えていなくて申し訳ございません」

「おまえのせいではない。だから謝るな」

「申し訳……」

再び口にしそうになったエデルは慌てて口をぴたりと閉ざした。

オルティウスはどこか切なさを滲《にじ》ませたのち、「もう一杯、茶はどうだ？」と尋ねてきた。

王にそのようなことをさせるだなんてと狼狽《うろた》えるエデルを前に、「俺が好きでやっていることだ」と彼は言い、器用な手つきでカップにお代わりを注いだ。

淹《い》れてもらった茶に口をつけながら、先ほど語られた結婚生活を思い起こす。

きっと彼の隣にいたエデルは今の自分よりも、もっと強くて勇気も持ち合わせていたのだろう。彼から聞かされた時系列をもとに計算すると、自分が彼のもとへ嫁ぐのは一年半以上も先のことだ。

その間に彼の隣に立てるほどの心を育《はぐく》むことができたのだろうか。

そっとオルティウスを窺うと青い瞳とかち合った。胸の奥がざわめいて咄嗟に膝を見下ろした。

「できればティース……フォルティスに会ってやってほしい」

「王子殿下にですか？」

「おまえの子だ。毎日、今日こそはエデルに会えるのか、乳母たちに尋ねるのだそうだ」

「で、ですが……」

エデルは躊躇《ためら》ってしまった。自分なんかが母と名乗っていいのだろうか。だって子を産んだ記憶すら失っているのに。

「もしかしたら、何か思い出すかもしれない」

期待がこもった声を出されれば頷くしかなかった。

三

「ははう……ぇ」

部屋に入るなり子供特有の高い声が響いた。

乳母に抱かれた乳幼児がエデルに向かって両腕を伸ばす。黒髪にほんの少し紫色が混じった青い瞳の男児だ。顔はオルティウスに似ているだろうか。

目をきらきら輝かせたフォルティスの、こちらを一心に求める眼差しにたじろいだ。

「抱いてやってくれ」

「は、はい」

長椅子に腰を落としたエデルの隣に、乳母からフォルティスを預かったオルティウスが座る。

フォルティスが母であるエデルに向けて両腕を目一杯伸ばしてくる。

「はーはう……ぇ」

エデルの膝の上に乗ったフォルティスがきゅうっとしがみつく。乳幼児特有の高い体温が伝わってくる。

思い出したい。こちらに甘えてくるフォルティスのためにも。きゅっと目をつむり、暗闇の中から記憶の筋を辿るように腕を伸ばす。でも、伸ばした先には何もなく、ただの空間が広がるばかり。

（お願い。忘れてしまった空白の時間を返して）

そう強く念じた時、頭の奥で誰かの声が聞こえたような気がした。

忘れていろ、と。

エデルは真っ暗な穴に落とされたかのような心地になった。

「エデル！」

耳元で声が聞こえた。目を開くとオルティウスが真剣な眼差しでエデルの顔を覗き込んでいた。

じとりとした脂汗が額に浮かび上がっていた。くらりと体が傾《かし》いだ。それをフォルティスごとオルティウスが支えてくれた。

遅れて不快感が体を襲う。頭がくらくらし、呼吸が荒くなる。

「も、申し訳――」

「顔色が悪い。もしかして、無理に思い出そうとしたのか？」

「う……」

それには答えられず、エデルは口元に手のひらを当てた。胃の内容物がせり上がってきそうだった。

「悪かった。今は休んだ方がいい。ティースは預かろう」

オルティウスがエデルの膝の上からフォルティスを抱き上げる。突如母から離されたフォルティスが途端に機嫌を悪くし、金切り声を上げた。

「やぁー!!」

乳母たちが抱いてもフォルティスは母のもとへ帰りたいと泣き叫ぶ。

悲痛な声にじわりと涙が浮かんだ。

（ごめんなさい……）

体から血の気を引かせたエデルはか細い呼吸を繰り返すさなか、幼い王子に向かって何度も心の中で謝った。


翌朝、冷え込みに小さく震えたエデルは無意識に腕を伸ばした。

隣にあるはずの熱を求めて。いつも何かに包まれて眠っていた。温かで幸せで、わたしの心を預けられる場所。

それなのに、今は空っぽだった。そのことが寂しくて寒くて、エデルは寝返りを打ち小さく丸まった。

――まだ朝も早い。眠っていろ――

低い声が耳朶《じだ》の奥で響いた気がした。

しばらくして再び意識を浮上させたエデルは、ぱちりと目を開けた。

見慣れぬ室内に、ここはどこだろうと考えて、昨日オストロムの王都ルクスに帰還したのだと思い出す。

最高級の調度品で彩られた室内はどこかよそよそしい。王妃の間だと聞かされたことが所以《ゆえん》だろうか。

寝台から抜け出したエデルは窓辺に立った。

城の別棟や尖塔《せんとう》が視界に映る。建物の合間から見えるのはルクスの街並みだ。

じっと見つめていると、頭の中がぐにゃりと掻き回される嫌な心地になった。無意識に記憶を遡ろうとしたせいかもしれない。

昨日具合を悪くしたあとエデルはこの部屋に運ばれ、そのまま養生することになった。

あの日、見知らぬ城で意識を浮上させた時、己はオストロム王妃なのだと告げられ、にわかには信じられなかった。

けれども、イプスニカ城へ入城し、多くの人々から傅《かしず》かれれば否応《いやおう》なしに認めざるを得なかった。この身はすでにオストロム王妃なのだと。

窓に背を向けたエデルは隣室へ続く扉に手をかけた。続き間を抜けもう一度扉を開く。

侍女と女騎士がエデルの姿を認めて近付いてきた。

「いかがなさいましたか。妃殿下」

「あの……。少し外の空気を吸いたいのですが……」

未だに他人行儀な城だけれど、城内を歩いてみれば自分がここに住んでいたのだという痕跡を見つけられるかもしれない。

すぐに支度を整えますと、侍女の一人が前に進み出る。こちらに親しみのこもった眼差しを向けてくれる彼女の名は確かユリエだったはずだ。嫁いだ頃から仕えてくれているのだと教えられた。

散歩着に着替え、女騎士先導のもと王城の中庭に出た。

春の訪れを感じさせる柔らかな日差しはゼルスに住んでいた時と同じだった。国は違うけれど同じものがあることに安堵する。

「この中庭を散策されることを妃殿下は日課になさっておいででした」

「とても居心地の良い庭園ですね」

時折話しかけてくれるのは女騎士である。話し相手も兼任しているようだ。

「あの……、もう一人の、オパーラの具合はいかがなのですか？」

　エデルは黒髪の女騎士に話しかけた。事情を知る一人である。エデルと同じく記憶を失くした騎士の経過が知りたかった。

「元気にしておりますよ」

　クレシダという名の彼女は柔和に目を細めた。オパーラはエデルとは違い、この一年ほどの記憶を失くしたのだそうだ。まずは体を休めろと言われたものの、動きが鈍くなると剣を持ち、日課の稽古を続けているのだと教えてくれた。

「エデル！」

　遠くから男性の声がした。振り向くと、オルティウスが急ぎ向かってくる途中だった。

「もう体は平気なのか？　歩いて大丈夫なのか？　気持ちが悪いなどという症状はないのか？」

　目の前に来るなり、オルティウスはエデルと視線を合わせるために背を曲げ、そっと頬に触れようとした。

「――っ!?」

「すまない」

　びっくりして思わず一歩足を引くと、彼はぱっと手を上げた。

「い、いえ。あの……陛……オルティウス様はわたしの夫なのですから……。その、妻に触れようとするのは当然なのであって……」

「だが……今のエデルにとっての俺は初対面も近しいだろう？　急に距離を詰めてすまなかった」

オルティウスはエデルの横に並び、腕を差し出した。故郷で遠目に見たことがあった。男性が女性をエスコートするやり方だ。

初めての行為にちょっぴりドキドキしながら、その腕にそっと手のひらを置いた。

胸の奥がこそばゆくなった。

オルティウスに促され、エデルは散策を再開させた。

「体は辛くないのか？」

「はい。あれからゆっくり休みましたので、すっきりしています」

ぽつぽつと会話をしながら歩く。

中庭を抜け、オルティウスが連れて来てくれたのは王城の外れだった。

「ここからだとルクスの街並みが良く見える」

イプスニカ城は丘の上に建つ。そのため開けた場所からは、赤茶色の屋根が連なる城下の様子が見晴らせた。教会の尖塔が複数空に向けて突き出している。

これがオストロムという国。王都の景色。街の奥に畑が見え、その奥に丘陵や森の木々が広がる。

ふわりと風が舞い木々が揺れる。まだ冷たさが残る風からエデルを守るかのように、オルティウスが立つ位置を変える。些細《ささい》な気遣いに触れるたびに、彼のエデルへの深い愛情を感じ取る。

政略結婚だと聞いていた。それなのにオルティウスがエデルへ向ける愛情は偽りのものではなく本物だ。母以外から向けられるこちらを慈しむ仕草や言葉の数々に胸が苦しくなる。

わたしも彼に返したい。心の奥からそのような気持ちが浮かび上がる。

「昔のわたしがこのお城で見ていたものや触れていたものを、わたしも確かめたいと思います」

「だが昨日のように体に負担がかかる可能性がある」

オルティウスが眉根を寄せた。険しい顔に怯《ひる》みそうになるが、こちらを案じての台詞だと思えばエデルは体中から勇気をかき集め、今の気持ちを口にする。

「ですが、このままではよくない気がするのです。良くしてくださる皆さんのためにも、できることから……始めたいのです」

「おまえは変わらないな」

「え……？」

「昔のおまえもそうやって俺の側に立とうとしてくれた」

オルティウスが懐かしむように瞳を細めた。

わたしの知らないわたしを知っている人。そのようなことが浮かんだ。どうしてだろう、胸の奥が切なさで染まった。

「ついおまえを過保護に閉じ込めてしまおうとするのが俺の欠点だな。朝食のあと、俺の家族を紹介する。それからおまえの母由来の品も一度目にしたいだろう？　女官長に言って、おまえが特に気に入っていた小物たちを部屋に運ばせよう」

「ありがとうございます」

「俺からもおまえに頼みがある」

オルティウスが声の調子を変えた。

かしこまったそれに促され、エデルは緩みかけていた表情を引き締めた。

「何でしょうか？」

「記憶を失っているおまえに王妃の務めを果たしてもらうのは酷だとは思うが、これを知るのは城の中でもごくわずかな者たちばかりだ」

何となく彼が言わんとしていることを理解する。

「今年は俺の双子の弟妹《きょうだい》が本格的に大人の仲間入りをする。それもあって近隣諸国から客人を多く招いている。彼らの中には王族も含まれている。エデルには俺の隣で王妃として彼らを歓待してもらいたい」

想像以上に大きな話で思わず息を大きく吸い込んだ。自分にできるのだろうか。これまで一度も表舞台に立ったこともないのに。

「もちろん事情を知る者たちを近くに置いておく。母も今回の件を承知している。一人きりで客人に相対する場面は絶対に作らない」

大きな重圧に喘《あえ》いだ。不安が身をもたげる。

でも――。

今しがた、彼の優しさに報いたいと。そう思ったばかりだ。

エデルは小さく深呼吸をした。大丈夫。わたしにはたくさんの人が側にいる。皆優しい人たちだ。心の中でそう繰り返した。

「たくさんのご配慮をくださりありがとうございます。精一杯務めさせていただきます」

心を落ち着かせたエデルは自分を鼓舞すべく笑みを作った。

四

謹慎中のリンテの様子を窺ったオルティウスは、母である王太后ミルテアと会談の席を設けていた。

リンテとレスラフが行った私闘について、彼女と話し合わねばならない。

「さすがに今回はあれも随分としおらしい態度で謹慎しているようだ」

「でなければ困ります。いつまでも子供気分が抜けきらないなどと甘えられては、夫《あの人》に合わせる顔もありません」

母は辛辣《しんらつ》であった。彼女が立腹するのも無理はない。信用して送り出した娘が諸侯の息子と口論し、剣で解決しようとしたのだから。

「エデルの言葉を借りると……、リンテも色々なことを理解しているが、心がまだ追いついていないということだそうだ」

「それが甘えだというのです。もうあと数年もしたらリンテはエデルツィーア妃殿下が嫁がれた年齢と同じ年になるのですよ。それをいつまでたっても騎士になりたいのだなど夢を見て……」

「オストロムでは女性が騎士になるのも選択肢の一つだ」

「国守の要《かなめ》である領地に生まれた娘であればそのような選択もあるのでしょうが、リンテは前王陛下の娘です。わたくしは……」

強い口調で己の意見を述べていたミルテアであったが、途中で勢いを失くした。

彼女は膝の上に置いた手をぎゅっと握ったのち開き、自嘲気味に微笑んだ。

「結局、わたくしの願望なのでしょう。女の幸せは、祖国のためになる男性のもとに嫁ぐことだと。わたくしは母からそう言い聞かせられ育てられました。実際その通り、何の疑問を抱くことなく、この国に嫁してきました。今思えば面白みのない女だったことでしょう」

「私は母上の生き方を否定したいわけではない。国のために異国の地へ嫁いだ母やエデルに、私は敬意を持っている」

「お気遣いありがとうございます、陛下」

感情を露《あら》わにしたことを恥じるかのように、ミルテアが微笑んだ。

ミルテアはテーブルの上に置かれた茶に手を伸ばした。

カップを傾けたのち、ことりと置いた彼女がぽつりと言った。

「……リンテは、わたくしの末の妹にどこか似ているのです」

それは初めて聞く話だった。そういえば、母から故郷の話を聞く機会はほぼなかった。

「母上の妹君は、どのような御方だったのですか？」

「あの子は……デニシューカは、明るく天真爛漫な娘でした。気難しく近寄りがたい人の懐にもするりと入り込むような……。自分自身で、誰とでも仲良くなれるのが特技なのだと。そう笑っていました。顔立ちはリンテとは似ていませんが、物怖《ものお》じしない度胸だとか、誰とでもすぐに打ち解ける、そういう性質がデニシューカを連想させるのです」

ミルテアは懐かしむように視線を宙に彷徨《さまよ》わせたのち、物悲しそうにその目を伏せた。

「だからかもしれません。リンテをあまり自由にさせたくないのは。でないと、あの子まで失ってしまうかもしれないから……」

「それはどういう――」

「昔話はこれくらいにしましょう」

ミルテアが口調をがらりと変えた。

「わたくしは、リンテとゲレメク卿の嫡男レスラフが行った私闘を不問にします」

「リンテの夜会デビューに瑕疵《かし》をつけたくないと。そのような判断で？」

オルティウスの問いにミルテアが頷いた。

レスラフに罰を与えれば人々の口《くち》の端《は》に上るだろうし、その原因を探ろうとする者も出てくるだろう。一度噂になれば、どのような尾ひれがつき広まるか分からない。オストロム国内であれば勇敢な娘との評判で済む可能性もあるが、今回は国外から多くの客人が訪れる。

もしも彼らの耳に入り、尾ひれがついた状態で国に持ち帰られたりでもしたら。

彼女はそれを杞憂《きゆう》し、私闘そのものをなかったことにしたいのだ。

「甘いと評されましょう。けれども、わたくしはあの子を淑女として人々の前に立たせたいのです」

「今回の件は……双方共にまだ精神的に未熟だったゆえの騒動だった」

ミルテアの希望を聞いたオルティウスは思案する。

今回、自ら王に嘆願しリンテを招いたにもかかわらず、長男がそのリンテを剣で負かした一件は、ゲレメク卿にとって相当に堪《こた》えたようだ。

彼は今すぐにでもレスラフを跡取りの座から引き下ろし、家名を剥奪するとまで口にした。そして息子の処分は如何様《いかよう》にもと。

さらには開いた宴へ不届き者の侵入まで許してしまった。

ゲレメク卿はエデルたちの帰還に従う形でイプスニカ城へ入り、別棟にてオルティウスとミルテアの沙汰待ちの状態である。

オルティウスはヴィオスから上がってきた報告書に目を通していた。それにはレスラフが育てられた環境や家庭内の様子などが仔細に書かれてあった。

ゲレメク卿の子供は現在、息子ばかり四人である。歴史ある家の嫡男として生を受けた彼は、小さな箱庭で何を置いても優先されて育てられた。

父であるゲレメク卿は西方の思想に比重を置き、慎ましやかな女性を妻にし、家庭内でも貞淑さと従順さを求めた。

分家筋や近隣領主の娘たちはゲレメク家を立てレスラフの言うことに頷くのみ。周囲に彼に意見できる身分の少女はいなかった。

リンテはレスラフにとって、生まれて初めて接した己よりも身分の高い少女だった。頭では理解していても、これまで女性は己を立てて当たり前という環境で育ったレスラフは、勝手の違いに戸惑ったのだろう。

何しろリンテはちっともレスラフの思い通りにはならなかったのだから。得意の乗馬で負かされ、意見を言えば反論される。自分に盾つく女性がいるだなんて考えもしなかったに違いない。

リンテは前王の娘だ。わざわざレスラフを立ててやる必要はない。むしろ己が遜《へりくだ》る側である。そう頭では理解していても、十代中頃という未熟な精神は追いつかなかった。

（リンテもあれで気の強い部分があるしな）

いや、むしろ気の強い部分しか思い浮かばない。結果として相性が最悪だったというわけだ。

「プライドを傷つけられたレスラフは剣でそれを癒したかったのだろう。リンテの方も頭に血が上ってしまったと反省していた。母上が今回の件を不問にしたいというのなら、ゲレメク家には貸し一つになる。不審人物の件はまた別事案だが、ひとまず母上の意向を卿には伝えよう」

「ありがとうございます」

ミルテアが深々と頭を下げた。

この件はこれで終わりだ。

オルティウスは「それから」と続ける。もう一件伝えておくことがあった。

「母上の故郷カリヴェナからデトレフ王子が訪れるだろう。母上の叔父であるロートレイツ公爵も同行するそうだ。好きな食べ物や嗜む嗜好品《しこうひん》など覚えている範囲で儀典長に伝えておいてほしい」

ミルテアの目が大きく見開かれた。しばし呆然としたのち、「……招待状の返事には何も書かれていなかったと記憶しております」と静かな声を出した。

「どうやら急遽決定したらしい」

公爵位を与えられている前王の弟は、物見遊山と称して各地を周遊しているそうだ。ヴィオスの報告では、政治的な思惑などは見受けられなかったとのこと。寡黙な性質なのか、積極的に人の輪に入ろうとする風情ではなかったのだそうだ。

「分かりました。のちほど儀典長をわたくしの部屋へ遣わせてください」

五

記憶が戻らないままエデルはオルティウスの妻として、そしてオストロムの王妃としての日々を過ごすこととなった。正直、毎日が綱渡りである。

記憶を失った状態で行った初めての公務では心臓が口から飛び出るかと思うほど緊張したのだが、事情を知る者たちが手助けをしてくれたおかげで乗り切ることができた。

オルティウスやミルテア、ヤニシーク夫人たちの協力もあり、拙《つたな》いながらも王妃をまっとうできている。

（オルティウス様は、大丈夫だとおっしゃるけれど……記憶を失う前のわたしに追いつけるよう頑張らないと）

気合を入れるのには理由がある。イプスニカ城に南の隣国カリヴェナの王子、デトレフが到着したのだ。

今回デトレフと同行するフェレン・レニス・ロートレイツ公爵とは、記憶を失う直前に言葉を交わしていたのだとヴィオスから聞かされていた。

当然彼にも記憶を失っていることは秘密である。悟られないよう一層気合を入れる必要がある。

「エデル、あまり気負うな。俺がついているし、今日は母上主催の親族だけの晩餐だ。話題は互いの家族のことが多くなるはずだ」

「は、はい。頑張ります」

晩餐会の会場へ向かうさなか、オルティウスが緊張を解そうと心を砕いてくれるのだが、エデルの返答からは硬さが抜けきれない。

すると彼が声を潜めた。

「実は、今日は俺の好きな牛肉を赤ぶどう酒で煮込んだものが出されるそうだ」

「そうなのですか？」

「美味しく食べるために腹を空かせてきた」

周囲に聞こえないように声を落とすから、てっきり伝えておかなければならない話かと思ったのだが。平和な内容に口から意図せず空気が漏れ出た。

オルティウスを呆然と見つめ返すエデルの様子に、彼がくっくっと肩を震わせる。

「一国の王とて、頭の中はこのようなものだ」

「は、はい」

と答えて、この返事でよかったのだろうか、と慌てて彼を窺った。

オルティウスは「大丈夫」とでも言うように頷いた。

これらの会話のおかげで肩から力が抜けたのだろう。

始まった晩餐会では変に気負うでもなく、幾分穏やかな気持ちで臨むことができた。

リンテとルベルムの社交デビューの夜会は、主催は国王オルティウスだが、ミルテアが主導して準備が進められている。

そのため客人の歓待もミルテアが大部分を担っている。

「デトレフ殿下、イプスニカ城の滞在はいかがでしょうか」

「非常に居心地よく滞在をしています。叔母上にもお初にお目にかかることができましたし、従弟妹《いとこ》たちが大人の仲間入りを果たす記念の夜会に出席できて嬉しく思います」

ミルテアと同じ亜麻色の髪を持つ青年が朗らかな声で応じた。常に漆黒の衣服を好むオルティウスとは違い、彼は深い赤色の宮廷装束を身に纏っている。肩よりも長く伸ばした髪を後ろでまとめるリボンも同じ色で合わせてある。

男性にしては派手とも取れる色だが、甘さを含んだ顔立ちのデトレフには似合っていた。

初めて相対した親族同士、やはりそれぞれどのように育ったのかという話題が多くを占めた。

ミルテアは折に触れ家族の肖像画をカリヴェナへ送っており、デトレフは幼少期のオルティウスやまだ赤ん坊の頃の双子のそれらを目にしていたのだと語った。

もちろんカリヴェナからも同じように王家の肖像画が届けられており、互いに顔だけは知っていたが、言葉を交わすのは初めてという関係性から発展させるべく、受けた質問に返事をし、さらに別の質問を重ねるといった具合に会話を続けていく。

「あの肖像画が描かれた頃、次兄へのいたずらがバレて尻を思い切り叩かれた直後だったのです。あの絵には描かれてはいませんが、服の下には思いきり手形がついていたんです」

などとあけっぴろげに自身の子供時代を話すデトレフに、ルベルムとリンテはくすくす笑い、ミルテアですら思わずといった風に笑みを零していた。

オルティウスが楽しみにしていたという牛肉を赤ぶどう酒で煮込んだ料理が皿から半分ほどなくなる頃には、すっかり寛《くつろ》いだ空気が室内に充満していた。

「せっかくこうして出会えたのですから、僕のことはデトレフと呼んでください。敬称も敬語もなしで、従妹弟《いとこ》同士ざっくばらんにつき合いましょう」

「ええ、もちろんです。ですが、僕よりも年上なので……デトレフ兄上と、そう呼んでも？」

「もちろん。オストロム滞在中仲良くしてくれると嬉しいよ。リンテも気軽にお兄様って呼んでほしいな。それから、オルティウス国王陛下のことも兄上とお呼びしてもよろしいでしょうか？」

「もちろん、構わない」

オルティウスが口角を持ち上げ頷いた。

「よかったあ。国に帰りましたら兄たちに、あのオストロムの黒狼王《こくろうおう》陛下と『兄よ、弟よ』と呼び合う仲になりましたと自慢できます」

大きく安堵のため息を吐いた次の瞬間には顔をきりりと引き締めてそのようなことを言うのだから、エデルを含めた全員が笑ってしまった。

「実は父上から、せっかくオストロムへ行くのだからオルティウス兄上に一度くらい剣の稽古をつけてもらえと言われていまして。どうでしょう、一度だけお相手いただいても？」

「それは構わないが、俺は手加減はしないぞ？」

「僕は剣の腕は平均的ですので、そこは思いきり手加減してください」

素直に己の力量を暴露し頭を下げるデトレフの素直さに、やはり皆が笑いを漏らした。

晩餐会がここまで盛り上がったのはデトレフの人柄に依《よ》るものが大きいだろう。

危惧した政治的な駆け引きなどが話題に上ることもなく、エデルもいつの間にか肩から力が抜けていた。

「剣の腕は平均的ですが、盤上遊戯はまあそこそこですよ。せっかくですから後ほど対戦しましょう。これならエデルツィーア妃殿下とも仲良くなれますしね」

「は、はい」

これまで聞き手に徹していたため、突如話を向けられてびくりと肩を揺らした。

だがしかし、ゼルスでは娯楽の類は一切行ってこなかったため、ルールが分からない。

「ルベルム、リンテ、まずはおまえたちが相手をしてやったらどうだ？」

隣に座るエデルの戸惑う気配を察知したのか、オルティウスが双子に視線をやった。

「そうですね。僕は昔からリンテと腕を磨いてきたので負けませんよ」

「僕だって国では兄たちと競い合ってきたからね。真剣勝負といこうじゃないか」

六

晩餐後、場所を談話室に移した。

日が暮れるとまだ冷えるため、暖炉には火が入れられている。その暖炉の前に足の低いテーブルを移動して盤上遊戯の会と相成った。

初戦は、先ほどの宣言通りルベルムとデトレフだ。

エデルは二人の対戦をオルティウスと一緒に見守る。数種類の駒を盤の上で動かし互いの陣地を奪い合う遊戯は、駒によって動かせる範囲が違うため、初見で覚えるのは大変そうだ。オルティウスが時折補足を入れてくれるのをしっかり頭に留める。

二人の対戦を見守るさなか、オルティウスがついと言った口調で「ルベルム、本当にそこに置いていいのか？」と口出しをし、デトレフから「あっ。ちょっとそういうのはだめですよ」と牽制されたりもした。

一回戦は年の項というべきかデトレフが勝った。

次はオルティウスとエデルが一組になってデトレフと対戦することになった。

「オルティウス様、まずはどちらから移動させましょうか？」

「まだ最初だからな。エデルの好きに動かして構わないぞ」

初めてでその振りは無茶でしかないのだが。どれを動かしてもあとあとに響くような気がして思考が迷路に嵌《は》まった。

難しく考え込むエデルを見かねたのか、オルティウスが「じゃあこれにするか」と手を伸ばした。

するといつまでも時間をかけるのもそれはそれで迷惑だと、手を伸ばしかけたエデルとオルティウスのそれが宙で触れ合い、咄嗟に手を引っ込めた。

「悪い」

「い、いえ……。わたしの方こそ」

二人は同時に謝った。

「熱い！　熱いよ。ルベルム、この二人はいつもこのように初々《ういうい》しいの？」

「……ええと。仲睦まじいのは本当のところです」

エデルの現在の様子を知らされているルベルムが視線をつうっと逸《そ》らしながら言いよどむ。

「分かった。俺が指示をするからエデルが駒を動かせ」

ひとまずスムーズに進行ができそうで安心する。

ホッとしたのもつかの間。今度はデトレフに聞こえないように耳元で次の手を知らせるオルティウスの声に何度も体から力が抜け落ちそうになった。

「次の手は……あの駒を――」

「ひゃ、い」

耳朶を掠《かす》める吐息に妙に反応するのがいけないのだが、どうしてだか意識を彼に向けてしまう。

何度も繰り返しているうちに体の芯がふやけてしまったのか、遊戯中盤になると横に座るオルティウスに体が傾く始末。

遊戯自体はオルティウスの圧勝であったが、エデルとしてはこの場から解放されることの方に安堵した。

先ほどからどうしようもなく心臓が早鐘を打っている。

盤上遊戯に熱中しながらオルティウスは体を傾けるエデルのことを受け入れていた。体からかすかに伝わる彼の温かさに落ち着く自分がいることも確かで。エデル自身は覚えていないのに体が彼のことを覚えている。そのような心と体がちぐはぐな状態にも落ち着かなかった。

三回戦を前にルベルムがリンテに視線を向ける。

「リンテも参加する？」

「わたしは遠慮しておく」

「なんか、変なきのこでも拾い食いしたのかってくらい大人しいけれど、本当に何か変なものでも食べた？」

「失礼ね。わたしだって……、大人しい時くらいあるわよ」

弟の言い草にリンテが立ち上がった。

言い捨てられたルベルムはけろりとして「じゃあデトレフ兄上、僕ともう一度勝負しましょう」と再戦を望んだ。

エデルは観戦の輪から外れ、離れた場所に座るリンテの側に腰を落とした。嫁いで以降リンテとは仲良くしていたのだと聞かされていても、今のエデルにとって彼女は初対面も等しい。

「こんばんは」

どう話しかけていいのか逡巡し、結果当たり障りのないものになった。

一度こちらへ視線を向けたリンテは気まずい相手に出会ったかのように瞳を伏せたあと、小さな声で「こんばんは。お義姉様」と返した。

「……」

沈黙が流れる。

リンテとはゲレメク卿の領地を一緒に訪れた仲だ。

彼女もまたエデルを記憶喪失に貶《おとし》めた犯人とグラーノ城で接触し軽度の記憶障害を発症していたため、帰還後は城の奥に留め置かれていた。

「体調はもう大丈夫……ですか？」

「……はい。わたしは、その……お義姉様とは違い、直前の記憶が曖昧になっただけだったので」

イプスニカ城内でも二人の仲の良さは家臣や召使いたちにも知られていた。できれば以前のように接したい。

（二人は本当の姉妹もしくは友達のように仲が良かったとオルティウス様はおっしゃっていたけれど……。友達……友達……？）

生まれてこのかた友達がいたことがなかった。距離の詰め方が分からない。

「……お義姉様。今回は……わたしのせいでこのようなことになってしまい、申し訳ございません」

「え……？」

友人の作り方について自問自答していたエデルは、リンテの突然の謝罪に目をぱちくりとさせた。

斜め前に座り膝の上でぎゅっと拳を握る彼女の顔には、深い悔恨が表れていた。

「犯人は、あなたを狙っていたのかもしれないのでしょう？　あなたのせいというわけでは……」

「わたしが勝手なことをして、お義姉様に心配をかけて……」

「それは……」

当日、誰がどのような行動を取っていたのかはヴィオスから細かに教えられていた。きっと彼女は、エデルの与り知らぬところでゲレメク卿の長男と剣の打ち合い、即ち私闘とも呼べる行為をしたことについて述べているのだろう。

彼女の謝罪を今の自分が受け止めていいものか。

次の言葉を言いあぐねていると、ふわりと麝香の香りが鼻腔に届いた。

「ロートレイツ公爵」

「せっかくの親睦の場だ。大人も交ぜてもらっても？」

「……はい。お母様も、どうぞ」

先ほどまでフェレンとミルテアは別室にいた。叔父と姪という間柄である。二十数年間離れていた間の積もる話もあったのだと推測できた。

「グラーノ城ぶりだね、リンテ。きみは向こうには交ざらないのかい？」

すっかり寛いだのか、背もたれに体を預けながらフェレンがリンテに話しかける。

「わたしは……」

「ルールを知らないわたしのために、リンテは話し相手を買って出てくれていたのです」

言いよどむリンテに代わり、エデルは当たり障りのない理由を口にした。

「今日は元気がないようだが……。それはグラーノ城での晩餐の時も同じだったか。オストロムのリンテ王女は、剣技に優れ乗馬の腕も一流だと聞き及んでいたのだが。実際に会ってみると、随分と印象が違う」

「それは……。きっと噂が独り歩きをしたのです。わたしは所詮、女のお遊び程度の剣技の腕しか持ち合わせていません」

「叔父上、あまり淑女に相応しくない噂を広めないでください」

ミルテアがそっと言い添えた。

「活発なことは悪いことではない。何にでも興味を持ち、自由活発に外を歩き回る女性を私は一人知っているからね」

フェレンがふっと息を吐きながら眼差しを緩めた。在りし日のどこかに思いを馳せる声色に、ミルテアが頰を強張らせる。

彼はそれには気付かずに言葉を重ねる。

「オストロムではリンテ王女と乗馬を楽しみたいと思っていたのだが……。どうだろう、姪孫の目付けという損な役割を引き受けた私に一日だけつき合ってくれないか？」

「叔父上、リンテはデニシューカとは違いますっ！」

その声は、思いのほかよく響いた。

空を刺すような響きにエデルは思わず息を止め、離れた場所で盤上遊戯にふけっていた男性陣も手を止め、何事かと立ち上がる。

「もちろん分かっている。リンテ王女とデニシューカはまったくの別人だ。似ても似つかない」

そのようなさなか、フェレンだけがいささか冷めた声を出した。

「母上、いかがした？」

「いいえ。何でもありません」

オルティウスの問いかけにミルテアが小さく首を振る。

「なに、せっかくの機会だからリンテ王女と馬を走らせたいと提案していたのですよ」

「そういえばオストロムは活発な女性が多いのだとか。エデルツィーア王妃もこちらに嫁してきてからは、乗馬をする機会は多いのですか？」

しれっと答えたフェレンに被《かぶ》せるようにデトレフが質問を寄越した。

「いいえ。わたしは……」

「エデルは一人乗りは危なくてさせられない。乗るのなら俺と一緒にと言い聞かせている」

助け舟なのかオルティウスがずばっと言い切った。どうやら自分には乗馬の才能がないらしい。ちょっぴり胸に刺さった。

「二人のための夜会まで、まだ日数もありますしオルティウス兄上に剣稽古をつけてもらっても時間は余りますね。僕もお城以外の場所を散策してみたいな」

「ルクス郊外でしたら僕でも案内できますよ」

「そうだな。地方から領主たちも出てきているし、他国の客人も到着している。一度遠乗りの場を設けてもいいかもしれないな」

デトレフが乗り気な態度を見せると、あっという間にそのような方向で会話が進んでいく。

「母上もいいだろう？」

王から念を押されたミルテアは、オルティウスではなくフェレンに視線を向けた。

フェレンは何も言わない。

「……かしこまりました」

ミルテアは数度睫毛《まつげ》を震わせたのち、深々と頭を下げた。


解散となった帰り道、エデルの隣にミルテアが並んだ。

オルティウスや侍従、女官たちと歩く中、ミルテアがエデルにだけ聞こえるように声を潜めた。

「あなたの侍女アルーツェ・マレノをロートレイツ公爵と会わせては絶対になりませんん」

「それはどういう……？」

突然の通告に戸惑った。

どうして急にエデルの侍女の名を出すのだろう。マレノ家は確か北の海に面した港を持つ領主のはず。地理的にカリヴェナとは正反対の場所にある。

「理由は申せません。ですが、絶対に引き合わせないで。遠乗りに出かける際、連れて行く供には含めないでください」

「かしこまりました」

強い意志が込められたミルテアの声にエデルは真意を問うことなく頷いた。

七

キンという金属がぶつかり合う音が響いた。

刃を潰してあるとはいえ、打ち合う光景にエデルは何度も息を詰めた。

剣技にはからきし疎《うと》いエデルの目にも、オルティウスとデトレフの実力差は明らかだった。相手の剣の軌道を読み受け止め、しなやかに身をこなし攻撃の一助とする。

オルティウスにはまだ余力が十分あったが、デトレフの方は防戦一方になっていった。

初めて目にするオルティウスの剣技に圧倒され、そして目が離せない。

もう一度オルティウスがデトレフに打ち込んだ。

デトレフがたたらを踏む。

「オルティウス兄上、さすがにこれ以上は……僕の体が持ちませんっ！」

オルティウスの剣の重みに耐えきれないという風にデトレフが体の均衡を崩し、その場に尻もちをついた。

オルティウスが剣を収め、デトレフに向け腕を差し出す。それを取りデトレフが立ち上がる。二人はそのまま二、三言話しながらこちらに向かって歩いてくる。先日の晩餐会よりも気安い空気を纏わせている。

距離があるため何を話しているのかまでは分からないが、オルティウスの少年のような笑顔から目が離せなかった。あんな風に笑うのだ。胸の奥がきゅっと音を立てる。

横並びで戻ってくる二人は対照的だった。まだ余裕のあるオルティウスと、疲労が蓄積していると分かるデトレフ。日頃の訓練の差が表れているのだろう。

「あの。よければこちらをお使いください」

エデルはデトレフに布を差し出した。

「ありがとうございます」

デトレフが嬉々とした声で受け取り、額に浮かぶ汗をぬぐう。

「手合わせを願い出た二日前の僕を殴りに行きたいですね。オルティウス兄上は強かった。涼しい顔のままなのだから、実力の半分も出していないのでは？」

デトレフがエデルにずいと顔を寄せる。その人懐こい仕草に少々驚き、思わず一歩足を引いた。

「半分というほどでもない。六割は出していた」

「それ、半分と言っているも同じではないですか」

オルティウスがさりげなくエデルを庇《かば》うように体を前に出した。

そういえばと思い出し、エデルはオルティウスにも布を差し出す。

「オルティウス様も、よければお使いください」

「あ、ああ。ありがとう」

オルティウスが無造作にそれを受け取った。

「ああ〜、エデルツィーア王妃のような美しい御方が見学にいらっしゃると分かっていれば、カリヴェナでの稽古をもう少し頑張っておいたのに」

盛大な独り言に対してオルティウスが呆《あき》れた声を出す。

「動機が不純すぎる。日々コツコツと真面目に鍛錬すればいいだけのことだ」

「オルティウス兄上は手厳しいなあ」

唇を尖《とが》らせ拗《す》ねた声を出すデトレフに、つい口元が緩む。

彼は空気をまぜっかえすのが上手だ。

「剣の腕ではオルティウス兄上に負けますが、これでもダンスは上手なんですよ。カリヴェナでは夜会に出席すればご令嬢方からぜひとも一度お相手を、と追いかけ回されるほどに人気があるのです」

デトレフがにこりと笑った。

「エデルツィーア王妃、今度の夜会ではぜひ僕とも一曲踊ってはいただけませんか？　それともすでに予約が埋まってしまっているのでしょうか？」

予想もしなかった展開である。

夜会に向けてダンスは現在特訓中だ。体が覚えているということもなく、つまりは数年経ってもあまり上達しなかったのだという事実に気付き意気消沈した。

だが、ダンスの上手い下手にかかわらず、外交のためとあらば賓客とも踊る必要がある。エデルは内心の冷や汗を押し隠し、微笑を浮かべる。

「もちろんです。ステーラエ山脈を越えてお越しくださったのです。わたくしでよければ、ぜひお相手を」

「ありがとうございます」

デトレフがエデルの手をそっと掬《すく》い取《と》った。紳士の仕草として、その甲に唇を寄せる仕草をする彼の側でオルティウスが黙り込んでいたのだが、重大な使命を負ったエデルがそれに気がつくことはなかった。

八

「俺はどうやって初対面のエデルを口説いていた？」

「いきなりどうしたんですか？」

執務室で突如そのようなことを言い出したオルティウスに、ガリューとヴィオスが不可解そうな顔を作った。

「そういえば、デトレフ殿下がエデル様をダンスにお誘いになったそうですね。あっさり頷いたことが面白くないのでしょう」

「……」

さっそく食いついたのはガリューである。彼はこの手の話題が好物なのだ。

色恋沙汰の話になると俄然《がぜん》やる気を出す彼の前でこのような話題は慎んでいたのだが。つい話を振ってしまうほどに行き詰まっているのだ。主に今のエデルとどう距離を近付けていいのか、ということに。

「エデル様が記憶を失くされてからすでに十日以上、間もなく二週間になります。記憶の綻びなど、無意識に以前の言動をされたり……という報告はないのですか？」

「エデルにしてみれば、ある日突然おまえはオストロムの王妃なのだからそれらしく振る舞えと言われたようなものだ。それなのに健気《けなげ》にこちらの要望を叶えようと努力してくれている。あれは生まれ持った気質だ。最初は戸惑っていたフォルティスとの交流も最近は慣れてきたと聞いている。まだフォルティスに触れる手は遠慮が見えるそうだが、彼を見つめる眼差しは温かく柔らかだと。エデルは誰にでも分け隔てなく優しい気質の持ち主だからな」

「無意識にエデル様への愛を垂れ流すのは止めてください」

ヴィオスの質問に回答したらガリューから突っ込みが入った。

「一度習得した知識だからでしょうか。生来の努力家の気質もあるのでしょうが、私がお教えするエデルツィーア王妃の歩みを学び、本来の自分ならどう行動するのかを考え動いていらっしゃいます」

「エデルにばかり負担をかけるな」

彼女の努力を垣間見《かいまみ》、オルティウスは嘆息した。

それに比べて己の狭量さときたらどうだろう。デトレフとダンスの約束をしただけで余裕がなくなってしまうときた。

彼女にとってみれば、オルティウスもデトレフも同じ頃に出会った男なのだ。

今のエデルはこれまでオルティウスと培ってきた思い出を全て忘れてしまっている。初対面も等しい男から突然夫面《づら》をされて、さらには「エデルは俺を愛していた」と言われれば、それはもう脅迫も同じだろう。自分の身に置き換えてみれば、恐怖を感じるに違いない。

そう考え、できるだけ負担にならないよう一歩線を引いた立ち位置を心がけているのだが、うっかりするとエデルに触れそうになる。そのたびに彼女がびくりと肩を揺らすのを見ては、内心胸をつきりと痛ませている。

エデルは己のどこに惹かれてくれたのか。

当時オルティウスは、ゼルスの姫に肩入れなどするものかと考え、初夜を迎える寝室で思い切り脅した。それを思い出して即座にあの頃の己を殴りたくなった。

「昔のあなたも今と同じく、エデル様のもとへせっせとお菓子を運ばれていたではないですか。それ以外のことを、私は知りません」

ヴィオスがそう突き放す。自分で解決しろということらしい。

「一番の解決策は、犯人を捜し出し暗示を解かせることですね。ゲレメク家を徹底的に洗いましたが、何も出てはきませんでした。現在、あの日の宴に招待されていた者たち周辺に捜索の手を広げていますが、リンテ殿下へ危害を加えて得をする人物となると……」

てておりません」

「高い動機が浮かび上がらない……か」

ガリューの報告にオルティウスが舌打ちする。

「それから、リンテ様の証言にあった、甘いような匂いがしたというのも特定には至っておりません」

あの日の記憶を曖昧にさせながらも、リンテは占い師と話をしている時、甘いような不思議な匂いが漂っていたのだと話した。

同じ話をエデルとオパーラにもしてみたのだが、あいにくと覚えていなかった。

「甘い匂いだけでは範囲が広すぎ、時間がかかるとの報告が上がっています」

「男性も女性も香水を振りかけたり、ポマンダーを身に着けていたりしますからね」

と、洒落者《しゃれもの》のガリューがつけ加える。

ポマンダーとは金属でできた鎖付きの小さな入れ物だ。中に香木や香料を入れて楽しむ。オルティウスは香水を身に着ける習慣はないが、ガリューは夜会などでは流行《はや》りの匂いを身に纏わせる。

「まずは動機を持つ者を地道に洗い出すしかありませんね」

「リンテ個人への恨みというよりは王家への恨みだろうな」

国を治めていれば恨みを買う場面など数多ある。これればかりは割り切るしかない。

善政に努めているが、誰かにとって善いと思うことも、一方の誰かにとっては悪いと思うことかもしれない。全員が納得するような政治を行うことは不可能である。

答えの出ない話をしていると、控えめに扉を叩く音が聞こえた。

ガリューが取り次ぎに向かい、紙束を抱えた侍従長を連れて戻ってきた。

受け取った紙を広げたオルティウスに、ガリューが眉を持ち上げる。

「おや、カリヴェナ王家の系図ですか？　すでに何度もご覧になられましたでしょう」

「おまえたちはいなかったが、親族だけの晩餐の日の母上の態度が気になったんだ」

と、オルティウスはあの日の出来事をかいつまんで話した。

「それにフェレン・レニス・ロートレイツ公爵がデトレフに同行していると俺が母上に話した時、今思えば……あれは驚きを通り越して、動揺していたようにも思えてな」

「動揺……ですか？」

「ああ。そのあと黙り込んでしまった。あの時は予定外の客人へどの部屋をあてがうかなど、色々考えているのだろうと軽く考えていたんだが」

「王太后殿下とロートレイツ公爵の接し方で、その考えを改めたと？」

ヴィオスの言葉にオルティウスはかすかに顎を引いた。

「リンテはデニシューカとは違う、と。遠乗りを提案しただけのロートレイツ公爵への返しにしては唐突だったし、母上の声は感情的だった」

「デニシューカ……デニシューカ……、ああ、ありましたね。ミルテア王太后殿下の妹君ですか」

オルティウスと一緒に系図を検《あらた》めていたガリューが指さした。

母ミルテアには妹が二人いた。末の妹の方である。

「それにしても意味深ですね。デニシューカ様とリンテ様は違う、と。ロートレイツ公爵はデニシューカ様とそれほどまでに親しかったのでしょうか」

「さあな。母上と親しく会話をするようになったのは、エデルと結婚したあとのことだ。話題はもっぱらオストロムの家族のことばかりだった。嫁ぐ前のことを聞いたのは最近のことだ」

そこでオルティウスは、先日ミルテアがリンテが末の妹とどこか似ていると評していたことを思い出した。

伝えておいた方がいいような気がして、側近二人を前に先日の会談の内容を口にする。

「そのデニシューカ様は十七歳の年に失踪。その後王家から正式に死亡が公表されたとありますね」

ヴィオスが系図の注釈に視線をやった。記載されている大陸暦は今から二十年ほど前のものだ。この系図は各国の情勢を収集しオストロムで製作したものだ。

古い出来事だったため、今まで気にも留めなかった。このことがミルテアとフェレンとの間に何かしらの確執を及ぼしているのだろうか。

「母上はすでにオストロムへ嫁いでいる頃だし、俺も生まれていたな」

「妹君の死に、何らかの形でロートレイツ公爵が関わっていたのだと、そうミルテア王太后殿下はお考えなのでしょうか」

「それだと、デニシューカ様とリンテ様は違うという発言に繋がらないのではないか？」

ガリューの思案する声にヴィオスが口を挟む。

「陛下。一つ、よろしいでしょうか」

侍従長が控えめに発言をしたため、オルティウスは頷いた。

「そのロートレイツ公爵でございますが、十数年前に一度オストロムを訪れております。どうやらお忍びだったようで、まだ王太子妃であられたミルテア様と数度面会し帰国されました」

「……なんだと？」

公式的な記録には記載されていない事項である。

「具体的にはいつ頃で？」

ガリューが問うた。

「ええと……あれはまだ陛下が寝室の壁に浮き出た染みをおばけだと怖がっておいでになっていた頃のことで……」

父の代から城の奥に仕える侍従長は、とんでもない方法で記憶を遡る。

「その前置きはいいから、さっさと思い出してくれ」

「確かな年歴のことまでは定かではありませんが、十八年、七年前のようだった気が……」

侍従長が口にした年数を引き継ぎ、ガリューが当時の状況をまとめる。

「当時はカリヴェナ国王の代替わり前ですから、ロートレイツ公爵は王弟という立場ですね。そのような者が国境を越えれば記録に残るはずですが、我々が初耳ということは厳重に身分を隠し、カリヴェナからお越しになられたのでしょう。ルクスに到着して初めて身分を明かし、密《ひそ》かにミルテア王太后殿下に繋ぎを取った」

「母上への個人的な用事だったということか？」

「そのようなご様子でした。ミルテア様の御父上《おちちうえ》、当時のカリヴェナ国王にも黙って出てきたようだから歓迎する必要はないと。早急に国にお戻りいただく。そのように仰せでした」

実際ミルテアはカリヴェナ大使を呼びつけ、父王に向け早馬を仕立てたのだという。

とにかくにもフェレンを早急に迎えに来てほしいと。

「ロートレイツ公爵のオストロム訪問の意図までは知らないんだな？」

「申し訳ございません」

侍従長が頭を下げた。

「当時のことで他に何か、母上に変わった様子は？」

オルティウスは質問を変えた。

「そうですねえ……」

侍従長が当時の情景を思い起こすように宙を見つめる。

「これといって変わったことは……。当時も今と変わりなくルクスの教会や施療院への慰問、それから時季に合わせた社交を行っておいででした」

確かに今と大差はない。

「慰問といえば……、そのさなかに知り合った修道女にいたく肩入れをされておいででした」

「同情する理由でもあったのか？」

「そこまでは……。ただ、同じ女性として何か共感することがあったのかもしれません」

「分かった。他に何か思い出したことがあれば伝えてくれ。それからガリュー、この手の情報収集は得意だろう。おまえの方でも調べておいてほしい」

「かしこまりました」

「エデル様の記憶が失われているのが辛いですね。ゲレメク卿の宴でロートレイツ公爵と歓談されていましたから、何かしら口にしていた可能性もございます」

「あまり過去は暴きたくはないが、母上とロートレイツ公爵に本当に確執があったとして、それが何かのきっかけで表に出たあとでは対処が後手に回る。事前に知っておけばこちらも心構えができる」

「ミルテア王太后殿下に直接お尋ねになられては？」

ヴィオスの言《げん》に、オルティウスは首を振った。

「先日の会談の席での母上の様子では……詳細を尋ねても回答を得られない気がする」

ひとまず、この話題はここで終了となった。

「話は変わるのですが陛下」

「どうした？」

侍従長はまだ何か言いたげだ。

次の予定までまだ時間はある。水を向けると彼はすっかり灰色になった眉尻を下げ、彼にとっての本日の重要案件を伝えたのだった。

九

こちらにぎゅうっとしがみついていたフォルティスが舟を漕《こ》ぎ始めたため、エデルはそうっと体勢を移動させて抱き上げた。

フォルティスはむずがることもなく、こっくりこっくり頭を揺らしている。

胸の奥から湧き水のように愛情が溢《あふ》れる。

寝台の上にそっと降ろし、ふわりとした幼子特有の柔らかな黒髪を優しく撫でた。

すると薄《うっす》ら目を開けたフォルティスが嬉しそうにエデルの手のひらに額を押しつける。

その仕草が愛らしい。いつまででも眺めていられそうだ。

「母としてフォルティスに接するのは今のエデルには重荷だろうから、まずは世話役の一人として触れてやってほしい」

オルティウスからそう請われたエデルは王妃の務めの合間を見て、フォルティスのもとへ通うようになった。

日中は難しいが彼が眠る前のひと時であれば予定はつきやすい。何度も顔を合わせるうちに肩の力が抜け、いつの間にかフォルティスと過ごす時間が待ち遠しくなった。

「ティース、いい夢を見てね」

眠りの園に旅立った小さな王子の額に気がつけば唇を寄せていた。

「エデル、思い出したのか？」

「え、あ……、オルティウス様!? も、申し訳ありません。つ、ついでき心で」

後ろからかけられた期待が込められた声に、びくりと体を震わせたエデルは思い切り頭を下げた。

いつの間にか入室していたオルティウスがこちらへ歩み寄る。

「謝るな。おまえが産んだ息子だ。少々妬《や》けるが、遠慮せずに触れてやってくれ」

「すみません……。思い出したわけではないのに……、フォルティス殿下を見つめていたら……」

自分でも分からないのだが、そうするのが自然だと思ったのだ。体が勝手に動いていた。どう説明していいのか分からない感覚だった。

「無理に思い出さなくていい。具合が悪いとかそういうことはないんだな？」

「はい。特に気持ち悪いとか、体調の変化はないです」

「そうか。無理を言ってティースの相手をしてもらっているんだ。それにおまえは俺の王妃でいてくれている。それだけで十分に救われている」

「皆様よくしてくださるので、わたしにできることをしているだけです」

「感謝する」

オルティウスが瞳を細めた。

彼はいつもこうしてエデルに謝意を表してくれる。

「……」

彼はさらに何か言いたそうにエデルを見つめる。

しかし、唇は閉じられたままだ。もう日が暮れ、互いに部屋に戻って寝支度を整える時間である。何か他に伝えることがあっただろうかと、近日中の予定を頭の中に思い浮かべ、一つ閃《ひらめ》いた。

「遠乗りの件で何か伝達事項があるのでしょうか？」

フェレン発案の遠乗りは、オルティウス采配のもとで少しだけ規模を大きくして開催されることになっていた。

ちょうど暖かくなってきた頃ということもあり、野外散策の会として、王都に出てきている諸侯らに招待状を送ったのだ。

また、このあと開かれる夜会に出席するためにオストロム入りをした招待客らの参加も複数決まっている。

「いや……そうではなくて……。ヤニシーク夫人、おまえからエデルに説明してやってほしい」

　くしゃりと黒髪を乱雑にかき混ぜたオルティウスに請われたヤニシーク夫人が「恐れながら妃殿下」と静かな声で話し始めた。

　要約すれば、国王と王妃が別の寝所で眠っているとの話を聞いた臣下たちが、ある憶測を持ち始めたのだそうだ。即ち、王妃が懐妊したのではないか、と。

「え……！」

「前回妃殿下がご懐妊されました際、つわりに苦しむ妃殿下は陛下と寝所を分け、奥の間にて静養なさいました。そのため、最近共寝を行っていないお二人のご様子に、もしや懐妊あそばされたのではないかと。気の早い者たちがいたものです」

　ヤニシーク夫人がやれやれ、とでも言いたそうに嘆息した。

　記憶を失う前のエデルはオルティウスの寵愛《ちょうあい》を一心に受けていたのだ。だからこそ臣下たちは期待をする。

　ということは、つまり……。頬に熱が集まるのを自覚する。

「噂を真実にするために夜伽《よとぎ》を……し、した方がいいのでしょう……か？」

「エデル、早まるな！　そうではない」

　どくどくと心臓が鳴り響き、語尾を掠れさせたエデルに対し、オルティウスが間髪容《い》れずに断りを入れた。

「そうではなく……。これ以上噂を独り歩きさせないために、できれば同室で眠ってほしい。それだけだ。俺は長椅子で眠るからおまえは寝台を使え」

つまりは、応急処置ということだ。

確かに現状懐妊の兆しもないのに、出会う人々から期待の眼差しを向けられてはエデルも困ってしまう。いや、噂を真実にしてしまえばいいのだろうがと考え、そういえば夜伽という言葉は知っていても、寝所で共寝をした男女が具体的に何をするかまでは、まだ教わっていないことを思い出す。

（で、でも。以前のわたしはフォルティス殿下を産んでいるわけだから、当然知識を持っていた……のよね？）

そのことに思い至ると先ほどとは違う胸の高まりに支配されそうになり、エデルは落ち着けとばかりに慌てて深呼吸をした。

「国王陛下が長椅子で眠り、わたしだけ寝台で眠るなど、そのような無礼はできません。どうか、オルティウス様が寝台をご使用ください」

「俺がおまえを長椅子に寝かせられるはずがないだろう」

即答だった。

「ですが、わたしのほうが身長も低いですし、体も小さいですし」

「俺は野営にも慣れている。長椅子でも問題はない」

いや、そういう問題ではないのだが。自分だけ大きな寝台の上で眠るなどできるはずもない。逆に恐縮し眠れないなど、少なくない押し問答が続いた結果「では、寝台の端と端で眠ることにしよう」ということになった。


夜着に着替えて王の間へ赴き、同じく寝間着姿のオルティウスを前にしたエデルは、もしかしたらとんでもないことになったのではと思った。

扉のすぐ近くで固まるエデルに対し、オルティウスは「やはり長椅子で眠った方が良さそうだな」と微苦笑を漏らした。

その中に一抹の寂しさを感じ取ったエデルは反射的にぷるぷると首を左右に振る。

彼にそのような表情をさせたくないと思ったのだ。

「大丈夫です。わたしは……あなた様の妻なのです」

「おまえにとって俺は初対面も同じだろう？」

「ですが……、以前のわたしも政略結婚で嫁いできたのですよね？」

「まあ、そうだったが……」

エデルは一歩を踏み出した。一度歩き出せば次の歩が自然と出て、寝台の際《きわ》まで辿り着く。

「し、失礼します」

そおっと寝台の中に潜り込む。王妃の寝所も豪奢《ごうしゃ》だったが、王の寝所はさらに輪をかけて贅《ぜい》が凝らされている。委縮してもおかしくないのに、どこか懐かしいのは以前のエデルにとって、ここが日常だったからだろうか。体が覚えているのかもしれない。

「以前のおまえにとって、ここが居場所だった。時にはフォルティスも一緒に眠った」

いつの間にかオルティウスも寝台に上がっていた。

彼は肘枕をついてこちらを見つめている。

「俺たちは政略結婚で結ばれた。俺はエデルと過ごすうちに、その心が欲しくなった。体の繋がりではなく、俺がおまえに向ける想いと同じものを、おまえに求めるようになった。そして、以前のエデルは俺に同じものを返してくれた」

どうしてだろう。遠い日に思いを馳せるその声に胸の奥が熱くなった。

瞼《まぶた》が滲んだ。視界が潤むのを自覚する。

この御方は深い愛情を以前のエデルに注いでくれていた。日々の生活の中でだってたくさん感じていた。彼の優しさを。

でも、彼はどこかで線を引いていた。今のエデルが以前の彼女とは違うから。

「だから……心配するな。俺は今の状態のおまえを無理に求めることはしない。心が伴っていない女を抱いても虚《むな》しいだけだ。ただ、おまえに王妃の立場を求めることだけは許してくれ」

はっきり宣言されたその言葉に、安堵こそすれ、どうして胸がずきりと痛むのだろう。おまえは俺の妻なのだから。そう宣言され、求められれば覚悟を決められた。

（違う……。わたしは、この御方のことが……）

目覚めた時、知らない人たちが周りにいた。心は少女のままで体だけが大人びているのに、その間に起こったことを何一つ覚えていないことに戦慄した。

知らない国。知らない人々。不安だった。怖かった。

けれどもオルティウスに相対して、彼の声を聞き姿を見た時、胸の中に妙な安堵が広がった。

その声が、眼差しが、悪意のないものだとすとんと理解できたから。

それはきっとオルティウスがエデルを愛しているから。そして、彼女もまた彼を深く愛していたから。

閨《ねや》の責任を彼に押しつけようとしたことが恥ずかしかった。いつの間にか、彼に愛されているのだと自惚《うぬぼ》れていた。

オルティウスが求めているのは、以前の自分だ。彼が愛しているのは、記憶を失う前のエデルだというのに。

そのことが苦しかった。

「もう眠れ。俺はおまえには何もしない」

「……はい」

エデルはじくじくと痛む胸をそっと押さえた。

思い出したい。あなたを、失った記憶を。霞《かすみ》がかった迷路の奥へ手を伸ばす。

――忘れていろ――

頭の奥でいつかと同じ声が響いた。

嫌だと抵抗するエデルの意思を頭の中に巣食った誰かによって押さえつけられる。迷宮へ落ちていくエデルの頰を、一筋の涙が伝った。

十

今日は朝から先輩侍女の機嫌が妙に良かった。

先輩の気分がよければアルーツェとしても仕事がやりやすい。

エデルツィーア王妃とオルティウス国王が久しぶりに共寝を行ったからだろうか。

この国の若き王と妃は政略結婚で結ばれたのだが、互いを慈しみ合う非常に仲睦まじい夫婦なのだと、王都から届く噂で聞いていた。

実際その通りだったのだが、王妃が視察から帰還して以降二人の間にぎくしゃくとした空気が流れていた。高貴な御方といえど夫婦なのだから仲違《なかたが》いをすることもあるだろう。

ようやく喧嘩《けんか》が丸く収まったのかな、などとアルーツェは考えていた。

とはいえ、あの優しいエデルツィーアが怒るところなど想像もつかないのだが。

「アルーツェ、あなた今日の午後、王太后殿下に呼ばれているんでしょう？　支度に戻った方がいいんじゃない？」

別の同僚の指摘に時間を確認する。

「ありがとう。そろそろ支度しないと間に合わないところだったかも」

アルーツェは急ぎ足で王城の一角にあてがわれた自室へ戻った。水回りや居間は共同で、寝室は一人部屋である。

今は支給された衣服を身に纏っているが、これから王太后ミルテアと二人きりでの面会が控えているため、私服に着替える必要がある。

寝室の隅に置かれた長持ちを開け、スカートを取り出し、合わせる上着を選んだ。

（お母様が新しい絹地を持たせてくれて助かったわ。こういうことがあると見越していたのかしら？）

昨秋、オルティウス国王より届いた召喚状に従い、アルーツェははるばるルクスへとやって来た。同じ国内とはいえ、馬車で十日以上の距離にある王都は異国と言っても差し支えないほど遠い場所だ。

寂しさがないといえば嘘になる。この土地には誰一人として知り合いがいないのだから。それでも恩を返すなら今だと思った。

アルーツェにはマレノ家の血は流れていない。にもかかわらず両親は実の子供である息子たちと同等に扱い、分け隔てなく育ててくれた。

「アルーツェ・マレノ。王太后殿下のお支度が整いました」

女官の声にハッとしたアルーツェは顔を上げ立ち上がる。前室を抜け通されたのは、小さいが品よくまとめられたミルテアの私的な部屋であった。

「お、王太后殿下にあられましては本日もご機嫌麗しく存じます」

侍女としてではなく、話し相手として招かれたため、最初に発声した音が上擦った。

城勤め自体には慣れたが、今日のこれはそれとはまったく違う。先にミルテアの話し相手を務めた同期が「とっても緊張したわ」と言っていたのがよく分かった。

「堅苦しい挨拶はいりません。どうぞ、おかけなさい」

「失礼します」

もう一度小さく膝を折り、アルーツェはミルテアの正面に座った。

まさか自分が王太后殿下に招待され、二人きりでお茶をすることになるとは。海辺に広がる荒野を兄たちと駆け回っていた子供時代に想像したことがあっただろうか。なかった。心の中で即答したアルーツェは緊張のせいで供された茶の味も菓子の味も感じ取れない。

ある種の人質としてイプスニカ城で侍女仕えをすることになった娘たちを気にかけてくれているのだろう。

すでに数回このような場を設けているミルテアはアルーツェに子供の頃のこと、領地のこと、それからイプスニカ城での暮らしについて話題を向けてきた。

「あなたは確か、現在のマレノ家の弟君の娘だったわね。母君は、どこの国の出身なのかしら」

「確か……」

アルーツェは遠い西の国の名を答えた。そう両親から聞かされていた。

黒髪に青い瞳を持つ者が多いオストロムにあって、アルーツェの外見は目立つ。亜麻色の髪に灰緑色の瞳は、はっきりと外国の血が入っていることを示していた。

マレノ家の当主夫妻は共に黒髪だったし、兄の一人は栗色をしていたが、もう一人は黒髪で、瞳の色は全員青であった。

外国の船が行き交う街では異国からの移民や彼らとの間に生まれた子など、内陸に比べると髪も瞳の色も様々だった。

それでも、領主の娘として扱われているアルーツェの、この色は何かと目立った。父とされる当主の弟は体が弱く、長い間療養生活を続けていたそうだ。そしてアルーツェが生まれる前に亡くなってしまった。

領主の弟が密かに想いを通わせた女性との間に生まれた娘。それが己の出自《しゅつじ》だ。でも本当は違うことをアルーツェは知っていた。おそらく兄たちも。隠そうとしても子供というのは敏感に感じ取る。にもかかわらず、彼らもまたアルーツェを妹として認めてくれていた。

「もうすぐマレノ卿がルクスを訪れる予定です。今年はどうしても彼らに直接会って確かめたいことができたので、わたくしからも手紙を書きました」

「確かめたいことって……っと、申し訳ございません」

「いいのよ。今のあなたはわたくしの話し相手なのだから。そのドレス、あなたに似合っているわ。マレノ夫人が用意したもの？」

「布地は母が用意してくれました。イプスニカ城と北とでは意匠に違いがあるかもしれないから、こちらに着いて仕立てなさいと言われましたので、自分で縫いました」

「マレノ夫人はあなたをきちんと育てたのね」

ミルテアがふわりと微笑んだ。

母はアルーツェを慈しみ教育を与えてくれた。礼儀作法はもちろんのこと、女の嗜みである裁縫と刺繍、それから将来のためにと家の切り盛りの仕方も教えてくれた。

「わたくしはね、昔さる修道女に通行証と身分証明書を書いたことがあったの。彼女は一歳になる手前の赤ん坊を抱いていた」

ミルテアがさらりと話題を変えた。

ごく自然な口調だったから、切り替えるのに数秒を要した。

「訳があって彼女は生まれた土地を離れなければいけなかった。嫁いで十年が経つ前だったかしら。わたくしは、この国で初めて自分のためにオストロム王太子妃という権力を使ったわ。彼女を安全に逃がすために」

続けられるその話になぜか聞き入った。否、聞かなければならない気がした。

アルーツェはミルテアの茶色の瞳をじっと見つめた。まるでその中に彼女が語る修道女が映っているとでもいうように。

「わたくしは信頼のおける修道士に彼女を託した。予定では、クライドゥス海経由で西へ向かう予定だった。どこか修道院に身を寄せて赤ん坊を育てることができたらと。そう言っていた。赤ん坊は母親と同じ亜麻色の髪をしていた。瞳は……薄い緑色だったわ」

ミルテアがアルーツェと視線を絡めた。薄く微笑みながらこちらを見つめる眼差しに、ごくりと息を呑み込んだ。

「それで……、その修道女は……無事に、西へ辿り着いたのでしょうか？」

喉がからからに渇いていたが、聞かずにはいられなかった。

ミルテアはそっと瞳を伏せた。

「分からないわ。わたくしは、その修道女の足跡を追わなかったから。彼女もまた手紙の類は一切書かないと、そうわたくしに言ったから」

随分と親しい間柄のように思えた。一国の王太子妃へ直接手紙を書ける身分の人間など限られている。

このままミルテアの話を聞いてしまっていいのだろうか。手のひらにじとりと汗が浮かび上がる。

聞けば後戻りはできない。頭の奥で誰かがそう囁く。

ミルテアがすっと腕を持ち上げ、テーブルの上に置いてあるベルを軽やかに鳴らした。

チリンチリン。高音のそれに合わせるように奥の扉が開いた。

入室した女官が布包みをミルテアに渡す。

パタンと扉が閉まり、女官が去ったことを確認したミルテアが無造作に布を取り払う。

それは絵画だった。ミルテアの腕の中に収まるほどの大きさで、一人の女性が描かれている。

「――っ」

アルーツェは声もなく悲鳴を上げた。

だって絵画の中で柔らかく微笑みを浮かべているのは――。

「この絵は、わたくしがあとになって描かせたものなの。あの子と一緒に逃げてきた画家にね、頼んだの。彼は国には戻らずにルクスに留まり続けていたから。あの子は、彼を自分の運命に縛りつけたくないと言って、一人で旅立つことを選んだ」

「あ……あぁ……」

息が苦しい。ミルテアの話す昔語りなど何一つ分からないというのに、描かれた少女から目が離せない。

まるで鏡を見ているようだった。違うのは品の良さが醸し出た優しい微笑とアルーツェには縁のない豪奢なドレス、それから瞳の色。

「彼女の名前はデニシューカ。わたくしの、末の妹よ」

ミルテアはそう言って寂しそうにアルーツェとうり二つの顔をした絵の中の少女の頬を優しく撫でた。

十一

ルクスを流れるテレジ川沿いに馬を走らせること約一時間。穏やかな川の両岸には木々が立ち並び草原が広がっている。

このあたりは王都から気軽に来られる散策地として、城仕えの貴族や裕福な市民たちが春から夏の間よく訪れる。

レゼクネ宮殿あたりまで足を伸ばすことになれば泊まりになる。日帰りで気分転換を兼ねた日光浴をするにはちょうどいいというわけだ。

近くの町からの補給も容易とあって、王立軍の演習もこの一帯で行われることが時折あるのだという。

天幕が張られ準備が整えられた会場は、イプスニカ城の社交の場を移動させたかのように賑わっていた。

「ルベルム殿下とデトレフ殿下が参加されるとあって、ご令嬢方で大変賑わっていらっしゃいますね」

「ええ。色とりどりのドレスを眺めるだけで心が浮き立ちます」

エデルはガリューに相槌を打った。

社交の場に出る時、事情を知る誰かが側にいてくれる。今日その役を担っているのはオルティウスの側近、ガリューである。

彼はまずこれから話す者たちへ名を呼びかける。そして近況を交え話を膨らませ、場が温まった段階でエデルに会話を渡してくれる。

ガリューの顔の広さはオルティウスのお墨付きで、今日それを強く実感した。

「今日の場でルベルム殿下の目に留まれば、次の夜会でダンスに誘われる可能性がありますからね。デトレフ殿下も言わずもがな、ステーラエ山脈を越えた先の隣国ですから、そう遠いわけでもありませんし、何と言っても王子様ですから」

ガリューはどうやら完全に第三者として、この社交の場を楽しむと決めたようだ。

今日は馬を走らせる予定のため、頭一つ飛び抜けているのは、日頃から乗馬を嗜む娘たち。などと評してどの家の娘が馬の扱いに長《た》けているのかまで教えてくれる。

「陛下が合流しましたら、妃殿下も乗せてもらってはいかがですか？　以前は時折二人乗りを楽しんでおられましたよ」

「わたしは……、やめておきます」

魅力的な提案だったが、エデルはゆるゆると首を振った。

これ以上オルティウスに深入りをしてはいけない気がした。

エデルは天幕へと視線を向けつつ、「ミルテア殿下のもとへ参りましょうか」と話を変えた。

日陰の下でミルテアが出迎えてくれた。彼女はエデルに顔を近付け小声で話しかける。

「アルーツェは連れて来なかったようですね」

「はい」

やはりアルーツェをフェレンに会わせたくないようだ。

理由はあるのだろうが、立ち入ってほしくないのだろう。それを空気で察するから、エデルは何も聞かずにいる。

二人の様子を近くで見守るガリューがやおら口を開き、エデルに一つ質問をする。

「エデル妃殿下から見たアルーツェ・マレノとはどのような娘でしょうか」

「そうですね……。仕事ぶりは真面目ですし、これといって何か挙げる点はありません」

「妃殿下の覚えがめでたいようで何よりです。しかし、彼女自身の資質はともかくとして、オルティウス国王陛下は、マレノ家の娘をイプスニカ城へ遣わせよと手紙を出したのです。それなのに彼女にはマレノ家の血は一滴も流れていないというではありませんか」

ガリューがやや冷たい声を出した。

誰が調べてきたのか、そのような話が臣下の口に上ったのだと彼が続ける。

「え……？」

「約束を違《たが》えたと捉《とら》えられてもおかしくはありません。マレノ卿を正さなかったアルーツェにも責任の一端はあるのではないかと。沙汰を下すまでの間、彼女の身柄を拘束すべきだという意見も上がっています」

「そんな……」

予期せぬ話の流れにエデルは言葉を失った。

「人の口には戸が立てられませんからね。現当主の弟君の娘とのことですが……これは表向きの話なのだと、私の耳に入れてきた人物がおりまして」

アルーツェがマレノ家の養女であることはヤニシーク夫人から聞いていた。エデルとしてはマレノ卿が娘として扱っているのであれば血が繋がっているかいないかは、そこまで重要ではないと思っていた。

政治の世界では違うらしい。こんな些細なことで揚げ足取りをするものなのか。

（わたしがアルーツェを守らないで誰が彼女を守れるの？）

政治的な思惑で召喚されたとはいえ、今彼女を預かっているのはエデルだ。

「彼女は――」

「アルーツェはマレノ家に正式に養女として迎え入れられた身。人の足元を掬《すく》うことしか考えていないような者の声に、耳を傾ける必要はございません」

意を決してガリューに意見しようとしたエデルの声は、ミルテアの毅然《きぜん》とした声にかき消された。

「おや、エデルツィーア妃殿下の侍女であるアルーツェ・マレノを、王太后殿下が庇われるとは、珍しいこともあるもので」

「わたくしは一般的な意見を述べたにすぎません」

片眉を持ち上げ、少々大げさとも取れる声を出すガリューに対して、ミルテアが淡々と応じた。

二人の間に糸をピンと引き延ばしたかのような張り詰めた空気が流れる。

「そういえば王太后殿下はアルーツェのことを気に入っておられるのだとか」

「わたくしは皆に平等に接していますよ」

ミルテアがすっと立ち上がる。

「娘の様子を見に行ってきます」

彼女はそう言い残し、この場を去った。

妙な緊張感から解き放たれたエデルはそっと息を吐き出した。

「あ……あの。ステイスカ卿……。わたしからもお願いします。アルーツェの拘束については、しばしの猶予をください」

「妃殿下にはご心労をおかけしてしまいましたね。難癖をつけたがる輩《やから》はどこにでも湧きますが、私も陛下も取り合うつもりはありません」

「ほ、本当ですか……？」

今度こそエデルは安堵のため息を漏らした。

「王太后殿下がどのように出られるか反応を確認したかったので、あのような台詞を吐きました」

ガリューは頭を下げたあと、独り言のように呟いた。

「どうやら侍女たちの噂の通り、ミルテア王太后殿下はアルーツェ・マレノをどこか意識しているようですね」

十二

昼食を終え、太陽の位置が真上から少しだけ西へ移動を始めた昼下がり、客人たちはそこかしこで談笑したり、腹ごなしに馬を駆けさせたりして楽しんでいる。

エデルとデトレフはリンテの愛馬リースナーを紹介されていた。

「お父様からの贈りものなのよ。ずっと、ずっと一緒なの」

乗馬服に身を包んだリンテがリースナーの顔に手を添えた。優しく撫でられた彼女もまた、黒曜石のように深い漆黒の瞳でリンテを見つめている。

「リースナーをもらった時、とっても嬉しかった。初めての友達で相棒だったから」

「素敵な贈りものだね」

デトレフが相槌を打った。

「お父様は優しかったわ。何でも願いを叶えてくれた。馬を贈ってくれたし、剣の稽古もつけてくれた。だから、わたしは……、お父様もわたしが騎士になることを応援してくれているって、そう思っていたの」

リースナーの手綱《たづな》を引きながら、リンテがゆっくり足を踏み出す。

「でも……、わたしは王家の娘だものね。夢は……どこかで終わらせないといけない」

まるで自分に言い聞かせるような響きのそれに、エデルとデトレフは思わず息を呑み込んだ。

流れる雲が太陽を隠し、濃い影が地上に落ちた。

長い睫毛に縁どられた彼女の瞳の奥には、どのような思いが隠されているのだろう。

「リンテ殿下、準備はできましたか？」

「はい」

同じく馬を引き連れたロートレイツ公爵が合流する。ふわりと麝香の匂いが漂う。彼はこの香りを愛用しているようで、近付くとすぐ分かる。乗馬用の衣服を身に纏った彼の背後には従者と馬丁《ばてい》が控えていた。

「賢そうな、よい馬だ」

「ありがとうございます」

ロートレイツ公爵が薄《うっす》ら唇を持ち上げた。口数が少なく、あまり表情が豊かとはいえない人物だが、自然が近いことも影響しているのかリラックスしているように見えた。

「このあたりは詳しいのですか？」

「昔、お父様と馬の練習で来たことがあります。その後も何度か」

エデルとデトレフに見送られ、二人が並んで歩き出した。

二人が話す様子を微笑ましく見守っていると、視線が注がれているのを感じた。辿った先には一人の男の姿があった。

フェレンの後ろに控える従者である。彼と同じ世代と思しき、薄茶の髪のその男はエデルの瞳を不躾《ぶしつけ》に見つめる。

こちらに伝えたいことでもあるのだろうか。男の視線から目を逸らせずにいると、それに気がついたデトレフが二人の視界を遮るように体を動かした。

「妃殿下に何かあるのかい？」

その声には、人の上に立つ者特有の有無を言わせない風情があった。

「申し訳ございません」

従者の男がやや薄くなった頭を下げた。

「どうした？　ああ、私の従者が非礼を働いたようですね。こやつはどうにも昔の癖が抜けないらしい」

どうやらこれらのやり取りが聞こえたようだ。フェレンが会話に加わった。

「昔の癖、とは？」

デトレフが質問をする。

「私に仕える前は、それなりの身分だったということですよ」

「閣下……それ以上は」

デトレフの質問に答えたフェレンを咎《とが》めるように従者の男が口を開く。

「余計なことを言われたくないのなら、無作法はしないことだ」

従者の男のその声色に機嫌を悪くするでもなく、フェレンはリンテへと顔を向け歩みを再開させた。その後ろを男がつき従う。

「我が国の者が失礼を。妃殿下の美しさに見惚《みと》れてしまったのでしょう」

デトレフのフォローにエデルはゆるゆると首を振った。

「もしかしたらこの髪色が珍しかったのかもしれませんね。カリヴェナではあまり西北の国の人々を見かけることはないでしょう？」

「エデルツィーア王妃殿下はお優しいですね。ロートレイツ公爵には、使用人の躾をきちんとしておくよう言っておきます」

二人の視界の先でリンテとフェレンが馬に乗り合図を出した。

これからしばしの間、草原散策を楽しむのだろう。

「わたしたちは戻りましょうか」

見送りも終わったため、天幕へ戻ろうかと体の向きを変えようとしたエデルをデトレフが「妃殿下」と呼び止めた。

「もう少し散歩につき合っていただけますか？　妃殿下と一緒だと、お嬢さん方もそうそうは近寄って来ないと思うので」

デトレフが苦笑を交えつつ言った。

「我が国の者がデトレフ殿下に失礼をしてしまいましたか？」

集団で行動をすると気が大きくなり、中には大胆な行動を起こす者も出ると聞く。

「あ、別に妃殿下のお手を煩わせるようなことが起こったとか、そういうことではないのです。ただ……、ずっと王子様を演じるのも気力が必要なので」

「それは……何となく、分かる気がします」

「妃殿下とは親戚づき合いの延長で接することができるので自然体でいられるのです」

デトレフが歩き出したから、エデルもそれにつき合うように足を踏み出した。

目的地があるわけでもない。息抜きがしたいだけ。そういう空気が伝わってきたため、エデルは話しかけるでもなく隣を歩く。

木立のおかげで適度に影ができ、ドレスに濃淡が浮かび上がる。

この先いくらか進むと水辺に出る。テレジ川の支流だ。

「リンテもルベルムも大人への仲間入りを前にどこか繊細になっていますね。特にリンテはその傾向が強いかな。僕は割と場の空気を和ませるのが得意なんですけれど、彼女に関しては、なかなか本心から笑わせることができません」

「デトレフ殿下の明るさにリンテの心も引っ張られていると思いますよ」

「だといいのですが。僕はね、結構早くに開き直ったところもあるのですが、彼女はまだ迷子の途中のようなので」

その時、彼の袖からきらりと小さなものが零《こぼ》れ落《お》ちた。

気がついたエデルは地面に落ちたものを拾い上げた。銀色の小さなチャームだった。

「デトレフ殿下、落とされましたよ」

「え、ああ。本当だ。ありがとうございます」

デトレフが腕を曲げ、もう片方の手で何かを掴《つか》む。手首に銀の鎖を巻きつけていた。

「留め具が緩くなっていたようです。大切なものだったので失くさずにすみました」

「草むらの中ですすと、探すのも一苦労ですものね」

エデルは彼の手のひらに今しがた拾ったチャームを乗せた。匙《さじ》の形をしていた。これは幸運のお守りとして広く知られた形状である。

「エデル！」

ちょうど彼の手のひらの上にエデルのそれが重なるように見えた時、鋭く刺すような声が響いた。

二人同時に声の方へ顔を向ける。

大きな歩調でこちらに足を進めてくるのはオルティウスであった。

「何をしている？」

「え……あ、その……」

今まで聞いたこともないような低く感情を抑えたその声に、わけもなく竦《すく》み上《あ》がった。

出会って以降初めて触れる彼の悋気《りんき》に舌が上手く回らない。

「オルティウス兄上、誤解をさせてしまったのであれば、すみません。僕が身に着けている腕の鎖からチャームが取れてしまい、妃殿下が拾ってくださったのです」

固まるエデルの代わりにデトレフが親指と人差し指で銀のチャームを摘《つま》み、オルティウスに見えるよう持ち上げた。

「……そうか。早とちりをしてすまなかった」

「兄上、余裕がなさすぎですよ」

「本当にその通りだな」

オルティウスが自嘲気味に吐き出した。

デトレフが予定とは違うとばかりにオルティウスとエデルの顔を交互に見る。

「ええと？　ここはもう少し明るく応じてもらいたかったのですが」

「デトレフ、エデルと二人にしてもらえないか？」

「それは……構いませんが」

デトレフがエデルに対して問うような視線を寄越してきたから、かすかに顎を引いた。

それを受け、彼が立ち去った。離れた位置にいた彼の護衛も同様であった。

その場にエデルとオルティウスだけが残される。

草木が奏でる僅かな葉擦れの音が耳に届く。他に音はない。互いに相手の顔色を窺い、どう口を開こうかと迷うような視線が交錯する。

「……よく考えれば、おまえにもパティエンスの騎士が付いていた。何かあれば彼女たちが間に入るだろうに、完全に俺の早とちりだったな」

先に口を開いたのはオルティウスの方であった。

仮にも王族である。デトレフにもエデルにも護衛が付き、すぐに駆けつけられる場所で警護を行っていた。

「わたしの方こそ……遠目から見た時に誤解をさせるような振る舞いをしてしまい、申し訳ございませんでした」

本当に小さなチャームだったため、単なる受け渡しであっても距離が離れた場所から目撃をされれば、男女が手を握り合っているようにしか見えなかっただろう。

王妃として自覚に欠ける行動だったと叱責されても仕方がないし、もしも悪意のある誰かに見られでもして周囲に吹聴されていたらと考えると、背筋が冷える心地がした。

「完全な二人きりではなかったのだから、そう自分を責めるな。俺の方こそ怖い思いをさせてしまってすまなかった」

「い、いえ……」

不注意だったのは自分の方なのに。顔から血の気を引かせたエデルの様子にオルティウスがさらに謝罪を重ねてきたから居たたまれない。

「エデル」

オルティウスがエデルの手に触れようと腕を伸ばしたその時。

「あ……」

エデルは反射的に手を引っ込めてしまった。そのことを即座に後悔した。

オルティウスの青い瞳の中に悲哀の色が混じったからだ。

自分でもどうして彼を避けようとしたのか分からなかった。

「本当は、一緒に愛馬《アーテル》に乗らないかと誘うつもりだったのだが……、今は互いに距離を置いた方が良さそうだな。皆のいる場所まで戻ろう」

「はい……」

隣を歩くオルティウスとは特に会話はなかった。

お互いに気持ちの整理が必要なのかもしれない。

今の自分の心を、どう表現したらいいのだろう。

初めて触れた彼の一面に慄《おのの》いてしまったのだろうか。確かに知らない人のように思えるほど低い声をしていた。

けれども彼はすぐに状況分析を行い、己の非を詫《わ》びた。

ではなぜ、彼の手から逃げてしまったのだろう。

デトレフとエデルが親しげに接していると勘違いしたオルティウスが見せたのは、焦燥だとか嫉妬だと思う。

彼はエデルのことを憎からず思っているから、彼以外の男性に触れてほしくないのだろう。

隣を歩くオルティウスをそっと見つめる。皮手袋に覆われた大きな手が視界に映る。

この手が優しくて温かいことをエデルは十分知っている。

でもきっと、この手が触れたいのは今のエデルではない。

そう考えた時、きゅうと胸の奥がちぎられるような痛みを覚えた。

（……だからさっき、わたしはオルティウス様から距離を取ってしまったのね）

彼が望むエデルと今のエデルは違うから。彼の温かさをこれ以上知るのが怖いと思ったから。深入りしたら苦しくなると思ったから。無意識の内に彼を避けてしまった。

（わたし……オルティウス様に愛されていた以前のわたしに嫉妬している）

今のエデルも彼に惹かれているから。彼に愛されたいと願ってしまったから。

胸の中に生まれた淡い心を自覚したエデルはきゅっと目をつむった。

「何か、騒がしいな」

隣からオルティウスの独り言のような声が聞こえ、現実へと引き戻された。

「陛下――」

近衛騎士の一人が彼に近寄り、手早く何かを伝える。

瞬時にオルティウスが身に纏う気配が変わった。

「エデル。リンテを乗せた馬《リースナー》が制御不能になったそうだ。俺はあいつを助けに行くから、おまえは母上の側についていてやってくれ」

「！」

オルティウスが走り去ってしまった。

遠くなる彼の背を前にエデルは呆然と立ち尽くした。制御不能とは一体何が起こったというのだろう。

「ミ、ミルテア様のもとへ行かないと」

ここに留まっていても状況は変化しない。リンテの方はオルティウスがどうにかしてくれる。エデルは彼の希望に沿いミルテアの側にいるべきだ。

エデルはスカートの裾を軽く持ち上げた。中に重《かさ》ね穿《ば》きしているペチコートが足に絡みつき思うように走れない。

木立を抜けようかというさなか、エデルはふと足を止めた。

「妃殿下？」

護衛騎士の声かけにも反応せずに、エデルは無意識に足を一歩別の方向へ踏み出した。

「この香り……？」

風に乗って漂ってきた微かな匂い。甘いそれは誰かの香水だろうか。

過度に甘さを煮詰めたようなこの匂いを日頃から好んで纏っている者はエデルの周りにはいないはず。

ではどうしてオストロムに嫁して以降の記憶を失っている自分が気に留めたのだろう。

もしかして記憶を失う前のわたしはこの香りを知っていた？　それはいつのこと？

一体誰と会って？　頭の中に疑問が次々と浮かび上がる。

「うっ……」

頭の中をぐにゃりと掻き回されたような心地に陥った。言いようのない不快感がせり上がる。

「妃殿下！」

口元を押さえて倒れる寸前、女騎士に抱き支えられた記憶を最後に、エデルは意識を手放した。

十三

リンテを背に乗せるリースナーが時折物足りなさそうに主の気配を窺う。もっと速く駆けたいのだろう。彼女にとっても今日は久しぶりの外出だ。

「ごめんね、リースナー」

宥《なだ》めるとつき合いの長い相棒は、仕方がないなあとでも言うように鼻を鳴らした。

「私に遠慮をせずにもっと速く走らせて構いませんよ。リンテ王女を乗せているその馬も物足りないでしょう。もちろんあなたも」

第8回カクヨムWeb小説コンテスト

受賞作特集

＼今、売れてます／

現代、後宮、異世界で！　甘～く胸キュンな
極上ロマンス作品などが大集合
コミカライズ作品多数で注目度No.1だにゃ！

「メディニャくん」
メディアワークス文庫マスコットキャラクター

メディアワークス文庫

氷の侯爵令嬢は、
魔狼騎士に
甘やかに溶かされる
「君は、俺にさらわれる覚悟があるのか？」
CHECK
コミカライズ
決定!!!
越智屋ノマ
イラスト／八美☆わん
第8回カクヨム
Web小説コンテスト
恋愛部門
特別賞
受賞
孤独な氷の令嬢×悪名高い魔狼騎士。
逃避行から始まる、運命の恋。
大聖女の証・聖痕を持つ侯爵令嬢のエリーゼ。しかし、その地位を妬む義妹と婚約者でありながら彼女のことを厭う王太子に全てを奪われてしまう。窮地に陥った彼女が出会ったのは「魔狼」と恐れられる美しい騎士で――。
試し読みはこちら！
https://mwbunko.com/product/322305001293.html

甘党男子はあまくない
～おとなりさんとのおかしな関係～
CHECK
コミカライズ決定!!!
織島かのこ
イラスト／けーしん
第8回カクヨムWeb小説コンテスト
ライト文芸部門
大賞
受賞
男運ゼロのOL×
傍若無人な甘党小説家の、
“おかしな”恋の物語。
お菓子作りが趣味のOL・胡桃。失恋のショックで大量に焼き上げたお菓子を差し入れたお隣さんは、傍若無人ながらも甘いものをこよなく愛する甘党男子で？　不器用な恋模様に胸キュン必至の、じれ甘ラブストーリー!
試し読みはこちら!
https://mwbunko.com/product/322305001292.html

皇帝陛下の御料理番
【こうていへいかのおりょうりばん】
佐倉涼
イラスト／鳥羽雨
第8回カクヨムWeb小説コンテスト
カクヨムプロ作家部門
特別賞
受賞
礼儀作法も知らない田舎娘が
皇帝専属の料理人に!?
成り上がり宮廷グルメ物語!
山奥で猫又妖怪と暮らす紫乃は、ある日怪しげな美形の男を助けたが……彼の正体は、皇帝・凱嵐だった。紫乃が作る料理に惚れ込んだ凱嵐は自らが住む天栄宮に紫乃を連れ帰り、皇帝の食事を司る料理番に任命して!?
試し読みはこちら!
https://mwbunko.com/product/322307001089.html

続々重版の話題作!!
皇帝廟の花嫁探し
~就職試験は毒茶葉とともに~
CHECK
コミカライズ決定!!!
藤乃早雪
イラスト/Nardack
ド貧乏田舎娘の私が
次期皇帝の花嫁候補!?
超ポジティブ田舎娘×毒舌皇太子の
成り上がり後宮ロマンス!
家族を養うため田舎から皇帝廟の採用試験を受けに来た雨蘭。しかし、良家の令嬢が集うこの試験の真の目的は皇太子の花嫁探しだった! 何も知らない雨蘭は採用を目指して大奮闘。なぜか毒舌補佐官の明に気に入られてしまうが、彼こそが素性を隠した皇太子で——!?
第8回カクヨム
Web小説コンテスト
恋愛部門
特別賞
受賞
試し読みはこちら!
https://mwbunko.com/product/322306001147.html

冴えない王女の格差婚事情
戸野由希
イラスト/斬
CHECK
コミカライズ決定!!!
地味で真面目な王女×美しい腹黒王太子。
政略結婚から始まるすれ違いロマンス
大国カザックから舞い込んだ縁談は、美貌の姉姫ではなく政務に通じた妹の地味姫ソフィーナへだった。政略結婚の相手である王太子に幼い頃から密かに想いを寄せていたソフィーナだが、彼の正体は辛辣で意地悪で!?
1~2巻好評発売中!
第8回カクヨム
Web小説コンテスト
恋愛部門
特別賞
受賞
試し読みはこちら!
https://mwbunko.com/product/saenai/322307001087.html

日本で一番読まれている
大ヒットビブリオミステリ
新シリーズ第4弾！
『ビブリア古書堂の事件手帖Ⅳ ～扉子たちと継がれる道～』
著者／三上 延　イラスト／越島はぐ
毎月25日頃発売
メディアワークス文庫
HeadLine
Volume. 172
2024.03.23
https://mwbunko.com/
メディアワークス文庫公式X(旧Twitter)@mwbunko

メディアワークス文庫　3月の新刊

ビブリア古書堂の事件手帖Ⅳ
～扉子たちと継がれる道～
扉子、栞子、智恵子、それぞれの十七歳。
三つの世代を超えて挑む、
国民的文豪「夏目漱石」名著の秘密。
ミステリー
ハラハラ
実写化
コミック化
三《み》上《かみ》 延《えん》
イラスト／越島はぐ
●定価803円（税込）
戦中、鎌倉の文士達が立ち上げた貸本屋「鎌倉文庫」。千冊あったといわれる貸出本も発見されたのはわずか数冊。夏目漱石の初版本も含まれているというその行方を捜す依頼は、三世代のビブリアの娘達に受け継がれていく。
三上 延
ビブリア古書堂の事件手帖

2024年4月25日発売の新刊

無貌の君へ、白紙の僕より　第30回電撃小説大賞《選考委員奨励賞》受賞作

にのまえあきら

ある事情から筆を置いた優希は、人の視線を恐れ、目を開くことができないさやかと出会う。それでも人を描きたいと願う彼女のため、優希はモデルを引き受けることに。だけど彼女は、もう一つの秘密を抱えていて……。

迷子宮女は龍の御子のお気に入り2 ～龍華国後宮事件帳～

綾《あや》束《つか》 乙《きのと》

皇太子候補の珖璉の侍女として働く鈴花は、溺愛されていても身分の違いに思い悩んでいた。後宮内で発生した謎の病を《蟲》を見る力で調べ始めたが、宮廷術師として新たに来た貴族令息が鈴花に興味を持ち――。

後宮食医の薬膳帖3 廃姫は毒を喰らいて薬となす

夢《ゆめ》見《み》里《し》 龍《りゅう》

皇帝が崩御し鴆が皇太子に。大きな変革の最中にあっても、慧玲は後宮食医として変わらず奔走していた。しかし、毒疫にまつわる一連の出来事にはある驚きの人物が関わっていて――。薬膳×後宮ファンタジー、第３巻。

博多豚骨ラーメンズ13

木《き》崎《さき》ちあき

義父殺しの仇敵が、殺人請負会社マーダー・インクと判明。単独潜入を試みた馬場を待ち受けるのは、彼を新社長に据えたい旧社長派閥だった。だが、それを快く思わない副社長派閥は、馬場の仲間たちを次々と襲い――。

Volume.172　2024年3月23日発行
発行◎株式会社KADOKAWA
編集◎メディアワークス文庫編集部　〒102-8177　東京都千代田区富士見2-13-3
※記載の各定価・予価は、2024年3月現在のものです。
※2019年10月以降、消費税の改定に伴い、消費税(10%)をご負担いただきます。　https://mwbunko.com/

公式サイトで立ち読みができます!! https://mwbunko.com/

恋愛 ときめき ハラハラ

竜族の王子の婚約者に選ばれた、人間の娘。
壮大なるシンデレラロマンス開幕!

だって望まれない番ですから 1

一《いち》ノ《の》瀬《せ》七《なな》喜《き》
イラスト／のりた
キャラクター原案／杉町のこ
●定価770円(税込)

竜族の第三王子の番(つがい)に選ばれ、結婚相手として迎えられた人間の娘・アデリエーヌ。しかし長命で崇高な竜族から冷遇された彼女は、不慮の死を遂げた。それから二百五十年後、転生した彼女宛に竜族から招待状が届き……。

恋愛 ときめき 楽しい 受賞作 コミック化

真面目な地味姫と意地悪な美形王太子。
すれ違う二人の政略結婚の運命は!?

冴えない王女の格差婚事情 2

戸《と》野《の》由《ゆ》希《き》
イラスト／斬
●定価781円(税込)

兄の窮状を知り、戻らない覚悟で城から抜け出したソフィーナは、二人の従者と共に一路自国へ向かう。残されたフェルドリックは彼女の身を案じていた。想いを知らないままの二人は、それぞれの地で互いを思い出すが――。

恋愛 ときめき ハラハラ 受賞作 コミック化

もう一度、あなたと初恋を――。
大人気シンデレラロマンス、新シリーズ開幕!!

黒狼王と白銀の贄姫 1
辺境の地で最愛を育む

高《たか》岡《おか》未《み》来《らい》
イラスト／NiKrome
●定価803円(税込)

義理の妹リンテと訪れた領主の館で、謎の占い師にオストロムに来てからの記憶を封じられてしまう。記憶が戻らないエデルに変わらない愛情を向ける黒狼王だが……。もどかしい思いに苛まれる中さらなる困難が降りかかる!

お仕事 ハラハラ 癒やし

生きづらさを抱えた誰かを手助けする
ソーシャルワーカーのお仕事。

ソーシャルワーカー・二ノ瀬丞の報告書

吹《ふく》井《い》賢《けん》
イラスト／玉川しぇんな
●定価770円(税込)

K町社会福祉協議会でソーシャルワーカーとして働く二ノ瀬丞の仕事は、困り事を抱えた人に寄り添い、手助けをし、ほんの少しでも誰かの世界を良くすること。この社協には日々、様々な相談が寄せられるのだが――。

「いいえ。物足りなくなんてありません」

リンテは小さく首を振った。

「私に遠慮をしているのでしたら、心配は無用」

自身でそう評する通り、フェレンの騎乗姿は堂に入っている。

「遠慮など……。わたしもいつまでも、子供のように振る舞っていてはいけませんから」

「あまり急いで大人になる必要もないのでは？」

そう言って口の端を持ち上げたフェレンが馬に合図を出し速度を上げた。

リースナーがこちらに伺いを立ててくる。

「うぅ……。リースナーったら期待しないで？」

とはいえリンテ自身うずうずしているのも本当で。

今日の自分はフェレンの歓待役だ。彼がもう少し早駆けしたいと言うのならつき合わなければならない。

心の中でそう言い訳をしたリンテはリースナーに合図を出した。

彼女は待っていましたと言わんばかりにぶるりと鼻を鳴らし速度を上げる。

（やっぱり、この感覚が好き）

風に包まれ世界と同化するようなこの心地。リースナーの呼吸とぴたりと合うこの一体感。自分が何者でもない、ただ世界に存在する一個体にすぎないのだと思わせてくれるこの瞬間が大好きだった。

けれども——。

今日はいつもよりも色あせて見えた。

どうして。湧き起こった疑問への答えはすぐに見つかった。

だって自分がいかに小さな世界で思い上がっていたのかを知ってしまったから。

男の剣の力強さ。重さ。持久力。レスラフとのあの闘いで身をもって味わってしまった。きっとルベルムにだってもう勝てない。

騎士になりたかった。毎日稽古を続けてきた。それだって所詮は女子供のお遊び程度でしかない。そう現実を叩きつけられた。

悔しかった。溢れた涙ははらはらと流れ続け、止《や》むことはなかった。

あの日レスラフに完膚《かんぷ》なきまでに打ちのめされた瞬間を見られたリンテは、逃げ出すことを選んだ。あんな惨めなところを見られたくなかった。勝手な行動に対する後ろめたさもあった。

迎えに来たクレシダは「誰しも一度は挫折を味わうものです」と静かに言った。彼女なりの慰めの言葉だった。

父王は、リンテの望むことなら何でも叶えてくれた。剣を習いたいと言った時、嬉しそうに目じりを下げて賛成してくれた。

その父が大人の仲間入りをするリンテのためにと宝石商を遣わせた。注文は何年も前に行われたのだという。

「結局、お父様も本心ではわたしに本物の騎士になるなんて望んでいなかった。王家の姫として逸脱しない程度に留めておいてほしいって……」

独り言は、風がどこかへ運んでいった。

誰もリンテに強さなど求めていないし、これ以上の訓練を望んでいない。

夢を諦めることがこんなに苦しいことだなんて。

「リンテ殿下、川沿いに走らせましょう」

「あまり遠くへ行くと、お母様が心配します。そろそろ戻りましょう」

過去に囚《とら》われていた母は、兄との対話の中で一つの区切りをつけた。でもやはり心配性は健在なのだ。

「お母様は昔から過保護で心配性でしたか？」

引き返す道すがら世間話にとフェレンに尋ねてみた。

「現在がどのようなものかは知らぬが、彼女は子供の頃から落ち着いていた。二人の妹の家庭教師と言った方がしっくりくるような風情だった」

「あまり今と変わらないですね」

きっと小言も多かったのだろう。いつか叔母に会って母の思い出話を聞いてみたい。思わずくすりと笑みを浮かべたリンテの横でフェレンが「……彼女は本当に、余計なことをしてくれた」と言ちた。

川岸付近まで到着したあたりで雲間から太陽が覗いた。水面がきらきらと反射する。リンテは眩《まぶ》しさに瞬《まばた》きをした。

「リースナー？」

彼女に声をかけたのは、彼女もまた太陽の光に立《た》ち眩《くら》んだのかと思ったからだ。だが、リースナーの動きはそれとも違いおかしかった。

急に止まり同じ場所で何度か足踏みをする。かと思えばくるりと回り、落ち着きがない。

「よしよし。どうしたの？　水辺はいや？　少し離れる？」

リースナーを宥めるように首筋を撫でる。彼女の体が震えている。

どうしたのと訝《いぶか》しがるリンテの思考を霧散させるようにリンテの肢体が跳ね上がった。

「きゃぁぁぁ！」

体が浮きかけた。必死に彼女にしがみつく。

リースナーが弾《はじ》かれたように走り出した。いつもの走りではない。彼女は今、我を忘れている。

「リースナー！　ねえ、どうしたって……いうの⁉」

舌を噛《か》みそうになりながら必死に呼びかけた。けれど彼女に自分の声は届いていない。遠くで「リンテ！」と呼ぶ声が聞こえた。馬上で体の均衡を保ち、振り落とされないようにするので精一杯だった。

広い場所などで馬に走られてしまうことはよく聞く話だ。リンテも何度か経験した。彼女は穏やかな性格なのだが、それでも広い場所に喜び想定よりも速く走られて肝を冷やしたことはあった。

（けど、今回のこれは、そういうのじゃない）

じわじわと恐怖心がせり上がる。馬の暴走はいつ誰にでも起こり得る。毎回気を引き締めて馬たちに接しなければならない。そう教師にも言われていたのに。どこかで慢心していたのだろうか。

わたしとリースナーは仲良しで相棒だからと。

リースナーの足元が掬われた。がくんと大きく視界が揺れた。

体があっけなく彼女から離れ、叩きつけられるような感覚を味わった。

十四

「リンテ！」

現場へ駆けつけたオルティウスは素早く外套《がいとう》を外し、川へ飛び込んだ。

直後複数の水しぶきがあがる音が聞こえた。おそらく近衛騎士たちだ。

沈みゆくリンテを見つけたオルティウスは彼女の背後に回り両脇に腕を入れた。

そのまま上へ浮かび上がる。

「リンテを見つけた！　引き上げるぞ」

オルティウスは近衛騎士たちと協力し、リンテを川岸へと引き上げた。

落水の衝撃で気を失ったリンテの上半身を起こし背を叩く。あまり水を飲んでいなければいいのだが。

「リンテ、リンテ！　聞こえるか？」

声をかけながら水を吐かせようと試みていると、数度目に「ゴホッ」という音を立てて、リンテが水を吐き出した。

苦しそうに咳《せ》き込《こ》む妹をパティエンスの騎士に託し、オルティウスは立ち上がった。

川岸では一頭の馬が倒れていた。リンテの愛馬だ。

傍らにしゃがみ込む近衛騎士が顔を上げた。

「すでにこと切れています」

オルティウスも傍らに膝をつき、息絶えた馬の検分をする。口元が泡で汚れている。開いたままの瞳の中に光はなかった。心を痛めながらその瞳を閉じてやる。

「……毒か」

「おそらくは……」

「犯人を捜せ」

あまり交流のなかった妹だが、彼女がどれほどこの馬を大切にしていたのかは折に触れ耳に入ってきた。それは今は亡き父王からであったりエデルからであったり。

リンテの悲しみを想像し、やるせない気持ちになる。

「陛下!」

ヴォイスとガリューが駆けつけた。

「御自《おんみずか》ら川に飛び込むなど、またフレヴの胃痛が加速しますよ」

「あいつには心労をかけるな」

ガリューの小言を受け流す。妹が目の前で川に投げ出されてしまったのだから仕方がない。弟妹《きょうだい》を事故で亡くすのは一度きりでごめんだ。

「リンテの馬に毒が盛られた。彼女が狙われたのは二度目ということになる」

側近二人の顔が瞬時に険しいものへと変化する。

「今日の会にゲレメク卿は参加していません。その縁者が紛れ込んでいる可能性も捨てきれませんが……。別の方向から犯人を洗った方がよろしいかと」

「近衛騎士にはすでに命じた。リンテの馬へ毒を盛った人物が特定されるのを待つ」

ヴィオスの言にオルティウスは頷いた。

どうやら王家へ悪意を持った誰かが暗躍しているようだ。

「陛下、妃殿下が――」

新たにもたらされた報告にオルティウスは即座に駆け出した。

十五

真白い場所にエデルはいた。ここはどこだろう。あたりを見渡すも、何もない空間が広がっているだけだ。

エデルは上下左右へ顔を向けた。遠くに何かが浮かんでいるのが見えた。詳細までは分からない。引き寄せられるようにそれを目指して歩いた。

近付くにつれ全容が明らかになる。

人だ。両膝を抱えた髪の長い女性が浮かんでいる。エデルと同じく白銀の髪をしている。

ううん、あれはわたし――？

「エデル」

名前を呼ばれたと思った直後、意識が浮上した。体がびくりと動いたと思ったら、いつの間にか見慣れた天蓋を眺めていた。

「ゆ……め？」

「目が覚めたか」

まだ頭の中はぼんやりしていたが、見知った室内を眺めることで今しがたまで夢を見ていたのだと自覚した。

「突然倒れたと聞いて心配した。目覚めてくれてよかった」

すぐ側にはオルティウスの姿があった。

「わたし……？」

寝台に横たわりながら記憶を遡る。どうして夢を見ていたのだろう。そもそも野外にいたはずなのに——、と思い至ったエデルは身を起こした。

「リンテは、彼女は大丈夫なのでしょうか？」

急に起き上がったせいでくらりとめまいに襲われたエデルをオルティウスが支えてくれた。耳元に「急に動くと体に負担がかかる」という声が届いた。

幾度か深呼吸をして身を落ち着かせると、彼が離れていった。

「リンテは無事だ。暴走した馬から振り落とされて川に落ちたが救助した。今はイプスニカ城に戻り、母に付き添われ養生している」

「よかった……」

彼女に怪我《けが》はないと聞き、エデルはほうっと安堵の息を吐いた。

だがオルティウスの表情は硬いままだ。

「彼女の馬、リースナーには毒が盛られていた。遅効性の毒だ。餌に混ぜられたのだろう。犯人はリンテが馬に乗る時間を逆算したんだ」

「そんな！」

「リースナーは死んでしまった。妹は自分のことよりも、そのことにひどく堪《こた》えている」

怒りとやるせなさを押し留めるかのように、オルティウスがぎゅっと拳を握った。

「エデルが倒れたと報告を受けた時、俺はおまえにまで毒が盛られたのかと思った。だが、駆けつけた先にいたおまえには毒を盛られた者特有の症状は表れていなかった」

オルティウスがエデルの頬に手のひらを添え、こちらを覗き込む。

彼の青い瞳に映る自分と目が合う。

オルティウスとの近さを自覚すれば、みるみるうちに頬に熱がこもり、慌てて下を向いた。

「悪い」

「いえ。わたしの方こそ、ご心配をおかけしました。実は……あの時、どこからか漂ってきた甘い匂いを嗅いだのです。初めて嗅ぐ香りのはずなのに、わたしはそれを知っていた。そう思ったのです。一体どこで嗅いだことがあったのだろうと考え込んでいたら――」

「気を失ったというわけだな？」

「はい。頭の中をぐにゃりとかき混ぜられたような不愉快さに襲われて……」

「……なるほど。だとすると、その甘い匂いこそが、エデルが記憶を消された時に嗅いだものと同じだったのだろう」

記憶を失う直前のことは覚えていないけれど、今回の反応を鑑《かんが》みるにオルティウスの推測通りなのだろう。

「具合はどうだ？　気持ち悪くないか？　眩暈《めまい》は？　吐き気は？」

「い、いえ……落ち着いていま――」

話の途中で腹の虫が鳴った。信じられない。恥ずかしくて今すぐ地中深くに埋まりたくなった。

「大丈夫そうだな。食事はここに運ばせる。今日はゆっくり眠れ」

うつむいたままのエデルの頭上にぽんと温もりが広がった。オルティウスの手のひらが乗せられたのだ。

オルティウスが去ってほどなくして女官が訪れた。改めて体調について尋ねられたのち、侍女たちが食事を運んできた。

ユリエが「お目覚めになられてよかったです」と目を潤ませる横で、アルーツェも同じく真剣な表情でこくこくと頷いていた。

鶏肉《とりにく》や腸詰《ちようづめ》を細かく刻んだものと野菜を柔らかく煮込んだスープが喉を通り胃を満たす。

匙を運びながらエデルは先ほど見た夢の内容について考える。

一面の白い世界に一人ぽつんと浮かんでいたのは、紛れもなくエデル自身だった。

どうしてわたしがいたのだろう。あんな夢今まで見たこともなかった。あそこはどこなのだろう。

いくつもの疑問が湧き上がった。

夢の中のエデルは目を閉じ両膝を抱えて丸まっていた。改めてその情景を思えば、頑なに心を閉ざしている暗示にも思えた。

（もしかして……あれがわたしの失った記憶……なの？）

ではあの夢の中のエデルが目覚めれば、全てを思い出すことができるのだろうか。

もう一度眠ったらあの夢を見ることができるだろうか。

記憶を取り戻せば皆が、オルティウスが喜んでくれる。彼が安堵し歓喜する様を想像する。

きっとフォルティスだって記憶を取り戻したエデルに思い切り甘えたいに違いない。

いいことばかりのはずなのに、胸に棘《とげ》が刺さったかのような痛みを覚えた。

（もしも夢の中のエデルが目覚めたら……。今のわたしはどこへ行ってしまうの？）

消えてしまうのだろうか。オルティウスへの淡い想いを抱えたままの状態で。

エデルは思わず胸をギュッと押さえてうずくまった。

十六

誰かの悪意の標的にされたことよりも、リースナーに毒が盛られ死んでしまったことの方が堪えた。

落水し助け出されたリンテを抱きしめる母の腕の中から叫んだ。

「リースナーは⁉　彼女はどこ⁉」

周囲の誰もが口を噤んでいた。

リンテから目を逸らし誰かが真実を伝えるのを待っている。嫌な静寂を打ち破るかのようにオルティウスの側近ヴィオスがリンテの前に片膝をついた。

そしてこう言ったのだ。

「リースナーは毒を盛られ亡くなりました」

にわかには信じられなかった。だって、あの子はさっきまで元気にしていた。一緒に走っていた。それがどうして急に。

そんなの嘘。冗談に決まっている。それにしたって悪趣味だわ。目の前のヴィオスにそう言ってやりたいのに、口からは何も出てこなかった。

ヴィオスの瞳は静かだった。嫌だ。そんな目をしないで。リンテはふらりと立ち上がり、ミルテアの制止に耳を貸さずリースナーへ向け歩き出した。

「リースナー、リースナー！」

リンテの目に映ったのは、大地に横たわり息絶えたリースナーだった。

最後の姿をまざまざと思い出したリンテはクッションに顔を押しつけた。

ずっと一緒にいてくれた大事な相棒が殺された。

（わたしを殺したいのなら、最初からわたしに毒を盛ればよかったのよ！　どうして何も関係のない彼女を殺す必要があったの！）

リンテは何度もクッションを叩いた。体中が引きちぎられそうなくらい痛い。

昨日彼女を亡くしてから感情がぐちゃぐちゃだった。

頭の中に蘇るのは彼女との思い出だ。

父にも兄にも友と呼べる相棒がいた。そのことが羨ましかった。父王にねだると「おまえたちのために最高の馬を贈ろう」という承諾をもらった。

初めてリースナーに対面した時、その黒曜石のように美しい瞳を見て、すぐに彼女のことが大好きになった。

最初は息が合わなかった。どうして言うことをきいてくれないの？　うまくいかないことを父王に零すと「リンテは彼女の言うことに耳を傾けているのか？」と問われた。

確かに自分の望みばかり伝えていたリンテは反省し、彼女のもとに謝りに行った。

それからゆっくりと彼女と仲良くなっていった。

「ごめん……ね……。わたしのせいで……、苦しかったよね……。もっと早く、気付いてあげられなくてっ……ご、めん……」

本来であれば苦しさにもっとのたうち回っていてもおかしくはなかったそうだ。でも彼女は背中に乗せたリンテのことを最後まで気遣ってくれていた。

「リンテ殿下」

背後から名を呼ばれ、リンテは涙でぐしゃぐしゃになった顔を上げた。

「ロートレイツ公爵……？」

「可哀《かわい》そうに。大事な存在を失くしたその心痛、お察ししますよ」

フェレンがリンテの傍らに膝をついた。

リースナーを亡くし悲しみの底を揺蕩うリンテは、どうしてフェレンが従者を連れて自分の私室へ入り込んできたのかまで頭が回らなかった。

「あ、あなたにわたしの気持ちが分かるはずない！」

安易な慰めなど要らない。この悲しさを共有できる人なんているはずがない。

「いいえ。分かりますよ。私も昔愛する人間を失った」

フェレンは上着の内ポケットから金色のメダルを取り出した。楕円形のそれはメダルではなく開閉する金具が取りつけられている。

フェレンが蓋を開ける。中に収められているのは細密画だ。

「私の最愛の女性です。やっと私だけのものにすることができたのに、私は彼女を喪《うしな》ってしまった」

その悲哀の声に導かれるように細密画へ視線を向ける。まだ年若い娘だ。亜麻色の髪はカリヴェナではよくある色なのだろう、母と同じ色で長い髪を緩く編み上げ、ほんの少しだけ首を傾けている。

どこにでもある肖像画。でも、澄まし顔の少女はリンテの近くにいるある人物にそっくりで。驚きに、いつの間にか涙も引っ込んでいた。

「どうして……お義姉様の侍女と同じ顔の人がそこにいるの」

零れたその言葉は誰に聞かせるためのものでもなかった。

信じられなかったのだ。だって、フェレンが見せてくれた細密画に描かれていたのは、アルーツエと瓜二《うりふた》つの顔の少女だったから。

その言葉を聞いたフェレンから表情が抜け落ちた。

「同じ顔……？」

「え、ええ。わたし、このお顔と同じ侍女を知っているわ。よく見ると目の色は違うみたいだけれど」

リンテは戸惑いながら、もう一度細密画を覗き込んだ。

フェレンがリンテの両肩に手を置いた。

「お義姉様の侍女と言ったな？　それはエデルツィーア王妃のことで間違いないのか？」

「ええ。お義姉様に仕えているアルーツェと彼女……同じ顔だわ……」

フェレンの瞳の中に宿る強い光を怪訝《けげん》に思いながらリンテは頷いた。

フェレンが立ち上がり、無言のまま退出した。その変貌ぶりに「閣下？　閣下！　急に一体どうしたというのですか！」と、彼の従者が狼狽し追いかける。

「……何だったの」

しばし呆然としたリンテであったが、フェレンの様子が気になり立ち上がった。

十七

そろそろ夕刻だという頃のこと、エデルは部屋の外の妙にざわつく気配を感じ取った。

昨日気を失ったエデルはオルティウスの計らいにより、イプスニカ城の奥で静かに過ごすこととなった。

とはいえ寝付くほどでもないため、詩集を読んだり外の空気を吸ったり、適度に動いてはいたのだが。

「どうしたのかしら」

その理由はすぐに判明した。入室した女官とパティエンスの騎士によって。二人の顔には困惑が乗っていた。

「ロートレイツ公爵がお出《い》でになっております」

「急用でしょうか？」

「ロートレイツ公爵はデニシューカを出せと言うばかりで、こちらの制止をまったく聞き届けません。この辺りの扉を手あたり次第に開ける始末でございます。ですが……デニシューカという名の者にわたくしどもは心当たりがございません」

騎士から報告を受けたエデルは考え込んだ。

（デニシューカ……デニシューカ……どこかで聞いたような気がする……）

エデルに近しい者の名ではなかったはずだ。

フェレンが口にするというのならカリヴェナと縁のある者だろうか。であればミルテアのもとへ赴くはずだ。頭の中で関連する名前を挙げてみて、記憶の糸に引っかかるものがあった。

（そうだわ。ミルテア様がおっしゃっていたような……）

あれはデトレフとフェレンが到着して間もない晩餐会のあとの一幕だったはずだ。

でもどうしてその名をエデルの住まう区画で呼び続けているのか。

「分かりました。わたしが一度ロートレイツ公爵と会います」

ここで考えていても埒《らち》が明かない。彼の身分を考えれば、女官や騎士たちでは対処に限界がある。

記憶を失くして以降、いま一つ自分の立場に実感が持てないでいるが、今のエデルは王妃なのだ。

フェレンが断りもなく王妃の居住区を検めているのなら抗議をする必要がある。一応エデルの方が身分は上なのだから。

部屋を出ると女官や侍女たちの困惑は想像以上であった。離れた場所からでも感情を表に出したフェレンの鋭い声が聞こえる。

「デニシューカ、どこだ？　どこにいるんだ？」

明らかに平素とは違う気配を纏った大きな声量に指先が冷たくなる。

エデルは一度大きく息を吸って気持ちを落ち着かせた。彼の強い感情に慄いてはいけないと言い聞かせる。

「ロートレイツ公爵、わたくしの住まう場所で許可も得ずに誰をお探しでしょうか？」

発した声が震えることはなかった。

「エデルツィーア王妃」

エデルの姿を認めたフェレンが大きな歩調でこちらへ向かってくる。

「デニシューカを出すんだ。ここにいることは分かっている。王妃よ、早くデニシューカを出せ！」

強い口調に心臓がびくりと震えた。

エデルは唇をきゅっと引き結び、恐怖が表に出ないように耐えた。

「ロートレイツ公爵、どうか落ち着いてください。わたくしの側にはデニシューカという名の者はおりません」

「隠しても無駄だ」

もう一度ゆっくりした口調で語りかけるも、フェレンは低く唸《うな》るだけだ。

それから彼は「デニシューカ、出てくるんだ！」とエデルの周囲にいる女性たちに向かって叫ぶ。彼女たちの恐怖する声に空気が揺れる。

「ロートレイツ公爵！　一体どうしたっていうの？」

少女特有の高い声が放たれた。リンテだ。

彼女は急いた様相のままフェレンのすぐ側へ駆けてきた。

「公爵が探そうとしているのはアルーツェではなかったのですか？」

アルーツェという名に導かれるように、ある場所にぽかりと空間ができる。中心に佇むのは顔から血の気を引かせたアルーツェであった。

そちらへ顔を向けたフェレンの顔に喜色が浮かび上がる。

「見つけた……。ようやく見つけたぞ。ああデニシューカ、ようやく会えた！」

熱に浮かされたような声と表情は普段のフェレンからは想像もつかない。

「皆が私に言った。きみは死んだのだと。そんなことはなかった。やはりきみは生きていた」

「わた……わたしは……」

アルーツェがはくはくと口を動かす。

「さあ帰ろう。私たちの屋敷《やしき》へ。今度こそ離さない。永遠に私だけを愛しておくれ。愛おしいデニシューカ」

フェレンが有無を言わさずアルーツェの腕を摑んだ。

そしてそのまま歩き始める。

「待っ……て、あ、あの……」

アルーツェが助けを求めるように周囲に視線を巡らせる。

誰もが動けないでいた。彼の言動は明らかにおかしい。しかし酔っぱらっているようにも思えない。

「待ってください」

異様な高揚感に支配されたフェレンを止めなければ。その一心だった。

「彼女は……アルーツェ・マレノは、わたくしの侍女です。わたくしの許可なく連れ出すことはお控えください」

「私とデニシューカの邪魔をするな」

フェレンが威嚇するように低い声を発した。

エデルを眼下に睨《にら》む瞳の冷淡さに、足元がぐらつくような恐怖に支配されそうになる。けれども、彼に腕を掴まれているアルーツェの方がよほど怖い思いをしているはずだ。

「いいえ。彼女から、アルーツェから手を離してください」

「彼女はアルーツェなどという名ではない。デニシューカだ。私の愛おしいデニシューカだ。たとえ王妃であっても、私からデニシューカを奪うとあれば容赦はしない」

唸るようにそう宣言したフェレンに対し、パティエンスの騎士たちが殺気立つのを感じ取った。

これまでフェレンの身分の高さから出方を窺っていた彼女たちは、今しがた聞こえた宣戦布告とも取れる言葉を聞き、ついに臨戦態勢に入る。

「剣を抜いてはだめです」

相手はカリヴェナ王家の血を引く客人でミルテアの叔父である。大事にはしたくない。

騎士たちは唇を引き結んだままエデルの求めを聞き届けてくれる。

（この場を収めることができるのは、王妃の身分を持つわたしだけ……）

オストロムで自分に仕えてくれる人々はとても良くしてくれる。いつもエデルのことを第一に考えてくれる。

それはゼルスでの生活では考えられないことだった。この恩に報いたい。彼女たちを守りたい。そう思った。

エデルは全身から勇気をかき集め、フェレンの瞳を見つめる。

そして、アルーツェの腕を摑むその手に、己の手のひらを置いた。

「ロートレイツ公爵、その手を、お離しください。双方に誤解があるように思えます。まずは落ち着いて話をしましょう」

「ええいっ、うるさいぞ！　私の邪魔をするなと言っているだろう‼」

フェレンがエデルの手を振り払う。

それでは飽き足らないのか、エデルに向けて腕を振り下ろそうとした。

「妃殿下！」

誰かの悲鳴にも似た叫び声が聞こえた。

殴られる！　思わず目をつむったエデルだったが、衝撃が与えられることはなかった。

「私の妃に対して何をしようとしていた？」

隠しきれない怒気を滲ませて、振り下ろそうとするフェレンの腕を掴むのはオルティウスであった。

さすがに国王の登場とあって、フェレンの中に理性が戻ってきたらしい。彼はぐっと押し黙る。

「ロートレイツ公爵にはしばしの間、与えられた部屋から出ないよう命じる」

それに合わせるようにオルティウスの近衛騎士たちがフェレンの周囲を取り囲む。

彼は悔しそうに唇を噛みしめながらも、大人しく歩き出した。

「あ……」

「エデル！」

緊張の糸が解けたのか、ガクンと膝から崩れ落ちた。

オルティウスの手が背中に回され、ひょいと抱き上げられた。

「す、すみません。安心したら足に力が入らなくなってしまって……」

「ひとまず一度休め。詳細を聞くのはおまえが人心地をついたあとだ」

十八

フェレンへの処遇については、カリヴェナとの関係性とエデルへの直接的な危害がなかったことを鑑みて、ひとまず翌一日中部屋に留め置くというものになった。

オストロム側の管理下には置かせてもらうとの意思表示のために、扉の前に見張りの騎士を立たせてある。

オルティウスがその伝達を受け駆けつけた時、フェレンとエデルはまさに一触即発という風情で相対していた。

間一髪でフェレンの手からエデルを守ることができた。

結果として大事には至らなかったため、いささか甘い処分となったのだが。

温めた牛乳に蜂蜜や蒸留酒を加えたものを飲み落ち着いたエデルからことの次第を聞いたオルティウスは、次にフェレンのもとへ向かった。

一応彼の言い分も聞いておかねばならない。

「ロートレイツ公爵、少し気は静まっただろうか」

「私のデニシューカを返してほしい」

フェレンはオルティウスが入室するや否や目の前へとやって来た。

どうやら己は目の前の男の性質を読み違えていたらしい。あまり人間に頓着しない性質だと思っていたのだが、胸の奥に熾火《おきび》を隠し持っていたようだ。

オルティウスは彼に着席を促した。

「公爵の言うデニシューカの本当の名はアルーツェ・マレノという。我が国オストロムの北に領地を持つマレノ家の娘だ。彼女はこの国で生まれ育ち、カリヴェナ王国へはこれまで一度たりとも足を踏み入れていない」

オルティウスは淡々と事実を伝えた。

「違う！」

どうやらまだ気分が高ぶっているらしい。

オルティウスは努めて冷静な声で続ける。

「そなたの言うデニシューカについて私に教えてくれないか？」

「デニシューカは……、私の兄上の娘だ」

「私の母、ミルテア王太后の末の妹君で間違いないだろうか？」

「そうだ。彼女のことを幼い頃から見守ってきた」

「公爵が連れ出そうとしていた娘はまだ十九歳だ。デニシューカ王女は生きていればいくつだろうか？」

「……」

第三者から冷静に矛盾点を挙げられたフェレンはついには黙り込んだ。

理性と感情の狭間《はざま》で揺れ動くかのように瞳を落ち着かなく彷徨わせる。

フェレンが懐から金色のメダルを取り出し蓋を開いた。差し出されたそれを確認したオルティウスは息を呑んだ。

収められている細密画に描かれた女性はアルーツェ・マレノと似ていた。いや、本人だと言われてもおかしくないほど似通っている。

「……彼女はデニシューカの生き写しだ」

「私は昔……ある人から、この世の中には似た顔の人間が一人か二人は存在するのだと聞いたことがある。広い世界だ。デニシューカ王女とそっくりな娘が一人くらいいてもおかしくはないのだろう」

「……」

「何ならマレノ家から出生記録を取り寄せてもいい。ちょうど今は各地から領主たちがルクスへ出てくる季節だ。マレノ卿もルクスを訪れるはずだ。アルーツェが生まれた頃のことや幼少時のことなどを直接聞けばそなたも納得するしかあるまい」

彼には冷却期間が必要だ。

アルーツェとデニシューカは別人であると言い聞かせたオルティウスは立ち上がり「明日一日中はこの部屋に留まってもらう」と言い残し部屋から退出した。

控えの間を通り抜け回廊へと続く扉をくぐり抜けると、そこにはミルテアの姿があった。

こちらを見上げるその頰は白を通り越して青くすら見えた。

「ロートレイツ公爵がエデルのもとからアルーツェを連れ出そうとしたのだと、報告を受けました」

オルティウスはミルテアを執務室近くの小部屋へ連れていった。

気付けに蒸留酒を勧めたが彼女は首を横に振った。彼女はオルティウスの前で思いつめた顔を作るばかりだ。

思えばこの数日間、彼女の心には負荷がかかりすぎている。

「母上、加減はいかがか。リンテの件があった上、此度のロートレイツ公爵の振る舞いときた。心労が絶えないだろう」

「陛下には大変感謝しています。リンテを助けてくださり本当にありがとうございました。目の前であの子を喪ってしまえば、わたくしはどうにかなっていたでしょう」

「私にとってもリンテは大事な妹だ。彼女を救うことができてよかった」

ほんの僅かに歯車がかみ合わなければリンテを救うことができなかった。そうすれば己にとっても忘れることのできぬ心の傷になっていた。

「リースナーに毒を盛った犯人は見つかったのですか?」

「ああ」

ミルテアの問いにオルティウスは頷いた。それについては比較的早い段階で判明したのだが、例によって実行犯は前後の記憶を失っていた。

簡潔に伝えるとミルテアが眉根を寄せた。

「エデルが気を失ったのは記憶喪失になる原因となった匂いと同じものを嗅いだせいだ。グラーノ城にいた犯人が遠乗りの場にも潜んでいたのは間違いない」

「犯人はどうしてリンテを……」

「おそらく、王家へ恨みでもあるのだろう」

ミルテアが瞑目《めいもく》した。彼女自身王の娘として生まれた。この身分には常に様々な者たちの思惑がつきまとうことを理解しているのだろう。苦しさを滲ませながらも、彼女自身の中で耐えていた。

「話を元に戻すが、ロートレイツ公爵は少し頭を冷やした方がいいだろう。いくらマレノ家の娘が母上の妹君と生き写しのように似ているからといって……。あの態度は行き過ぎている」

オルティウスがそう吐き捨てると、ミルテアは胸に矢か刃でも刺さったかのような表情を浮かべた。

膝の上で握った拳は、よく見ると小刻みに揺れている。

「ロートレイツ公爵は……エデルやあなたに何を話したのですか?」

「デニシューカ王女に対して強い執着を持っているようだと。先ほど話を聞いた時、エデルはそう表現した」

オルティウスは敢《あ》えて表現を替えて伝えた。

先ほどエデルから聞き取りした際、彼女は感情を交えることなくフェレンがあの場で口にした内容をオルティウスに伝えた。

――永遠に私だけを愛しておくれ。愛おしいデニシューカ――

フェレンとデニシューカは叔父と姪という関係だ。叔父が姪へ表す愛情にしては、いささか度を越している。

それに先ほど相対したフェレンの態度はどうだったか。二人の人物を混同するほど過去に囚われているようでもあった。

「公爵は私に亡くなったデニシューカ王女の細密画を見せた。彼の動揺する気持ちも理解できるほどに、アルーツェ・マレノと似ていた」

「そう……ですか」

「母上は以前エデルに対して、アルーツェ・マレノを決してロートレイツ公爵に会わせないよう伝えたそうだが」

「……」

オルティウスがつけ加えると、ミルテアの頰がさらに硬直した。

「この件でエデルを責めないでほしい。些細な気付きでも全て話すよう俺が命じた」

「わたくしと陛下、どちらを優先すべきか、エデルが正しく理解していることは存じております」

彼女もまた叔父が姪へ恋情を抱いていたことを知っているのだろう。そしてアルーツェを見つけたフェレンがどのような反応を示すか予測していたのだ。でなければエデルにあのようなことは言わない。

カリヴェナもオストロムも聖教を信仰する国である。教義では近親婚を禁じているため、表に出れば忌諱《きき》される。

フェレンにはアルーツェとデニシューカは他人の空似だと念を押したが、ミルテアがアルーツェを気にかけていることはガリューから聞き及んでいた。彼女は同じく遠乗りの日、ガリューに許可を出しミルテアに少々揺さぶりをかけた。彼女はエデルよりも先にアルーツェを庇った。

（アルーツェはマレノ家の養女だ。彼女と母上は同じ亜麻色の髪だ。アルーツェの母親は外国人だという……）

おのずと一つの仮説が浮かび上がる。

カリヴェナで亡くなったとされる王女が密かにマレノ家と縁を結んでいたのなら——。

ミルテアの行動心理もおのずと理解できる。

「ロートレイツ公爵には明日一日中、客室に留まってもらう。それ以降は母上の希望通り、アルーツェと公爵が会うことがないよう周囲にも命じておこう」

「配慮くださり、ありがとうございます」

ひとまず、この会話はここで終了となった。

第三章

一

ロートレイツ公爵が起こした騒ぎは速やかにデトレフに伝えられ、エデルは面会の申し入れを受け取った。

遣いによれば、デトレフはエデルとアルーツェ二人への謝罪を希望しているという。

ヤニシーク夫人と相談し、明日席を設けることにした。

翌日、面会の場が設けられたのは孔雀《くじゃく》の間と名付けられた部屋であった。これは、遠い異国の地に棲《す》む孔雀という鳥の羽飾りが飾られていることに由来する。

エデルと近しい場所に座るアルーツェは、どこか落ち着かないという風に時折肩を揺らしたり、部屋の飾りに視線を向けたりしている。

入室したデトレフは型式通りの挨拶を行ったのち、すぐに本題に入った。

「昨日は我が国のロートレイツ公爵が妃殿下並びにアルーツェ・マレノ嬢へ無礼を働いたと聞き及びました」

エデルは予《あらかじ》め考えていた台詞を口にする。

「幸いにも陛下が間に入ってくれたため、わたくしには何もありませんでした。しかし、ここにいるアルーツェ・マレノは、突然見知らぬ男性から腕を摑まれ怖い思いをしたことでしょう」

速すぎず落ち着きをもって。相手にこちらの意図が伝わるように。丁寧な発音を心がける。

不思議なのは王妃として様々な人の前で話をすることに存外早く慣れている自分がいたことだ。最初は心が張り詰めて手のひらに汗を掻《か》いたこともあったのだが、二度、三度と繰り返すうちに、スッと体から強張りが抜けていくようになった。

「全ては私の叔祖父《おおおじ》の行いを止めることができなかった所為《せい》によるものです」

「あ、あの……わたしなんかにそこまでする必要は……」

国王の息子という高い地位にいる人物から誠意が込められた言葉を向けられたアルーツェが声を上擦らせる。

「いいえ。あなたはマレノ家当主から預かった、わたくしの大切な侍女です」

エデルは思わずそう口にしていた。

（わたし……昔似たようなことを言われたことがあった……？）

かすかに記憶に引っかかった。自己肯定感が低かったエデルのことを大切だと言ってくれた人のことを。

詳細は思い出せないのに、今なら何となく分かる気がした。

オストロムの領主から預かった娘だ。王妃として彼女を守る責務がある。それ以上に自分自身、真摯に職務に取り組むアルーツェを大切に思い守りたいと感じている。

その相手が、自身のことを「わたしなんか」などと軽く見てしまっているのは悲しい。

今のもどかしい気持ちを、同じ台詞をエデルに言った誰かも感じたのかもしれない。

「アルーツェ嬢は主に恵まれたね。私もエデルツィーア王妃の侍女を思いやる気持ちにたくさんのことを考えさせられました。本来ならロートレイツ公爵本人より謝罪をさせるべきなのですが――」

デトレフの言葉を聞くにつれアルーツェの顔から血の気が引いていくようだった。

おそらく昨日の一件を思い出しているのだろう。客人とはいえ、よく知らぬ男性から突然強い感情をぶつけられ、許しもなく腕を掴まれたのだ。その恐怖は如何《いか》ほどだったことか。想像するだけで冷やりとさせられる。

「アルーツェ嬢の心情を慮《おもんぱか》れば、止めておいた方が得策でしょう」

「……ご配慮くださりありがとうございます」

アルーツェの謝意にデトレフが軽く首を振った。

「叔祖父を、ロートレイツ公爵を庇うわけではないのですが……、彼は世の中から一線を画したような、どこか隠者めいた雰囲気を持つお人で、近年は社交の場にも出てきていましたが、作り笑いだとはっきり分かる表情しか浮かべていませんでした。だから僕は驚いたのです。あの彼も、何かに心を動かされることがあったのだと」

デトレフが言うところによれば、フェレンは人の好き嫌いがはっきりと分かれる性質で、妻を亡くしたのち外に出るようにはなったが、人への執着はなかったのだという。

「……だからといってロートレイツ公爵の無礼が許されるわけでもないのですが」

デトレフはフェレンの心証を少しでも良くしようと言葉を重ねたが、エデルとアルーツェの表情が硬いままであることに気付き肩を落とした。

あまり頑なになるのは良くないが、アルーツェの盾として、あまりにも簡単に表情を崩すわけにもいかない。どう均衡を図るのかが難しいが、自分が思うほど委縮していないことにも気付いた。

（きっと、以前のわたしが体験して蓄積してきたことを、心と体が覚えているのね）

ゼルスで隠れるように暮らしてきた自分のままでは、異国の王子とここまで渡り合うことはできなかった。

自分の中にある確かな変化をエデルは感じ取った。

二

翌日、エデルは数日後に控えた夜会に向けてダンスの練習に勤しんでいた。

こちらに関しても準備の時間が少なく心許《こころもと》ない。一度ルベルムと息を合わせておいた方がいいだろうとの周囲の判断により、急遽彼につき合ってもらうことになった。

本番さながらに音楽を流してもらい臨んだ練習一曲目の一小節目。さっそくルベルムの足を踏んでしまい落ち込んだ。

「本当に申し訳ございません」

「いいえ。義姉上は軽いので痛くないですよ。それに僕のリードの拙さにも問題がありますし」

優雅さとは程遠いダンスを披露してしまい消沈するエデルをルベルムが慰める。何とも居たたまれない。

「そうですよ、お義姉様。ダンスは男のリードにかかっているのですから、ルベルム相手で力が出し切れないのも当然です」

同じくダンスの練習に参加するリンテにも励まされたが、彼女は最初から最後まで軽やかにステップを踏んでいた。

リンテが今日の練習に参加をしたことは意外だった。

驚く皆を前に彼女はこう宣言した。

「リースナーを喪ったことは悲しいし、犯人は許せない。けれど、その死を引きずって部屋に閉じこもってばかりじゃ、犯人の思うつぼだものね。わたしは、お父様の娘だから……。そしてお兄様の妹だから。毅然とした態度を見せることにしたの」

彼女の心の強さが眩しかった。きっとこの結論を得るまで、彼女はたくさん迷い苦しんだに違いない。

それでも下を向くのではなく、彼女は自身の心を奮い立たせ前を向いた。

それは何て勇気のある行いだろう。

エデルは、自分の弱さを改めて突きつけられたかのようだった。

「リンテは元気がよすぎて逆に男を置いてけぼりにしかねないから、もっと抑えろって前に教師に注意されていたじゃないか」

「それは男の方がもっと巧みにリードをすればいいのよ」

「ダンスが苦手な男だって中にはいるんだ。リンテもそこのところをちゃんと理解しろよ」

「むむ……」

リンテが黙り込む。弟に言い負かされたことが悔しいのか、彼女はルベルムを睨みつけ、それを彼も受けて立つから、双方の背後にめらめらと炎が燃え立つ。

「ルベルム、もう一回つき合ってくれる？」

どう収めるべきか迷ったエデルは物理的に二人を離す選択を取った。

一度踊った仲であることが功を奏したのか、二回目ではぎこちないながらも彼の足は踏まずに済んだ。しかしそれに集中してしまったため視線を目線の高さのままにしておくことができず、やんわりと教師役のオパーラに指摘をされた。完璧なダンスへの道は険しい。

エデルと同じく記憶を失くしたオパーラだったが、数日前から現場復帰したのだ。

「次は俺と踊る番だ」

いつの間にかオルティウスが練習場にやって来ていた。

ふわりと手のひらを持ち上げられたエデルは、そのまま小ホール中央へと誘われる。

手を重ねオルティウスと向き合う。

オルティウスがいたずらっぽく瞳を細めた。

「今のエデルは俺と踊るのも初めてだろう？」

「は、はい」

音楽が始まり、最初の一歩を踏み出す。ステップを間違わないように慎重に。目線の高さに注意を払いながら音楽に乗せ体を動かす。

どうしてだろう、今までの誰よりも踊りやすい。彼のリードが上手いというのもあるのだが、それだけではない。

オルティウスはエデルですら気付いていない踊る時の癖を覚えているのだ。だから呼吸をこちらに合わせ、エデルの先を行って上手くリードに繋げてくれる。

きっとこれまで何度も一緒に踊ってきたからだろう。

「よく踊れている」

「オルティウス様のリードがお上手なのです」

さっきだって苦手とするステップの箇所で、彼はエデルの体をふわりと持ち上げ回転させた。これまでも同じようにしてきたのだと分かるほどに慣れた動きだった。

「それに……、体があなた様と踊った日々を覚えているのでしょう。今、とても安心しているのです」

「不思議だな。たまに以前のおまえと今のおまえが重なる時がある。きっとこれまで二人で培ってきた経験が蓄積され、無意識のうちに心と体から滲《にじ》み出《で》ているのだろう。それを思えば、今のエデルは昔のエデルではなく、オストロムに嫁してきた時間を過ごしたエデルなのだと改めて感じ入る」

「わたしもそれは感じていました。今までのわたしだったら緊張で倒れてしまうような場面でも、きちんと地に足をつけて立ったままでいられるのです。それは以前のエデルがこの地で培った経験を体と心のどこかが覚えているからなのだと、そう思うようになりました」

「記憶を失っても、おまえの本質は変わらない。それを今回よく感じた。俺との記憶を失ってしまったことは……、正直に言えば悲しい。けれど、これからだって思い出はいくつも作れる。失った以上に俺とおまえとティースで、たくさんの思い出を作っていけばいいんだ」

彼は今のエデルのことも認めてくれている。ちゃんと見てくれている。

そのことが嬉しかった。ずっと彼は寂しいのだろうと考えていた。

彼は自身の心情を正直に明かした上で、今のエデルとの関係を前向きに考えてくれた。

「わたしは……、寂しかったのです」

だからだろうか。心の奥に秘めていた想いの欠片が口から滑り落ちた。

「何がだ？」

「もしも……、記憶が戻ったら。今のわたしはどこへ行ってしまうのだろうって……。

今のわたしも……、オルティウス様に、その……惹かれていて……。わたしは、以前のわたしのことを……羨ましく、感じていて」

オルティウスが心の中を見せてくれたのだから、今度はエデルの番だ。たどたどしくなりながら、心の中を形にしていく。

「きっと心のどこかで記憶を取り戻すことを怖く感じていたのです。でも……、あなた様に認めてもらえて……、胸の奥がくすぐったくなって」

きっと、もう大丈夫。

だって彼は今のエデルのことも肯定してくれたから。

「だから、わたしはオルティウス様と出会ってから得た経験も思い出も、全部取り戻したいです。今回の記憶喪失が暗示の一種だというのなら、わたしが強い心で挑めば打ち破れるのではないかと思うのです」

エデルはオルティウスの目を見て、はっきりと言った。

「だめだ。無理をすればおまえの体と記憶に負荷がかかる恐れがある。俺が犯人を捕まえてエデルへかけた暗示を解かせる。オパーラの件もあるからな」

それに、と彼は続ける。暗示を無理に解けば別の記憶障害が出る恐れもあるのではないかと。大事な夜会を数日後に控えた身で無茶をするのは良くない。

そう諭されればその通りで。

「やる気が空回りしてしまいました」

「そうしょげるな。頼もしい妻を持てたことが俺は誇らしいぞ」

オルティウスがくすりと笑った。

音楽が鳴《な》り止《や》む。気付けば一曲踊り切っていた。

周囲を見渡すと、ルベルムやリンテが小さく拍手をしている。胸の奥がくすぐったい。

「もう一曲踊っておくか」

オルティウスが機嫌よく片手を上げ楽師たちに合図を出したが、二曲目を踊ることはなかった。

彼の侍従が近付いてきたからだ。政務の休憩時間が終了したのかもしれない。

「悪い」と一言断りを入れ、侍従から二、三言話を聞くにつれオルティウスの眉間に薄《うっす》ら皺が刻まれる。

エデルの耳が「ロートレイツ公爵」という名前を拾った。言いようのない不安が胸の中を侵食する。

侍従が首《こうべ》を垂れ離れたのち、エデルは思わず声をかけていた。

「オルティウス様……？」

「ロートレイツ公爵がアルーツェ・マレノに対して求婚状をしたためたようだ。彼女の婚姻の許可を得たいと、国王である俺宛に書簡を寄越してきた。それから城下に滞在するマレノ家へも遣いを出したそうだ」

三

　結婚は家と家とを結ぶものであり、そこに個人の意思が挟まれることはほぼない。女性であれば尚更《なおさら》で、親が取り決めた婚姻に従うのが常とされている。

　ロートレイツ公爵は慣習に従い、マレノ家に婚姻の打診を行った。

　それと同時に、マレノ家が属するオストロム王国の王たるオルティウスへ向け、婚姻の許可を得るべく書簡を送った。

「間の悪いことに二日前にマレノ卿がルクスに到着していた。卿にとっては娘を格上の家に嫁がせるまたとない機会だ。隣国とはいえ、王家の血を引く公爵の後添いに選ばれたとあっては、鼻も高いだろうし断る理由がない」

　オルティウスの嘆息交じりの評は的を射ていた。

　国王は諸侯らの婚姻に許可を出す立場である。常であれば、そう気にも留めないが、彼にとっても一家言《いっかげん》あるということだ。

「……わたしの個人的な心情としましては……あのような無体《むたい》を働いたロートレイツ公

爵へ、アルーツェを託すのは不安を覚えます」

エデルはそう主張せずにはいられなかった。

「俺もロートレイツ公爵とはあのあと一対一で話し合う機会を持った。公爵はアルーツェというよりも、デニシューカ王女へただならぬ執着を見せているように思えた」

突然の報せにダンスの練習は当然のことながら中止となり、現在エデルはオルティウスの執務室近くの小部屋で話し合いを行っていた。

「……だが、正式な手順で求婚をされると俺たちが横やりを入れるのは難しくなる。娘の嫁ぎ先を決めるのは父親であるマレノ卿だ。仮に俺たちが反対するのなら、アルーツェへロートレイツ公爵よりも格上の男性を紹介する必要がある。もしくはマレノ家の立場を鑑みた政略結婚か」

話をでっち上げるにしても時間が足りない。そう彼は言いたいのだ。

王家の血を引く公爵との縁談を蹴ってまで優先させる相手となれば、おのずと限られてくる。それこそデトレフのように王の息子が有力候補として挙がるだろうが、今度は相手への旨味《うまみ》を与えなければならなくなる。

大きな港を持つとはいえ、マレノ家はごく普通の領主の家系だ。王家から姫が降嫁した歴史もない。

であれば地の利を生かした政略結婚はどうだろうと考えるも、オルティウスは商業自治都市がオストロムの領主たちに近付くことへの警戒心を強めている。こちらも選択肢としては難しいだろう。

結局のところ、父親であるマレノ卿が縁談を受け入れてしまえばアルーツェはフェレンへ嫁ぐしかなくなる。

「誰かを想う心は尊いものです。ですが……、愛する人を失くしたから、その人の身代わりに誰かを側に置くというのは……、わたしは間違っていると思うのです」

エデルはスカートの布をぎゅっと握りしめた。

フェレンが見つめているのは、アルーツェではなく亡くなったデニシューカだ。

彼は過去に囚われたまま、安直な方法で心を癒そうとしているにすぎない。そのような男のもとへ、アルーツェを行かせたくはなかった。

「エデル……」

オルティウスの手がエデルの拳を包み込む。

「申し訳ございません。このような感情的なことを……」

「いいんだ。おまえの言う通り、人を想う心は尊いものだ。俺たちはロートレイツ公爵に借りがあるわけでも、弱みを握られているわけでもない。ギリギリまで知恵を絞ろう」

扉を叩く音が聞こえ顔を上げた。

入室したのは急いた様相のミルテアだった。彼女は挨拶もなしにずかずかと歩みを進め、オルティウスの前に跪《ひざまず》いた。

「ロートレイツ公爵がマレノ家へ求婚状を送ったとの報せを受け、取り急ぎ陛下のもとへ参りました。どうか、どうか、婚姻の許可は出さないでくださいませ」

動揺を露わに取りすがるミルテアは、平素の落ち着きをかなぐり捨てていた。顔は蒼《そう》白《はく》で、その細い体を震えさせている。

「母上、落ち着いてください」

「だめなのです……。アルーツェとロートレイツ公爵は絶対に結ばれてはいけない……」

「母上、あなたは私たちに何を隠している？　全てを話してもらわなければ、対処のしようがない」

「……っ」

ミルテアが唇を引き結ぶ。そして口にするのも罪だと言わんばかりに両手を胸の前で組み、沈黙を貫く。

その様子をじっと観察していたオルティウスが、その顔を驚愕へと染めていく。

「まさとは思うが……アルーツェの父親は……」

オルティウスがその先を言葉にする前にミルテアが「待ってください！」と叫んだ。

「……わたくしから話をします。長い話になります。それから……、アルーツェを呼んでください。あの娘にも知る権利があります」

そう弱々しく言うミルテアは一気に十《とお》も老け込んだかのようだった。

四

それは、時のカリヴェナ王のもとに生まれた一人の王女の物語。

三人姉妹の末っ子であったその娘は、父親が一国の王であったことを除けば、ごく普通の娘だった。甘え上手で明るく天真爛漫。裏表のない笑顔で気難しい相手の懐にもすっと入り込む。

いつもにこやかなその娘、デニシューカを姉であるミルテアも周囲と同様に可愛がっていた。

「わたくしは早くからオストロムへ嫁ぐことが決まっていました。末の妹と過ごせる時間も限られていたため、特にあの子のことを気にかけていました。すぐ下の妹には、デニシューカばかり贔屓《ひいき》してと、よく拗ねられていました」

周囲の者たちに愛されて育ったデニシューカは、人見知りもせず誰にでも分け隔てなく話しかけるような娘であった。

それは気難しい叔父フェレンに対しても同じだった。賑やかな場所が得意ではなく、一族の集まりの場であっても、一人離れた場所を好むような叔父を心配し、デニシューカはしょっちゅう彼につきまとっていた。

フェレンがいつデニシューカに心を許したのかは定かではない。

だが嫁ぐ前のミルテアの目から見ても、フェレンがデニシューカに対して気を許しているのは明白だった。

「わたくしがカリヴェナを去った時、あの子は十の年でした。それから七年後、突如としてあの子が姿を消しました」

デニシューカに縁談が持ち上がった矢先のことだった。

上二人の娘を国外へ嫁にやったカリヴェナ王は、一人くらい手元に置いておいてもいいと考えたのか、それとも甘え上手な末娘の願いに根負けをしたのか。

デニシューカは密かに想いを通わせていた伯爵家の息子のもとへ嫁することが決まった。線が細く貴族の嗜みの範疇《はんちゅう》を超えるほどの画力と才能を持つ青年であった。

「必死の捜索にもかかわらず、デニシューカは見つかりませんでした。王家はあの子を死亡したのだと判断しました。わたくしのもとにもその報せが届き……、あの時は随分と気落ちしたものです」

だが、それから数か月後のことだった。いつものようにルクス市内にある施療院へ慰問に訪れていた時のこと。

ミルテアはいるはずのない人物と再会を果たすこととなった。

亡くなったとされるデニシューカその人であった。

「最初は人違いかと思いました。家族の肖像画は折に触れ贈られてきていたので、成長したデニシューカの顔も知っていました。けれども、まさかオストロムにいるはずがない。最初はそう言い聞かせ、偽者だと断じました」

けれどもその娘は、デニシューカでしか知り得ないカリヴェナ王家の出来事を、姉妹の思い出を詳細に語った。

半信半疑だったミルテアはその娘が、亡くなったとされるデニシューカ本人であると判断した。

後日人目を忍んでその娘に会いに行ったミルテアは、彼女の口から打ち明けられることとなった。

彼女がどうして失踪したのか。そして、どうしてオストロムまで逃げてきたのかを。

――わたくしは、大好きなあの人と結ばれることが決まって浮かれていたの。それをフェレンお兄様にも伝えたくて、祝福してほしくて、一番に知らせに行ったわ。だって、お兄様はいつもわたくしの味方だったもの。理解者だったもの——

しかし姪の心を聞かされたフェレンは激昂した。裏切者《うらぎりもの》。デニシューカをそう罵った。権謀渦巻く宮殿の中で、きみだけが純粋な心で私に優しくしてくれた。何の裏表もなく接してくれた。私の心を解いておいて、きみは私から離れていくのか。大好きと言ったあの言葉は嘘だったのか。同じ口で別の男への愛を語るのか。私を捨てて他の男の手を取るというのか。それはまごうことなき裏切りだ。私というものがありながら、きみは、きみは——。

フェレン・レニス・ロートレイツは小さな頃から人の感情の揺らぎに人一倍敏感だった。宮殿には多くの人々が集まる。王の息子ともなれば様々な思惑を持った大人たちの言動に晒《さら》されることになる。

彼は人々の悪意や妬《ねた》み、嫉《そね》みといった負の心を感じ取っては、人というものの汚さや歪みに失望していった。

何の損得感情もなく己を慕ってくれるデニシューカの存在。それはフェレンの中で大きく育ち、やがて強い執着心へと変貌を遂げた。

——お兄様にとってわたくしの恋は、許せない裏切りだった。お兄様はわたくしを領地のお城の一番高い塔へ閉じ込めたわ。きみは私だけを見ていればいい。最初からこうすればよかったんだ。きみを自由にさせていたから、きみは余所見《よそみ》をしてしまった。そう言ってわたくしの足に枷《かせ》をつけてお兄様は微笑んだ――

閉じ込められたデニシューカは一年後、赤子を産み落とした。父親は実の叔父であるフェレンであった。

フェレン以外誰にも会えず、外にも出られず、子を孕《はら》まされながらも、デニシューカが正気を保っていられたのは、いつかもう一度最愛の人に会いたいという希望を胸に抱き続けていたから。

諦めなかったからこそ、道が開けた。

――あの人も、わたくしのことを諦めずに探し続けていてくれたの。そうして、フェレンお兄様への疑いを強め、数か月をかけて念入りに調べてくれた――

恋人を想う一心で、領地にある古い塔に幽閉されているデニシューカの存在に辿り着いた青年は、フェレンの妻の協力を取りつけた。

政略結婚にて嫁してきたフェレンの妻は、夫の隠しごとに薄々気がついていた。彼の姪に対する独善的な執着心にも。

敬虔《けいけん》な聖教の信者であった妻は、形だけの夫婦とはいえ、伴侶《はんりよ》となった男が罪を犯していることに耐えられなかったのだろう。睡眠薬を盛り、デニシューカの足枷《あしかせ》の鍵を持ち出し、その逃亡に協力した。

フェレンのもとから逃げた以上、もうカリヴェナにいることはできない。

己の容貌をよく受け継いだ娘を置いていくことに不安を覚えたデニシューカは、乳飲み子だった彼女を連れ、恋人と共に北の国境を越える決断を下した。

北の隣国、オストロムには姉が嫁いでいる。ルクスまで辿り着くことができれば、姉に助力を請える。

そう信じて三人でステーラエ山脈を越えた。

「わたくしは、あまりの事態に言葉を発することができませんでした。まさか叔父上がデニシューカにそのような感情を抱いていたとは夢にも思わなかったのです」

全てを聞き終えたミルテアは妹への助力を惜しまないと誓った。

地獄のような日々を過ごしてきたデニシューカを休ませてやりかった。どこか安全な場所に住まいを与え、家族三人で静かに過ごさせてやりたい。今の自分になら、妹の家族を援助するだけの力くらいある。

そう唱える姉に対して、妹はゆるりと首を横に振った。

——ルクスも、ううん、オストロムも安全ではないわ。道中、フェレンお兄様の追手と思しき男たちにあわや捕らわれそうになったの——

姉に繋ぎを取るためにルクスに逗留《とうりゅう》し続けるのも賭けにも等しい行いだった。

「デニシューカは叔父上の異常なまでの愛をその身に染みて理解していたのでしょう。わたくしはひとまずデニシューカを修道女と偽り、娘も一緒に女子修道院へ匿《かくま》うことにしました」

デニシューカの希望は、このまま北上しクライドゥス海を経由して第三国へ逃げること。ただし、もう恋人を巻き込みたくはない。娘と二人で旅立つことを希望していた。

恋人を己の運命に巻き込んでしまった。国を捨てさせる覚悟までさせてしまった。

――彼の子ではないのに、あの人は娘のことを自分の子だと言ってくれたの。二人で育てようって。これからも僕の愛する人はデニシューカ、きみだけだって。もうその言葉で十分だった――

デニシューカは、はらりと涙を零した。

大好きな人の運命をこれ以上狂わせたくはない。彼には彼の未来があるのだから。

旅立つ決意をした妹の意思が変わらないことを悟ったミルテアは、通行証と身分証明書を書き与え、西の地へ巡礼に赴く修道士に、修道女に扮《ふん》したデニシューカを託した。

「その後、デニシューカは北のマレノ家の領地に辿り着きました。ここからは、昨日マレノ卿から聞いた十八年ほど前の昔話です。その頃のオストロムは天候に恵まれず、麦の生育が不十分でした」

前の年も不作に見舞われ、期待した次の年も雨が降らず十分な収穫量を確保することができなかった。特に北部地方は冬を越すための蓄えが少なかった。

そのような折、ある修道士と修道女がマレノ家に立ち寄った。巡礼のために港町から船に乗り、西の国を目指しているのだという。

まだ年若い修道女は生後一年くらいの乳児を連れていた。

——彼女は曇りのない大陸共通語を話し、その所作は品があり美しく、元は高貴な身の上だと容易に推察することができました——

そして領主は彼女の持ち物の中に少なくない金品があることを知ってしまった。

旅の人間だ。この土地の者でもない。世俗を捨てた巡礼者が旅路の途中で息絶えることなど、悪い言い方をすればよくあることであった。

彼女の持ち物を売れば冬を越せるだけの食料を外国から買いつけることができるだろう。隣国の北部も麦の実りが悪く、麦の値段は上がる一方だった。

背に腹は代えられない。これは領民たちのためだ。そう自身に言い聞かせた領主の様相に感じ入るものがあったのか、デニシューカは彼の企《たくら》みに気がついた。

「その頃、デニシューカの体は限界だったそうです。塔に幽閉され体力が落ちている中での出産と国を越えた逃亡で、彼女の心身は疲弊しきっていました。妹は、自分の体がもう長くないことを悟っていたのです」

きっとこのまま旅を続けたら親子共々死んでしまうだろう。であれば、娘だけでも平穏な場所に託したい。

脱出する際に持ち出した宝石は、旅の路銀と生活費のつもりだった。それらを全て差し出す代わりに娘を養育してほしい。自分はもう長く保《も》たないから。わたくしの代わりに娘の成長を見守ってほしい。

そう条件をつけたデニシューカに、領主はくしゃりと顔を歪め頷いたのだという。

案内人を兼ねていた修道士には、先に船に乗るよう伝えた。この地で体を休めたのち自分も別の船に乗るからと言って。

マレノ家が持つ小さな館をあてがわれたデニシューカは、その一か月後に息を引き取った。

それがカリヴェナの王女デニシューカが辿った軌跡であった。

五

「そんな……。まさか、わたしのお母様が……カリヴェナの王女様だっただなんて」

全てを聞き終えたアルーツェが唇を戦慄かせた。

エデルはそっと彼女の様子を窺った。

ミルテアが話す間、誰も言葉を挟むことはなかった。時折アルーツェの息遣いだけが聞こえてきた。

「あなたを最初に見た時、わたくしはとても驚きました。在りし日のデニシューカと同じ顔をしていたのだから」

ミルテアはアルーツェを優しく見つめたあと、悲しみを抑えるように一度目を閉じた。

「妹の宝石を売ったお金であの冬、難を乗り切ったマレノ卿は、その恩に報いるためにアルーツェを弟の遺児だと偽り養女として迎え入れた。そう話してくれました」

ミルテアはアルーツェの存在を知ったその日から、真実を知りたいという欲求を抑えきれなくなった。

無事に海を越えていたものだと考えていた妹は、どのような運命を辿ったのだろう。どうしてマレノ家の娘がデニシューカと同じ顔をしているのか。

マレノ卿へ、かつてかの地を訪れた修道女について問い合わせる内容の書簡を密かに送った。

修道女の外見の特徴などが細やかに書かれたそれを読んだマレノ卿は、秘密を抱え続ける重圧に耐えられなくなったのか、ルクスへ赴いた暁には真実を話すとの書簡をミルテア宛に送った。

「アルーツェとロートレイツ公爵との婚姻は絶対に認められないのです。そして、デニシューカの望みは娘を守ることでした。あの子の願いはわたくしが引き継ぎます」

「で、でもお母様は……、わたしの本当の母は、わたしのことを……」

母の過酷な運命を聞かされたアルーツェの瞳には葛藤の色があった。想いを通わせた男ではなく、叔父から一方的な愛をぶつけられた末に生まれたのがアルーツェだった。自分は生まれてくるべきではなかったのではないか。彼女の瞳は口には出せないその思いを如実に表していた。

「最初は愛せるのか不安だった。腹がせり出てくるにつれ、怖くなって涙が止まらなかったと。あの子はそうわたくしに吐露したわ。けれども、痛みの末に生まれた我が子を見た瞬間に、この腕に抱いたその時から、恐怖はどこかへ行ってしまったのだと。そう微笑みながら、あの子はあなたを抱きながら話していました」

はらりと、アルーツェの瞳から一筋の雫《しずく》が零れ落ちた。はらはらと、それは幾筋も彼女の頬を伝う。

「デニシューカは幼い頃に貰《もら》ったチャームをそれは大事にしていたわ。わたくしやすぐ下の妹は、すぐに飽きてしまって道具箱の奥に仕舞いこんでいたのに、あの子は大きくなってもずっと身に着けていて……。あなたに受け継がれていると、マレノ卿から聞いていますよ。これだけは絶対に売らないでほしいと念を押されたのだとか」

柔らかな声で語られるミルテアの昔話に、アルーツェがハッとした表情で鎖骨の辺りに手のひらを当てる。襟の中から取り出したのは銀色の鎖。それには複数のチャームがぶら下がっている。

「旅立つ際にチャームを複数に分け、あの子にとって大切な人たちに心を預けると。そう意味を込めて贈りたいとデニシューカは言いました」

次の瞬間、アルーツェが鎖を両手で握りしめながら、とうとう嗚咽《おえつ》を隠しきれなくなった。

きっと彼女にとっての実の母は己を産み落としただけで、どこか遠い存在だったのだろう。今回その軌跡を聞くことによって、幻のようにぼんやりしていて形すらなかったものがはっきりと目の前に現れた。形見の中に宿っていた愛情の欠片を感じ取った。

「お……母様……っ……ぅっ……」

しんとした室内に、アルーツェの泣き声が響き渡る。

彼女を残し、三人は退出することにした。アルーツェには心の整理が必要だろうから。

パタンと扉を閉め、奥の部屋へ場所を移すとミルテアが切り出した。

「ロートレイツ公爵にはわたくしから断りを入れます」

「真実を話すのか？」

オルティウスの質問に対し、ミルテアがゆるゆると首を振った。

「いいえ。叔父の蛮行は父上の知るところになっていました。父は弟の目を覚まさせるために、亜麻色の髪房を用意し、今度こそデニシューカは死んだのだと。そう言い聞かせたのだと手紙で知らせてきました」

彼女の辿った道のりに真実味を持たせるために、少なくない金と時間をかけて工作を行った。領地に連れ戻された弟が余計な騒動を起こさないように。喪に服して大人しくしていてくれ。そのような願いが込められた偽装であった。

「今更真実を知れば、叔父上は今度はデニシューカの墓を暴きに行きかねません。あの子は彼の手の届かない場所で安らかに眠っていてほしいのです」

それから、と彼女はつけ加えた。

デニシューカを助け出した恋人はその後、故郷に帰ることなくルクスに留まり続けた。画家として生きることを選んだその青年を、ミルテアは絵を購入することで支援し続けたのだという。

「その彼も数年前に病で亡くなっております。彼女の想いを汲んだ彼は、デニシューカが贈った二つのチャームを最後まで大事にしていました。わたくしはできればデニシューカと彼を同じ場所で眠らせてやりたいと考えています」

「母上の意向に沿うよう、私も助力を惜しまない」

「ありがとうございます」

静かに頭を下げたミルテアがすっと立ち上がった。これからフェレンのもとへ赴くものと思われた。

室内にはエデルとオルティウスの二人が取り残された。

人の数だけ愛の形がある。そのようなことを思った。

誰かを好きになったのなら、同じ熱量のものを返してほしい。相手からも愛されたい。誰にも渡したくはない。

それはきっと、人を好きになれば誰しもが抱く感情。

けれども一方的に己の想いだけを相手に押しつけることはできない。相手にだって心は、意思はあるのだから。

「月日は流れてもロートレイツ公爵の心は、未だにデニシューカ王女に囚われている。ミルテア様はそのような危機感を覚えていらしたのですね」

エデルはぽつりと呟いた。

フェレンの中で彼女の存在は、過去ではなく今もまだ続いているのだ。

「公爵にとって母上は、最愛の女性と引き離された最後の障害物だ」

険しい目つきで前を見据えるオルティウスの独り言のような声がやけに耳に残った。

六

翌日の日暮れ前、エデルはフォルティスと散歩に出ていた。

緑生い茂る中庭は憩いの場でもある。オルティウスも一緒だ。彼は時間を見つけては家族の時間を持とうとしてくれる。

「ティース、何を探しているの？」

フォルティスにとって外は冒険場所も同じなのか、自分の足で好きに歩けるのが嬉しいらしい。ぱたぱたと自由に動き回っていたかと思えば、植木の根元に座り込み土やら葉っぱやらを手で払いのける。

「何か面白いものでもあったのか？」

「可愛いお花を見つけたのかしら？」

フォルティスがくるりと振り向き両親へ向けて腕を伸ばす。

ぎゅっと握られた手から察するに、受け取ってほしいものがあるのかもしれない。

エデルが手のひらを差し出せば、フォルティスが満面の笑みでその上に自分の手を置いて開いた。

「っ……」

エデルはかろうじて悲鳴を呑み込んだ。

だが、親子の触れ合いを見守る侍女たちの口からは甲高い声が次々と上がった。

無理もない。フォルティスがエデルの手のひらに置いたのは、ころんとした形状の芋虫であった。

どうしよう。足元がぞわぞわと粟立《あわだ》ち、背中へと伝ってくる。正直に言うと、今すぐに手の上からどけてしまいたい。しかし、だ。フォルティスの明るい笑顔を前に拒絶などできようか。

「そうか。ティースは芋虫に興味があるのか。よし、俺が一つ大きいのを見つけてやろう」

（オルティウス様、できればわたしの手から、い、い、芋虫を……）

エデルは明るい声を出すオルティウスに向けて念じた。手のひらの上で芋虫がもぞもぞと体を動かしている。ちょっと、否《いな》、とっても悲鳴を上げたい。

「そういえばエデルは虫の類は平気なの……気付かなくてすまなかった」

顔を蒼白にして声を押し殺すエデルにようやく気がついたオルティウスがエデルの手のひらから芋虫を摘まみ上げた。

「い、いえ……。男性はあまり苦手としないのですね」

「そうだな。あまり気にしないいな」

「ティースも男の子ですものね」

納得するエデルに対して世話役の一人は何か言いたげだ。彼女は手巾《ハンカチ》を差し出しながら頭を下げた。

「申し訳ございません妃殿下。フォルティス殿下は虫を怖がる世話役や乳母たちの反応を面白がっておいでのようでして」

どうやらいたずらを一つ覚えてしまったようだ。大多数の女性は、突然目の前に芋虫を差し出されれば悲鳴を上げるだろう。現に先ほどの侍女たちの大合唱ときたら。

フォルティスのあの明るい笑顔は大人たちの悲鳴が楽しいという気持ちの表れだったらしい。

「ティース、いたずらは良くないぞ」

「いた……じゅ？」

まだ大人の説明を理解できない年頃である。フォルティスはきょとんと眼《め》を丸くし、オルティウスを見上げる。

大人たちが大袈裟《おおげさ》に反応を示さなくなれば、そのうちいたずらも止むだろう。

「突然寝床から連れ出されたから芋虫は家へ帰りたいそうだ」

オルティウスが芋虫をフォルティスの手が届かない木の葉に乗せた。

フォルティスはちょっぴり名残惜しそうである。

エデルは「ティース、いらっしゃい」と両手を広げた。ぱあっと顔を輝かせたフォルティスがどんっと全力で体当たりをする。

この体は意外なほど衝撃に慣れている。それに抱き上げることができるくらいには腕力があるのだ。やはりこの体は一人の子を産んだ母なのだと実感する。

「エデル、母上も散策の時間のようだ」

「本当ですね。ティース、ご挨拶をしましょうか」

ちょうどミルテアが女官たちを引き連れて建物から出てくるところだった。

(昨日のうちにミルテア様がロートレイツ公爵へ、アルーツェとの結婚は認められないって返事をしたのだと知らされたけれど……)

フェレンは素直に引き下がったのだろうか。そのあたりのことも気になっていた。

「ごきげんよう」とミルテアの側へ寄るとフォルティスが大好きな祖母へ向け、両手を伸ばした。頰に口付けられたフォルティスが機嫌よく笑う。

「すまない、俺は次の予定があるから抜ける。ティース、いたずらはほどほどにな」

「いってらっしゃいませ、オルティウス様」

エデルの白銀の髪を一房《ひとふさ》掬《すく》い上《あ》げたあと、オルティウスがフォルティスの額を優しく撫でた。

　三人で見送ったのち、フォルティスの遊びにつき合う。

　地面に下りたがったフォルティスの手を繋いでやり一緒に歩いていると、中庭にフェレンが入ってくるのが見てとれた。

　フェレンは一見すると穏やかな表情を浮かべている。

　どこか作りものめいて見えるのはエデルの気のせいだろうか。思わずフォルティスと繋いだ手に力を込めた。

「ティースをお願いします」

　エデルは背後に控えていた乳母に声をかけた。心得た彼女はさっとフォルティスを抱き上げる。

「やあ、ミルテア」

　フェレンが柔らかな声を出した。

　ミルテアが返事をしたのち、エデルは「ごきげんよう、ロートレイツ公爵」と会話に加わった。

　何となく二人きりにしない方がいいと感じたのだ。

　フェレンは挨拶を返したのち、エデルの背後に視線を巡らせた。誰かを探すような仕草に、この場にアルーツェがいなくて良かったと胸をひとなでさせた。

彼女には急遽休みを与えていた。今日と明日、ルクスに到着したマレノ卿のもとで過ごすことになっている。自身の出生の秘密を聞かされ、心の整理もあるだろうし養父母と改めて話したいこともあるだろうとの配慮からだった。

この分ではもう少しマレノ卿のもとに留めて置いた方がいいかもしれない。

「あちらにいらっしゃるのがフォルティス殿下ですか。エデルツィーア王妃殿下は子供がお好きですか？」

唐突に話しかけられたエデルは意図を読めずに「え、ええ」とだけ返した。

離れた場所でフォルティスを抱く乳母はフェレンの視線に気付き、小さく膝を折る。

「そうですか。デニシューカは私との間に子を身籠ったと知った時、泣きました。子ができれば繋《つな》ぎ止《と》められると思っていたのに……。あまり意味がなかったと落胆したが、生まれた赤ん坊たちを見て初めて笑顔を見せた。久しぶりの笑顔だった。だが、私以外の男に笑った顔を見せるのは気に食わなかった。だから片方は捨ててやったのだが……」

（え……？）

フェレンは会話の中で赤ん坊たちと言った。デニシューカが生んだのは一人ではなかったのか。

だが、抑揚のない声で語るフェレンを前に疑問を入れる隙がない。

「片割れを失ったデニシューカは再び泣いた。生まれた赤ん坊に対して情を持ったらしい。私の血を引く赤ん坊には笑顔を向けるのに、私には憐憫の目しか向けなくなった。そしてあの男の手を取って私の手元から逃げ出した。娘は連れて行ったのに、私のことは捨てたのだ！」

突然の大声に心臓がびくりと震えた。

彼は次の瞬間には激昂の色を消し去り再び口を開いた。

「ミルテア、私はおまえのその、わたくしは常に正しい存在だとでも言いたげな、澄ました顔が昔から大嫌いだったよ」

フェレンが顔に微笑を浮かべる。それは春の初めの日差しにも似た静穏そのもので。表情と口にする内容が全く合っていない。

「おまえはその涼やかな顔と声で正しさを押しつける」

微笑を携えたままフェレンが風を纏った。否、彼が素早く足を進めたのだ。

「なっ——」

そこから先はまるで一秒が一分にも近しいような、全ての動きが緩慢になってエデルの目には映って見えた。

彼は両腕を前に伸ばしたままミルテアに体当たりし、そのまま倒れ込んだ。

ミルテアの細い体の上を跨ぐようにフェレンが両膝を地に着ける。彼の両腕が伸びる先には、ミルテアの細い首があった。
「最初からこうしておけばよかった。あの時おまえを亡き者にしておけば私はデニシュ
ーカを逃すことはなかった」
小鳥のさえずりも聞こえない。風さえも止んでいた。
しんと静まり返った中庭でフェレンの声だけが大きく響いた。
「きゃぁぁぁ！」
誰かが発したその悲鳴に思考が追いつく。
フェレンがミルテアの首を絞めているという事実に。
怒号が飛び交う。騎士たちがミルテアからフェレンを剥がしにかかる。
「おまえはいつも邪魔をする。いつもいつもいつもいつもいつもいつもいつもいつも
──」
どこにそのような力があるのか、線の細いフェレンは女騎士たちの力にも屈しない。
「おまえさえ消えれば、私はアルーツェとやり直すことができるんだ！　今度こそ間違
えない。足枷など生温《なまぬる》い。足そのものを切り落とし、永遠に私から逃げられないように
してやる」
三人がかりで引き離されたフェレンは、尚も拘束から逃れようと抵抗を試みる。
「離せ、無礼者！　ここでミルテアを殺しておかなければ私は前には進めない。この偽

善者を殺しておかなければ、また私の最愛が奪われる！」

「母上！　エデル！」

騒ぎを知らされたのかオルティウスが中庭に駆け込んできた。

激昂した獣のように暴れるフェレンをオルティウスがねじり上げる。

「おまえのせいだ。おまえのせいで私はデニシューカを永遠に失った！」

オルティウスと彼の騎士の手に渡ってもフェレンは叫び続ける。

「ロートレイツ公爵、いい加減に――」

「叔父上」

女騎士の手を借り立ち上がったミルテアがフェレンに呼びかけた。

小さく咳《せ》き込《こ》みながらも彼女は凛《りん》と背を伸ばし、まっすぐにフェレンを見つめる。

「あなたがわたくしのことを嫌っていようと構いません。わたくしは、わたくしの信念に基づき、何度だってあなたからデニシューカを守ります。アルーツェを守ります」

「くそがぁぁ！」

「わたくしはデニシューカの意思を尊重したまでです。あの子があなたに向けていたのは、家族に対する親愛の情だった。あなたが欲しいものは最初から永遠に手に入らなかった。それだけです」

ミルテアは言うべきことは言い終えたとばかりにフェレンから背を向けた。

「ちがう。ちがう。ちがうちがうちがうちがうちがうちがうちがうちがう――」

心が壊れてしまったかのように否定の言葉を繰り返すフェレンを一顧だにせずオルティウスが「連れて行け」と近衛騎士に命じた。

七

フェレンの凶行を目《ま》の当たりにしたオルティウスは、彼から完全に自由を奪う決断に至った。

どうやらフェレンの妄執を甘く見積もっていたようだ。最愛を失った彼は心の一部を過去へ置いてきてしまったのかもしれない。

幸いにもミルテアの命に別条はなかった。叔父から殺意をぶつけられたのにもかかわらず、見舞いに訪れたオルティウスに気丈に振る舞った。

彼女自身、叔父があそこまで心の均衡を保てなくなっていたことを予測できなかったとのことだ。

「きっと、叔父への情もあったのでしょう。話せば分かってくれると信じたかったのかもしれません。時間が解決してくれるなど……、叔父の言動に触れていれば難しいのだと分かっていたのに……」

ミルテアは悲痛な表情でそう述べた。

事実、連行される最中もフェレンはミルテアへの激しい殺意を見せていた。やむなく騎士の一人がフェレンに当て身を食らわせた。今晩はそのまま寝かせておいた方がいいだろうと判断し、オルティウスは彼への面会を翌日へ回すことにした。

母を見舞ったその足でエデルのもとへ向かった。

あの現場に居合わせたエデルにとっても、さぞ衝撃だったことだろう。

「母上は気落ちはしていたが、食欲もあり舞踏会の中止はあり得ないと俺に強く主張するほどだった」

双子の社交デビューの日は、三日後に迫っていた。

「わたしが直接被害に遭ったわけでもないのに、沈んでいてはだめですね」

「おまえだって間接的にロートレイツ公爵の悪意を浴びたんだ。俺の前で無理はするな」

オルティウスはエデルに向けて腕を伸ばしていた。

彼女を引き寄せようとして寸前で思い留まる。彼女の許しなしに触れてはならない。

そう戒める。でないと歯止めが利かなくなる。

所在なげに下ろした腕にエデルがゆっくり手を伸ばしてきた。指先がちょんと触れる。オルティウスは無自覚に息を止め、彼女の行動を見守る。

一度触れて、離れて。もう一度彼女の手がオルティウスのそれに重なった。

「オルティウス様に触れられることは……嫌ではないのです」

彼女の小さな唇が動いた。

オルティウスはゆるりと彼女の背中に腕を回した。性急に引き寄せたくなるのをぐっと堪《こら》える。

久しぶりに感じる彼女の温かさだった。

ぎこちない抱擁のさなか、エデルがオルティウスの胸に頬をつける。まだ二人の想いが通い合って間もない頃、彼女は己の腕の中で緊張を解くまでに時間を要していた。

「……ダンスの練習の合間に、俺に心を寄せてくれていると。そう言っていたな」

「あ、あれは……」

あのあとたくさんの出来事が起こり、改めてその話をする機会がなかった。

けれども確かにエデルは言ったのだ。

「今のわたしもオルティウス様に惹かれていて」と。

オルティウスはエデルの瞳を覗き込んだ。いつ見ても吸い込まれそうになる美しい紫色。その中にこちらを想う光が宿っていると感じるのは自惚れだろうか。

「はい。オルティウス様のことを知るたびに、胸がドキドキするのです」

「そうか」

たまらなくなって思わず彼女の両腰に手を添え抱き上げた。

「え、わ、きゃぁ」

子供のようにくるくる回ると、最初は驚いていたエデルがくすくすと笑いだした。

ずっと見ていたくなる笑顔だった。


昔からオルティウスは朝決まった時刻に目が覚める。その時々の体調により少々のブレはあるが、騎士見習いとして寄宿生活を始めた頃からの癖だった。

体の側に人の気配がする。すうすうと規則正しい呼吸を繰り返すのは、まだ夢の園にいるエデルだ。

頬にかかった白銀の髪をそっと払ってやる。

王城内であやうく広がるところだった王妃の懐妊説を抑止するために始めた二人寝はオルティウスに忍耐力を強いることになった。

押し問答の末、寝台の端と端で眠ることになったが、くうくうと眠るエデルは大抵の場合ころんと転がり、オルティウスに引っつく形で朝を迎える。

可愛いのだが。こちらとしては大歓迎なのだが。うっかりすると意識のないエデルに触れそうになって、理性と煩悩との間で盛大に揺らめくことになった。

この時ばかりは彼女よりも早起きの習慣が根付いていて良かったと思ったくらいだ。

通常であればエデルが起きる前に寝台から抜け出すのだが、昨晩彼女から伝えられた気持ちのこともあり、オルティウスは眠るエデルの背中に腕を回し引き寄せた。

頬の上にそっと唇を寄せる。ふるりと彼女の瞼がかすかに震えた。

「愛している、エデル」

耳元で囁けば彼女が身じろぎをした。

これ以上触れていると、本気で襲ってしまいそうだ。さすがにここでエデルを貪《むさぼ》るほど獣ではないはずだと己に言い聞かせる。

身を起こしたオルティウスは寝室を出た。

王立軍の朝稽古に顔を出し、高ぶった感情を宥めるように剣を打ち合うのが最近の日課である。これはこれで勘を鈍らせずに済むのだが、事情を知るガリューに訳知り顔をされると何とも微妙な気分になる。

今日は通常の執務とは別に、昨日の事件の処理をしなければならない。

フェレンが起こしたミルテア殺害未遂はもちろんデトレフにも知らされた。

拘束されたフェレンはひとまず貴人用の牢《ろう》に収監してある。

デトレフであってもオルティウスの許可がなければフェレンとの面会は叶わない。

その彼には朝遣いをやり、一つ目の予定を終わらせたあとに面会となった。

デトレフからは濃い疲労の色が窺い取れた。フェレンがエデルとアルーツェに無礼を働いた頃から場を明るく照らす陽気さは鳴りを潜めていたが、それ以上に憔悴《しょうすい》しきっていた。

無理もない。初めての外遊だと聞いている。随行した叔祖父の暴挙など、どう想像できようか。

「ロートレイツ公爵の処遇ですが、僕では決定できないため父王に判断を仰ぐべく早馬を仕立てました」

「ああ。予測はしていたことだ」

「すみません。僕はこれまで外交や政《まつりごと》の補佐を兄上たちに任せきりにしていたので」

彼は父王より、そろそろおまえも責任というものを覚えろと言われ、まずは叔母の嫁したオストロムの祝いの場に出席をして経験を積む予定であった。

オルティウスはデトレフを連れ、部屋を出た。向かう先は牢だ。

イプスニカ城の奥に建つ貴人用の牢は、窓には鉄格子が嵌められ、扉の入口には見張りの兵士を置いている。

石造りの内部は冷やりとした空気が流れていた。個室の重たい扉を開けた先、そう広くもない室内に置かれた椅子にフェレンは腰かけていた。

興奮しきった昨日とは逆に、今日の彼は不気味なほど静かだ。

彼はちらりとこちらに目を向けたのち、興味を失くしたように窓へと視線をやった。

「ロートレイツ公爵、そなたはどうして今このような場所に入れられているか理解できているか？」

フェレンは気だるそうに頭をこちらへ向けた。

「陛下は最愛に逃げられ失った時の絶望を想像できるか？」

質問に質問で返される。結局のところ、彼はデニシューカに囚われ動くことができないのだ。

「例えば、もしも病気や事故で……妻を失えば、私は悲しみに暮れるだろう」

「ミルテアに足止めをされた私は、カリヴェナから寄越された兄の使者によって強制的に連れ戻された。これ以上恥をさらすなと領地に押し込められた。城の周りには見張りの兵士がつけられたよ。結果として私はデニシューカを失い、毎日暗闇の中で暮らすことになった。毎日が絶望の真っただ中にいるようなものだった」

フェレンの証言はミルテアが語った昔話と大差はなかった。

「月日が経ち王の代替わりによって過去の過ちが水に流されたのか、心を入れ替えたのだと熱弁をふるったのか――、ともかく謹慎を解かれたロートレイツ公爵はデニシューカ王女の足跡を辿ることにしたのだな？」

「さあ……どうだったただろうな。毎日毎日、同じ日の繰り返しだった。妻を殺した私は、何の気力もなくなっていた」

「なっ……。あなたは公爵夫人を殺したと⁉　夫人は病死だったはずだ！」

デトレフが驚愕の声と共に立ち上がる。

それを前にフェレンが鼻でせせら笑った。

「デニシューカを逃がす手助けをしたあの女を、私が許しておくはずがないだろう？」

だから毒を与え続けてやったのだ。そう彼は続けた。

「……信じられない」

呆然と呟きながらデトレフが椅子の上に崩れ落ちた。

「罪状が一つ増えたな。そなたは我が国の王太后を殺害しようとしたのだ。前回同様、謹慎処分程度だと甘く見られては困る」

身内同士のいざこざが原因など、外からは窺い知ることなどできやしない。

交渉はカリヴェナ王の返事が届いたあとになるが、フェレンにははっきりとした殺意があった以上、オストロムとしては蟄居《ちっきょ》程度で濁されるわけにはいかない。

「絞殺はもっと楽だと思っていたのだがな。首を絞めても人は簡単には死なぬのだな……」

フェレンは持ち上げた手を閉じたり開いたりして見せた。指南書通りに行ったのにうまくいかなかったとでも言いたげな声であった。

摑みどころのない男だ。気ままな猫のように会話の視点がころころ変わる。

「ミルテアの絶望に染まる顔が見たかった。あれは私から最愛を奪ったのだからな。あれにも同じ目に遭わせたかった。だからこの国に来たのだ」

腕を下ろしたフェレンがついでとばかりに言った。

それは、聞き捨てならない言葉だった。

「同じ目、だと？」

「ああ。私が色のない世界で生きているのだ。あれにも然《しか》るべき罰を与えて何が悪い？」

「それで、そなたはどのような罰を与えることにした？」

「あれの大切なものを奪う。あれは過去に子供を一人亡くしているだろう？　もう一人奪ってやればどのような顔をするか。それは見物だと考えた」

そうか。ここに繫がるのか。思えばグラーノ城には目の前の男も滞在していたのだ。

「怪しい占い師はロートレイツ公爵の子飼いだったというわけか」

「占い師……？　ああ、シモンのことか」

彼はもはや隠し事をする気はないらしい。

「思えばあの男の言葉に乗せられて、私は表に出る羽目になった。突然オストロムへ押しかければ周囲の不審を買う恐れがあるからと、外遊実績を作る羽目になった。会いたくもない人間たちに会い、歓談し、煩わしいことこの上なかった」

フェレンのその言い方は主体的とも相違あるように思えた。その占い師の勧めで長期的な計画を立てたのだとでも言いたげだ。

「ミルテア王太后への復讐《ふくしゅう》はそなたが思いつき、実行に移したのだろう？」

「思いついたのは……」

オルティウスの問いに、フェレンが虚空《こくう》を見上げた。

数秒。十数秒……。膝の上に置かれた手の指先が、とんと動いた。

「二人共ミルテアに大事なものを奪われたのに、あの女は今ものうのうと暮らしている。あれが絶望に打ちひしがれている様を近くで見物してやろう。そのようなことを言っていたな……」

「シモンとやらが？」

「……」

重ねた質問には返事がなかった。

グラーノ城でリンテに接触した人物が催眠術を操るというのなら、従者として側に置いていたその男にフェレンが何かしらの意識操作を行われていたとしても不思議ではない。

シモンという名のその人物もまた、ミルテアに大事なものを奪われたと考えているようだ。

その恨みを晴らす道具としてフェレンに目をつけたのだとしたら。彼であれば王家の血を引くその出自が信頼と身元保証になる。他国を訪れた際、客人として遇される。その彼の家人になっておけば、何食わぬ顔であちこち同行できるというわけだ。

「シモンとはいつ頃知り合った？」

「さあな。細かいことまで覚えてはいない」

フェレンが煙《けむ》に巻いた。隠し立てしているのか、本当に覚えていないのか、どちらなのか。判断がつきかねた。

「最初は失踪した娘が後日死体で発見されるという筋書きだったが失敗した。次は馬の事故で落命という筋書きを作ったが……。そういえばあの時は陛下がリンテを助けたのだったな」

計画が失敗したというのに、フェレンの口調は至極淡々としていた。

「リンテの殺害など些事《さじ》になった。この地でデニシューカを見つけたのだからな。今度こそ間違わない。私の城の最奥《さいおう》に閉じ込めて私だけを見つめて私だけを愛するよう躾《しつ》けるつもりだったのに、またしてもミルテアが阻んだ」

静かだった語り口が次第に熱を帯び始める。

彼の感情に火をつけるのは、いつだってデニシューカただ一人なのだ。

「今回もあれのせいでデニシューカを取り戻せなかった。あれがいる限り、私は永遠にデニシューカを手に入れられない。さっさと殺せばよかったのだ。あの女をこの手で。ああ憎い憎い憎い……」

前かがみになったフェレンが両手で顔を覆った。指の間から異様に光る灰緑色の瞳が垣間見える。

ゆらりと立ち上がったフェレンがオルティウスの足元に膝をついた。こちらへ両腕が伸び無遠慮に触れられる。

そして血走る双眸でオルティウスを見上げ、許しを請うように忙しなく唇を動かし続ける。

「お願いだ。デニシューカを私に引き渡してくれ。私のもとへ連れて来てくれ。死んだと聞かされていた。兄は遺髪を取り寄せたなどと言い、私に亜麻色の髪房を手渡した。だが彼女は生きていた！　お願いだ。彼女を、彼女を私の手元に」

すでに現実を見ることを止めてしまったのだろう。フェレンの中で都合のいいように記憶が書き換えられてしまったのだ。デニシューカとアルーツェとの年齢差も、目の色に相違があることも何もかも。

この男には、もう誰の声も届かない。

一人の女に取りつかれたこの男を哀れだと思った。

(俺は……、いざとなったらエデルを手放すことができるのだろうか)

オルティウスは自問した。

彼の中にある、一人の女への強い執着を完全に拒否することはできない。己の中にも人を愛する心がある。

今回、記憶を失くしたエデルを側に留め置いた。王妃という身分を盾にして。

彼女が己との思い出を全て忘れてしまったのだと理解した時、足元が抜け落ちたような、底のない崖に突き落とされたような心地に陥った。

己の中にあるエデルに対する独占欲と執着心。それを抑えてでもオルティウスにとっては、エデルが笑っていられることの方が大事だ。

もしも彼女の笑顔がオルティウスの側にあることによって損なわれるというのなら、苦しいが彼女を手放さなければならないだろう。

それもまた誰かを愛するがゆえの葛藤で、乗り越えなければならない試練なのだ。

何よりも愛する人の幸せを願うから。

「デニシューカ王女は確かに亡くなっている。アルーツェ・マレノは彼女が選んだ誰かのもとへ、その時が来れば嫁ぐだろう」

オルティウスはフェレンの望みを叶えてやれない。この世界に愛する女はすでに存在しないのだと突きつけることしかできないのだ。

「行くぞ」

デトレフに声をかけ、牢をあとにした。

「まずはシモンとやらの身柄を押さえたい。許可を」

外に出たオルティウスはデトレフへ喫緊の要望を伝えた。

「まだ頭の整理が追いつきませんが、ロートレイツ公爵が恐ろしい企てを図っていたのだということは理解しております。至急彼の従者を取り押さえ、全容を明らかにしましょう」

「協力感謝する」

オルティウスはデトレフと二人でフェレンが寝泊まりをしていた客室へ向かった。

だが、一歩遅かったのか、フェレンの従者シモンの姿はどこにもなかった。

八

柔らかな新緑が太陽の光を受け止める昼下がり、エデルはミルテアとリンテと共にオルティウスに話があると呼ばれた。国内外の客人たちとの昼餐会がお開きになったあとのことであった。

側近二人を連れたオルティウスが三人を前に告げたのは――。

グラーノ城でのリンテ誘拐未遂と先日のリースナー毒殺がフェレンの企みであったというものだった。

「――っ!」

思わぬ展開に一同絶句する。

知らされた身勝手な理屈と復讐心に共感などできるはずもない。

(ひどい。そんなことって……)

リンテの消沈ぶりを知るからこそ、やり切れなさに襲われた。

「そんな勝手な理由でリースナーは殺されなきゃいけなかったの!?」

静寂を破ったのは同席するリンテであった。

ドンッと大きな音が響く。彼女が拳でテーブルを叩いたのだ。ぐっと唇を嚙みしめた箇所から、こらえきれない嗚咽が漏れ始める。

「ロートレイツ公爵は現在牢に収監しているが、もう一人の重要参考人である従者のシモンとやらの行方は分かっていない。現在も人手をやって捜索させているが、彼は催眠術を使用する。簡単に尻尾は摑ませないだろう」

「では今後もリンテが狙われる可能性があるということですね？」

オルティウスの説明にミルテアが抑えた声で質問した。

「おそらくは。そして、母上、あなたも狙われる可能性がある」

「話を伝え聞くにロートレイツ公爵たちは、わたくしから大切なものを奪い絶望の底に叩《たた》き落《お》としたかったのでしょう？」

「ああ。そのように話していた。だが、ロートレイツ公爵は己の手で母上を殺すことを選択した。それが催眠術によるものなのか、彼自身の選択の結果なのかまでは分からずじまいだ。公爵は……残念ながら彼にとって都合のいい世界へ引きこもることを選んだ」

その男、シモンが催眠術を駆使する以上、フェレンの行いが独断か洗脳によるものなのか分からない。

オルティウスの説明では、シモンという従者もまたミルテアへの恨みを持っている可能性が高いという。

それを踏まえた上で同席するヴィオスがミルテアの前に一枚の紙を差し出した。

「この数年で起こったカリヴェナとの外交行事や特筆事項です」

ミルテアが紙を黙読する。視線が上から下へと移動し終わり数秒目を閉じたのち、ヴィオスへ視線を向ける。

「何かあるとすれば、この五年前の両国間国境沿いで行われていた交易品の奪取や関税の不正会計に伴う領主や関係者の処罰でしょうか」

「私もそのように考えます」

ヴィオスが頷いた。

続けて彼が現時点で判明しているシモンの外見や経歴をまとめる。

「年の頃はロートレイツ公爵と大差なく、四十後半から五十。薄茶の髪に明るい茶色の瞳を持つとのこと」

「この特徴はオストロムでは目立ちますが、髪は染粉《そめこ》をまぶしたり鬘《かつら》を用立てれば誤魔《ごま》化《か》せますし、暗がりでは瞳の色を判別するのに時間を要します」

ガリューがそう補足する。外見的な特徴はあまりあてにならないようだ。

エデルは出会って以降のフェレンとの会話を順序だてて思い出す。そう多くはない。

記憶を失ったあと、彼がデトレフと共にイプスニカ城に滞在するようになってからのつき合いしかないからだ。

貴人は一人で出歩かない。大抵側付《そばづ》きを従えている。ただし彼らは主よりも目立ってはいけない。影に徹する。

フェレンも大抵の場合、件の従者を付けていた。そうあの時、遠乗りの日も彼の側にはその男がいた。珍しくフェレンが饒舌《じょうぜつ》だったことを覚えている。

「その従者を……」

「どうした、エデル」

知らずに口に出していたようだ。一同の視線がこちらに集まっていた。

オルティウスを窺えば頷きが返ってきた。

「一度、ロートレイツ公爵がその従者に言及していたのを思い出しました」

エデルは遠乗りの日、フェレンが自身の従者についてちらりと身上を匂わせるような物言いをしたことを話した。あの時従者の男はこれ以上言わせまいと主の言葉を遮った。

「なるほど。私に仕える前はそれなりの身分だった、と。ロートレイツ公爵はシモンの出自を正確に把握していたのでしょう」

頷いたのはヴィオスだ。

「今の公爵に口を割らせるのは至難の業《わざ》だぞ」

「一度私が面会をしても？」

ガリューの申し出にオルティウスが頷いた。

「そのシモンという名の男は、今は誰かの下に仕えざるを得ない、もしくは己の目的のためにあえてその立場に甘んじている。ガリュー、五年前の事件で失脚したカリヴェナ人の一覧とその後の足取りを調べてほしい」

「了解しました」

「わたくしのもとにも当時、カリヴェナ人より事件の断罪への嘆願が届きました。大使からだったはずです」

ルクスには友好国の大使が駐在している。彼らは定期的にイプスニカ城へ参上し関係強化や情報収集に努める。

エデルもすでに何度かオルティウスと共に謁見に臨んでおり、街道整備や今年の塩の産出予定、各品に対する関税率の増減など、幅広い話題が出ていたことを思い起こす。

「五年前の一件では、カリヴェナでの政争も絡んでいました。わたくしの知る限り当時宮殿内で幅を利かせていた派閥による不正を、別の派閥が糾弾し粛清したというのが事件の概要でした」

「当時のカリヴェナ人大使の行動や書簡を私の方で精査しましょう」

と、ガリューが請け負う。

「わたくしはすでにオストロムに嫁いだ身。母国とはいえ、すでに他国となったカリヴェナの内政に干渉する権利は持ち合わせておりません。当時、そのようにつき返しました」

「シモンのおおよその背景の共有は済んだな。いくらか分かればルクスでの潜伏先や頼る人物の目星もつくだろう」

オルティウスは本題はここからだという風にミルテアを見た。

「奴は再びリンテを狙ってくる可能性がある。舞踏会は二日後だ。むろん舞踏会の警備はいつも以上に強化をする。だが、リンテの出席については母上の判断に任せたい」

犯人の確保に全力を挙げるが、彼は催眠術を操る。捜索者がシモンを発見したとしても、術を行使し逃走できてしまうのだ。現に彼はこれまで幾度となく居合わせた人物の意識を混濁させてきた。

二日でシモンを確保できるかは五分五分だという。

ミルテアが何度か呼吸をする。

二日後の舞踏会が彼女にとってどれほど特別であるか。このために数か月かけて準備を行ってきたのだと、エデルにも知らされていた。

エデルは、ふと気になって「あの……」と声を出した。

オルティウスに目線で促され一度唇を湿らせる。

「そのシモンという男性は催眠術を使用する際、甘い匂いをまとわりつかせています。その匂いを辿ることはできないのでしょうか？」

「城内でもその痕跡はありました。しかし、犯人は匂いを辿られることを理解しているのでしょう。別の香水をつけ直す、もしくは酒精を振りかける、一度水に浸《つ》かるなどして、こちらの追跡を躱《かわ》していると思われます」

シモンはこの方法で何度も罪を重ねているのだ。となれば、追跡対策も当然行っているのである。

「話に水を差してしまいましたね」

エデルは答えてくれたヴィオスに小さく頭を下げた。

「いいえ。実際、匂いはシモンへ繋がる重要な要素です。彼は今度も必ず誰かしらに催眠術を使用するでしょうから」

突如ダンッと大きな音が響いた。

「わたしは出席するわ！」

リンテがテーブルに両手をつき立ち上がったのだ。

「リンテ！」

「お母様は、やられっぱなしで悔しくないの？　わたしは悔しい。逆恨みでリースナーは殺されたのよ」

「あなたは二度も危ない目に遭ったのですよ」

　ミルテアが高い声を出す。

　国内外から多くの客人を招いている以上、ここで舞踏会を中止にするわけにはいかない。オストロムの威信にかかわる。

　だがリンテがもう一度狙われる可能性が捨てきれない以上、無理して出席させたくはない。彼女の瞳には苦悩の色が浮き出ている。

「わたしはお父様の娘で、王家の姫よ。逆恨みの標的にされることもあるんだって、今回よく学んだ。だけど、それに恐れてお城の奥に隠れているなんて、そんなのオストロム王女の名折れだわ！」

　室内にリンテの啖呵が響き渡る。娘の気迫にミルテアの方が圧《お》されているようだった。

「威勢がいいな、リンテ」

　オルティウスがどこか面白そうに口の端を持ち上げた。

　そこで彼女は母以外の大人たちに囲まれていたことを思い出したようだ。みるみるうちに頬を赤くしながら、すとんと着席した。

「す、すみません……。話の腰を折ってしまいました」

「その元気のよさを普段から俺にも見せてくれると嬉しいのだがな」

「う……」

リンテはさらに肩を縮こませる。

その様子を横目に、オルティウスがミルテアへ再び視線を向ける。

「母上、リンテはこう言っているが」

「……必ずわたくしか陛下、エデルツィーア王妃殿下、ルベルムたちの目の届く範囲にいること。これが参加の条件です」

折れたのはミルテアの方であった。


まもなく開催される舞踏会を前に、イプスニカ城には多くの人や物が集められていた。

当日振る舞う酒や食料、それらの調理に使う薪や闇を照らすための蠟燭。大量の雑事を担う臨時の奉公人。彼らを運ぶ運搬馬車の数も平素よりも頻繁に城と城下とを繋ぐ。

そして国内外から多くの客人が訪れている。舞踏会に招かれる身分ともなれば、随行させる召使いの数も両手の指の数よりも多くなる。

随行してきた召使いたちは納屋や厩舎近くの大部屋をあてがわれ、旅の道中に比べれば比較的自由時間を持つことが可能だ。

旅先で羽目を外すのは主も召使いも同じである。暇な者同士賭けごとに乗じてみたり、市内へ降《くだ》り娼館《しょうかん》へ赴いてみたり。

客人たちの召使いたちへの監視はあるものの、この国の王はカリヴェナの公爵が起こした王太后殺害未遂を表沙汰にしないと決めたようで、行方をくらませたシモンへの追跡も大掛かりには行われていなかった。

だからといって監視の目が緩いというわけではない。歩哨《ほしょう》の数は増え、外国人召使いたちへの見張りも強まっている。

（撒《ま》き餌《え》はいくつか用意したしな。舞踏会を混乱に陥れる算段もつけた。少々催眠術を使いすぎて匂いを辿られそうになったことが数回もあった。これ以降、使い処《どころ》は見極めなければ）

これは神の御業《みわざ》でも奇跡でも何でもない。ただの催眠術である。

失脚し浮浪者のごとく街を彷徨っていたさなか、後ろ暗い過去を持つ男から教わった。煙を嗅げば気分が酩酊《めいてい》する作用を持つ薬草があるのだという。そいつはそれを使い女を攫《さら》い街角で娼婦《しょうふ》として働かせたり、行商人らから金を奪ったりしていた。

堕《お》ちれば堕ちた先でどうにか生き延びることができる。楽に稼げる。適当に楽しもうぜ。煙をくゆらせながらその男は朗笑した。

シモンも同じように笑った。これをもっと完璧に習得できれば、己をこのような場所に突き落とした者たちを同じ目に遭わせてやることができるのではないか。

手始めに、元政敵の子供を殺してやった。

簡単だった。廃材回収者や野菜売りなどに扮して屋敷へ入り込み、厩番《うまやばん》に暗示をかければいいのだから。馬たちに遅効性の毒を飲ませる。馬車の車輪に亀裂を入れておく。はたまた彼ら自身にナイフを持たせ凶行に走らせる。

やり方は何でもいい。確実に子供が死ぬのなら。

子供を狙ったのは、己も娘を亡くしたからだ。同じ目に遭えばいいと思った。遅くに授かった娘だった。親の欲目を抜きにしても器量良しであった。

同じような事件を立て続けに起こしたせいで元政敵たちは屋敷の警備を強化した。この暗示は大勢を相手にすることには向いていない。かける者と目を合わせなければならないからだ。立て続けに複数人へかけると効果がばらける。

しばらく身を隠そう。どこへ向かおうか。

失脚した時点で一家は離散していた。身一つのため、どこへでも軽く流れ辿り着くことができる。

そうして思い出したのは、フェレン・レニス・ロートレイツ公爵の名であった。まだシモンがオストロムとの国境沿いを治めていた頃、一度彼が領地を訪れたことがあった。

随分と急ぐ行程で人を追っていると話をしていた。ここで恩を売っておけば、いつか何倍にもなって返ってくるかもしれないと知恵を働かせ人を融通してやった。金次第で荒事まで引き受けてくれる男たちだ。

そのフェレンはオストロム行きを当時の王であった彼の兄に知らせていなかったようで、不興を買い領地への蟄居が命じられた。

あの時は味方をする相手を間違えたと憤慨したものだが、カリヴェナに連れ戻される最中のフェレンがミルテアを悪し様《あざま》に罵る様子が、今になってまざまざと思い出された。

もしかしたら彼は今もあの女への恨みを抱いているのではないか。

いや、忘れていてもいい。思い出させればいいのだから。記憶を刺激し、怒りと恨みを増幅させればいい。そのくらい暗示をかければ造作もない。

シモンは、あの女《ミルテア》のことも憎んでいた。

元政敵たちから訴追された時、オストロムの王妃ミルテアを頼った。彼の属していた貴族の派閥が劣勢になり、多くの者たちが糾弾されてしまった。

カリヴェナで勢力を吹き返すには後ろ盾を得る必要があった。オストロムの王妃となった元王女から兄王へ取りなしてもらえれば、勝機はあるはずだと考えた。

オストロムに駐在する大使はシモンと同じ派閥に属していた。彼は頻繁にミルテアのもとへご機嫌伺いに出向いていると以前話していた。

しかしあの女はシモンたちの話を碌《ろく》に聞きもせず、冷たい態度であしらったのだ。

おまけにオストロムの兵士たちに命じてシモンたちを拘束した。

カリヴェナへと移送される道中、隙をついて逃げ出したシモンは、その代償に地を這《は》う生活を余儀なくされた。

修道院へ送られた娘はその地での生活に耐えられなかったのだろう。塔の上から身を投げた。ちょうど、密かに娘の様子を見に行った時のことだった。

シモンが見つめるその先で、娘は空へ舞った。修道女の叫び声で、それが娘であることを知った。

フェレンのもとを訪れたシモンは共通点としてミルテアを憎んでいることを明かし、復讐心を焚《た》きつけることに成功した。

おまえが私に手を差し伸べていれば。私は娘を失わずにすんだ。だったら同じ目に遭わせてやる。

ゲレメク卿の宴に招かれたところまでは上手くいっていた。あの男は見栄《みえ》っ張《ぱ》りだ。ロートレイツ公爵のような身分の人間であれば、まず拒否することはない。

だが、リンテの殺害に二回も失敗し、遠回りはせずに愛馬を亡くし消沈する彼女を連れ去り殺してやろうと、部屋を訪れたあたりから風向きが変わった。

フェレンの暴走である。

己の暗示は強い目的を持つ人間には効かないという弱点がある。

ミルテアへの復讐よりも別の存在に心を奪われたフェレンは、シモンの思う通りに動かなくなった。暗示の上書をしようとも、彼はもうシモンのことなど見てもいなかった。そしてフェレンは彼の意思でもってミルテアを殺そうとしたのだった。

全くこちらの思い通りにいかないことに忌々しくなり舌打ちをする。

足音が近付いてきたのはそのような時のことだった。

「舞踏会の前に我がゲレメク家への疑いが晴れたことは喜ばしいが……おまえとリンテ殿下との関係修復はもはや難しいだろうな」

「しかし父上。グラーノ城での一件は、王太后殿下は不問に致すとおっしゃっていたではないですか」

シモンは外から聞こえてきた会話に耳をそばだてる。隠れ潜む半分地下に埋まった物置部屋は、王城の本館から西へ向かう通用路沿いに建てられている。

部屋には明かり取りと空気の入れ替えのために、奥の天井際に窓が設えられている。半円状のそれは格子が嵌められているだけの粗末なものだ。硝子《ガラス》は高価なため、このような場所に使用されることはない。外の音を拾うには不自由はない。

隠れ場所を転々とする今の己にとって、相手が誰であれ会話は貴重な情報源だ。

幸いにも声の主たちはシモンを捜索する兵のものではなかった。

己と同じ世代と思しき低音域の声と、感情を制御しきれない声。一時期滞在したゲレメク家の現当主と息子で間違いないだろう。

グラーノ城でシモンはリンテを拐《かどわ》かす謀《はかりごと》を行った。彼女を探しに来た王妃の予期せぬ介入により、彼女と護衛の女騎士から記憶を奪い取った。時間がなかったことと二人連続でかけたため、どの程度遡って記憶が消えたのかは分からない。

しかしその後、王妃の前にフェレンの従者として姿を見せた時、何の反応も示さなかったことを考えれば、うまくいったのだろう。

グラーノ城での一件でゲレメク卿は王家から疑いをかけられていたのだが、真犯人が判明したおかげで、無事疑惑の目から解き放たれたということか。

「王太后殿下は我がゲレメク家へ慈悲をくれたわけではない。リンテ殿下の評判のためにおまえの浅慮《せんりよ》な行動をなかったことにしてくださったのだ」

「しかし、先に勝負をけしかけてきたのは彼女の方ですよ」

「おまえも殿下に対して挑発をしただろう」

「僕は、リンテ殿下は僕に剣では勝てないと事実を述べたにすぎません」

「だとしたらなんだ。おまえは遜って勝負を回避すればよかったのだ。それを王妃殿下やレイニーク卿もいる前でリンテ殿下にあのように剣を突きつけおって。そういう無駄な自己顕示欲を示すところが、おまえは子供だと言っているのだ」

「父上だって、女は男の後ろを歩いていればいいものだと、しょっちゅうおっしゃっているではありませんか」

「それをリンテ殿下に当てはめるな。馬鹿者めが。婚姻を結んで妻にしたあとならばともかく、あの御方とおまえとでは身分に差があるのだぞ」

ゲレメク卿が声を大きくするも、外であることを意識してか、すぐに声の調子を落とした。

「ゆくゆくはリンテ殿下の降嫁を願い出るつもりだったが……まず無理だろう。これまで目をかけてきたというのに、まさかおまえがここまで短慮だったとは、がっかりだ」

はあ、というため息が聞こえてきた。

息子の方は何も言わない。

「私はこれから知り合いに挨拶をしてくる。おまえは先に馬車で館に戻っていろ」

「父上！ 僕のことも紹介していただけるはずだったのでは？」

「今日おまえを連れてきたのはミルテア王太后殿下への心証を少しでも良くするためだ。幸いにも王太后殿下がおまえの舞踏会の出席を許してくださったから、明日の舞踏会には連れて来てやる。だが、おまえをこれからも嫡子として遇するかは……考えなければならないな」

言いたいことを全て言い終えたのか再び足音が聞こえた。

シモンは半円の窓から外の様子を窺う。あいにくと、どう顔の位置を変えても彼らの頭上までは見えない。せいぜい膝辺りまで視界に映すのが限界だった。

まさか親子の会話を盗み聞きしている人間が近くに隠れ潜んでいるなどとは、思ってもいないのだろう。一人取り残された少年は、しばしの間動かずにいた。

「くそっ！　あの王女のせいで僕の人生は台無しじゃないか！」

やおら息子の方が怒りを発散させるかの如くダンッと足踏みをした。その後も彼は「くそっ！　くそっ！　くそっ！」と何度も何度も石畳の上に足を踏み下ろす。

人間、怒りで頭の中が沸騰すると語彙に気など回らなくなるものである。

なるほど。これは相当にお怒りのようだ。

シモンはすぐに窓から離れ、部屋を飛び出した。

これは、いい駒になるやもしれぬ。己の勘が告げていた。

ゲレメク家の親子を利用すればもっと簡単に舞踏会の会場へ潜入できるかもしれない。

ミルテアへの復讐はシモンにとって、もはや生きる意味も同じであった。

これが身勝手な思いであることを指摘する者は誰もいなかった。失脚し地に堕ちた男に手を差し伸べる者など存在しなかったからだ。

妄執に取りつかれた男はほくそ笑む。

性急ながら舞台を整えたのだ。懸案事項はどうやって舞踏会会場へ潜入し、誰を駒にし、リンテを弑《しい》するかであった。

ゲレメク家であれば申し分ない。

晴れ舞台で娘が死ぬのだ。

最高ではないか。

絶望する女の顔を思い浮かべ、シモンは唇を醜く歪ませた。

九

舞踏会当日。エデルは侍女たちの平素と変わりのない笑みの中に隠れ潜む気迫に既視感を覚えた。

全身を丁寧にくまなく洗われ、香油をたっぷりと塗られる。それは白銀の髪も同様で、丁寧に何度も櫛《くし》を入れられた。

シュミーズの上から硬い布で胴を覆われる。それから背中の紐をきゅっと締められる。女性らしいまろやかな線を生み出すための努力である。

スカートを膨らませるために何枚もペチコートを穿き、最後にドレスを着せられる。

表から見えない箇所にいくつも作りつけられた釦《ボタン》や留め紐を侍女たちが一つずつ留めていく。

華やかな赤系の色は本日の主役であるリンテに譲り、エデルが今日身に纏うのは白に近い優しい青色のドレス。裾やスカートには金銀の糸で花々の刺繍が刺されており、袖回りの飾りには真珠やサファイアが鏤《ちりば》められている。

ドレスの色こそ派手ではないが、この国の最上位の女性のためのドレスとあって、それは豪華な一品だ。

(う……緊張で心臓が……)

先日完成品を試着した際も同じことを思ったのだが、どうかドレスに傷がつくことだけはないようにしたい。光沢のある最高級の絹地も袖飾りの宝石たちも大変に高価な代物である。うっかりどこかに引っかけでもしたらと考えた側から気が遠くなりかけた。

「妃殿下、今日は一段とお美しいですわ」

ユリエは大変満足そうであった。

あとは髪を結い、化粧を施すだけだ。それらも慣れた侍女たちが手早く済ませた。

(すごい……。今日のわたしは本当にわたしではないみたい)

姿見に映るドレスを纏った己を呆然と見つめる。

「今日も美しいな、エデル」

「――っ!」

エデルが振り返った先、そこに漆黒の美しい偉丈夫の姿があった。

深い漆黒の騎士服には袖や裾に銀糸でオストロム伝統の文様が縁どられている。黒髪に黒い衣装となれば、重たく昏《くら》い印象にもなりかねないのに、彼の場合は黒こそがその魅力と存在感を引き出している。

オルティウスは女官から天鵞絨《ビロード》張《ば》りの平たい箱を受け取った。

中から現れたのは、大きなラピスラズリを冠した首飾り。それらを囲む小粒の宝石たちもまた一級品であることが分かるほどに光り輝いている。

このラピスラズリは今年エデルが気に入り購入したのだと教えられていた。

オルティウスがそれを手に取り、エデルの後ろに回った。

まさか王自ら着けてくれるとは思いもよらなくて肩に力が入ってしまう。

仲睦まじい夫婦の様子に、室内に控える侍女たちの頬が赤らんでいる。

首の後ろをオルティウスの指が掠めるたびに、体の奥がざわざわと不可思議に反応した。抗《あらが》いきれずに小さな吐息が漏れた。

「ああ、やはりよく似合う」

オルティウスは女官から耳飾りまで受け取りエデルに取りつけようとする。

彼の手が耳に触れる。近い。近すぎる。その瞬間、ぴりりと雷が走ったかのように体が痺《しび》れた。

思わずきゅっと瞼を閉じると、五感が彼の存在を敏感に感じ取り、やはり胸がざわめいた。

「そう緊張するな。愛おしい妻を飾り立てたいだけだ」

体に力を入れていることなど、オルティウスにはお見通しだったようだ。

くつくつと含み笑いが漏れ聞こえれば、困惑しながら彼を見上げてしまう。

「そのような目で見つめられては止められなくなるだろう？」

オルティウスが瞳を細めエデルの顔へと近付いてきた。

予感に突き動かされそっと瞳を閉じる。トクトクと心臓の鼓動が速まりかけたところで、ゴホンという控えめな咳払《せきばら》いが聞こえた。

ぴたりと動きを止めたオルティウスが視線を動かした先にはヤニシーク夫人が佇んでいた。

そういえば室内には少なくない人間が控えていたのだった。

瞬時に頬を真っ赤に染めたエデルの隣では、オルティウスが「いいところだったのに」とでも言いたげにヤニシーク夫人を睨む。もちろん女官長は国王のそのような視線にも動じることなく、澄ました顔を保ったままだ。

「エデル、行くぞ」

「はい」

オルティウスが差し出した腕にエデルはそっと手を置いた。

十

最初のダンスの相手はオルティウスだ。

王と王妃そして本日が舞踏会初参加となる王の弟妹のために、大広間の中央が空けられる。

音楽が奏でられる前の、緊張を孕んだ静けさに胸の鼓動が速くなった。

ぎゅっと握った手からそれを感じ取ったのか、オルティウスが微笑を浮かべた。

大丈夫だ。そう言われているような気がしてエデルの体から少しだけ力が抜けた。

最初の音に合わせて足が滑り出す。

大勢の人々に囲まれて踊る重圧に呑み込まれそうだったエデルは、しかしステップを踏むごとに招待客らの視線など気にならなくなっていた。

幾重にも重なったペチコートが足に絡むこともなく、オルティウスの巧みなリードによって軽やかに舞った。

二番目の相手はルベルムで、一度練習の機会をもったおかげか醜態を晒すことなく踊りきることができた。

三番目の相手はデトレフだ。

今日の彼は青い宮廷装束を身に纏っている。髪を束ねるリボンも共布《ともぎれ》と思しき鮮やかな青だ。

フェレンが捕らえられ、その従者シモンの行方も知れず、彼の心労は計り知れない。

「妃殿下と色が被ってしまいましたね」

けれどもデトレフは憂苦を抱えていることを感じさせることなく、エデルを前に明るい表情でおどけた声を出す。

「今日はお揃《そろ》いですね」

だからエデルもにこりと微笑んだ。

「マレノ嬢はご両親と参加されているのですね。元気そうで安心しました」

「久しぶりに家族水入らずで過ごすことができたのも心に良く作用したのでしょう」

彼女とはまだ顔を合わせてはいないが、それを聞いて安心した。

昨秋イプスニカ城へ呼ばれたクライドゥス海沿いの領主の娘たちは、今日の舞踏会では招待客として遇されている。

ルクスに出てきた両親たちと短くはあるが時間を持てることに心を弾ませていた。

「彼女は……、いえ。世の中には口にしない方がよいこともあるのでしょう」

おそらくアルーツェの容姿に思うことがあるのだろう。母国カリヴェナの宮殿には王族の肖像画が飾られているだろうから。

「世の中には自分に似た人物が一人か二人くらい存在するらしいのです」

「そうですね。きっと僕のそっくりさんも世界のどこかで誰かと踊っているかもしれませんね」

オルティウスの受け売りを口にすると、デトレフが話を合わせてくれた。

ちょうど曲が終わり、デトレフが礼をして離れていく。

「エデル、ずっと踊り続けて疲れただろう。冷たい飲み物を用意させている」

「ありがとうございます。どうにか失敗せずに踊れて安心しました」

いつの間にか側へ寄って来ていたオルティウスがエデルの背中に腕を回した。

彼に促され、大広間の奥に設えられた王家専用の席に移動をする。渡された冷たい果実水が喉を伝う。

「ん、美味しい」

思わずそう零すほど、清涼さが火照った体に心地よい。

エデルは大広間を見渡した。

奏でられる音楽に多くの招待客が身を委ねている。

無意識に探すのはリンテとルベルムの姿だ。二人はそれぞれ外国から招かれた賓客とダンスを踊っている。

「リンテとルベルムにも特に変わったことはなさそうですね」

「ああ。リンテの近くにはドレス姿のパティエンスの騎士を付けてある。異変が起きてもすぐに対応できるだろう」

パティエンス女騎士団に所属する騎士たちは、このような場に紛れても違和感なく振る舞えるように候補生の頃から訓練を受けている。

本日に至るまでにシモンを捕らえることはできなかった。

舞踏会という華やかな行事の裏で王妹殺害の陰謀が進められていたなどと公表することはできず、捜査は秘密裏に行われている。

当然会場内にも儀礼服に身を包んだオルティウスの騎士たちが配置されている。

「……彼はまだ城内に潜んでいるのでしょうか」

「その可能性は高いだろう。いくつか痕跡があったと報告を受けている」

「このように大勢の招待客がいる中で、どのような方法を企んでいるのでしょうか」

「毒を仕込むのがやり方としては簡単だろうが……。懐に入り込みさえすれば、短剣で急所を刺す方法も取れる。あまりダンスには参加してほしくはないが、夜会に出席している以上、礼儀として最低限踊らなければならない」

ひそひそと物騒な話をしていると、国王夫妻へ挨拶をと、人々が集まり始める。

自分たちの役割は堂々とこの場に存在することである。

今宵《こよい》も平和だ。何の憂いもない。そのような表情を顔に張りつかせ、エデルは異国から遠路はるばる訪れた客人たちに声をかけた。

十一

舞踏会が始まってもうすぐ一時間半が経過をするかという頃。招待客たちは踊りだけでなく、男性は遊戯室や喫煙室へ移動し政治や国際情勢談議を交わしたり、女性は談話室で歓談に花を咲かせたり、音楽サロンで演奏を鑑賞したり、思い思いに過ごす。

エデルとミルテアはそれぞれ王妃と王太后という立場である。舞踏会の場では社交を行う必要があるのだが、本日に限ってはミルテアの気はそぞろだった。

無理もない。彼女に恨みを持つ男が娘の命を狙っているのかもしれないのだから。

（でも……、舞踏会開始からそれなりに時間が経ったけれど……何も起こらないわ。やはり警備が厳重で手が出しづらいのかしら）

エデルは大広間を見渡す。

アルーツェは窓際で両親と笑顔で話し込んでいる。

ルベルムの周囲にはつかず離れずという位置に少なくない令嬢たちが張りついている。笑顔を浮かべる彼の頬が若干引きつっているように思えるが、オルティウス曰くこれもある種の試練とのことだ。

リンテは、同じ年頃の少年たちに囲まれて、ということもなく同世代の少女たちと楽しそうに笑い合っている。普段文を交わしている遠方住まいの友人たちだろう。

別の場所ではゲレメク卿が数人の男性と談笑している。皆同じ年代だ。友人との旧交を深めているのだろう。

（そういえばゲレメク卿の嫡男レスラフも招かれているのだったわね。彼はリンテと仲《なか》違《たが》い状態になったけれど、ミルテア様が不問にしたって……）

その日の宴のさなかにエデルは記憶を奪われたため、ヴィオスから後付けで教えられたのだ。

レスラフはどこにいるのだろうと顔を動かすも、今のエデルは彼とは顔を合わせたことがないのだった。グラーノ城で起こった騒動によりレスラフは謹慎を言い渡されたからだ。

「エデル、少しいいか？」

「オルティウス様。所用はもうよろしいのですか？」

「歩きながら話そう。ついて来てほしい」

今まで席を外していたオルティウスに促される。

大広間から出たところで彼はエデルの耳元へ顔を寄せた。

囁かれたのは「シモンを捕らえた」という短い台詞。思わず彼の目を見ると、静かな表情のまま頷いた。

到着したのは舞踏会の喧騒《けんそう》も届かない場所にある小部屋。室内には数人の兵士の他に近衛騎士隊長フレヴとヴィオスの姿があった。

「妃殿下がお越しになられた。さっさと暗示を解いてもらおう」

後ろ手に縛られ目隠しをされた男が床に座らされている。顔の張りや皺の刻まれ方などから五十前後の歳だと思われる。髪の色は以前ちらりと見たシモンと相違ない。目隠しをされているのは、暗示をかける手段を封じるためだそうだ。

「……」

フレヴの命令に沈黙で返したその男の背中を兵士の一人が蹴る。

「返事くらいしろ！」

「王妃の前だ。あまり無体な真似《まね》はするな」

オルティウスの声を受け、兵士がシモンの背から足を退ける。

「もう一度言う。王妃殿下にかけた暗示を解け」

「……くっ」

シモンの口から息が漏れ出た。

それから——。

「はははははははははは！」

「！」

耳をつんざくような大きな笑い声が上がった。

この状況を理解していないはずはないのに。何が彼を駆り立てるのか。鉄面皮《てつめんぴ》を誇る兵士たちも微かに表情を動かす。彼らにしても目の前の男の反応は特殊なのだろう。

ひとしきり笑ったシモンがぴたりと口を閉ざした。

直後にまた下卑《げび》た笑みを浮かべながら大きく口を開く。

「この私、シモンを捕まえるとは大したものだ」

「罪を認めるのか？」

「はっ……はははははは！　罪も何も私は当然のことをしたまでだ！」

名乗った彼は再び哄笑《こうしょう》を掲げた。

「くっ……はっはは、はははははは——」

不気味な笑い声をいつまでもエデルに聞かせておくのは良くないと考えたのか。

オルティウスに促され隣室へ移動した。ヴィオスとフレヴがつき従う。

「あれではエデルの暗示を解かせるどころではないな。今晩かけてまともに話せるようにできるかどうか」

オルティウスとしてはすぐにでもエデルの記憶を取り戻させたかったようだが、誤算のようであった。

「一通りの手段を講じてみましょう」

「カリヴェナ側にも捕縛の件は伝えなければならない。見られる程度に留めて置け」

「では一度地下へ連れて行きます」

「任せたぞ」

命じられた兵士が敬礼を取った。

不穏の欠片など入り込む隙間もないほど平和な饗宴《きょうえん》の光景に、リンテは拍子抜けしていた。

(てっきり今日、この機会を狙ってくるとばかり思っていたのに……、何も起こらないじゃない)

これでも結構気を張っていたのに。

楽師団が奏でる音楽と、真鍮《しんちゅう》製のシャンデリアに立てられた何百本ものろうそくの明かり。それから美しく着飾った紳士淑女たち。

室内を見渡してみても不審人物など見つけられやしない。やはり厳重な警備をかいくぐることなど不可能だったのでは？　とリンテは小首を傾げた。

「お母様に見張られてばかりではつまらないわ」

「あなたは自分がどのような状況に置かれているのか分かっているのですか？」

「だって、とっても平和なんだもの」

先ほどまで昨年の夏にレゼクネ宮殿で友達になった子たちと再会を喜び合っていたのだが、母から「ダンスが終わったのならわたくしの隣にいなさい」と言われて連行されてしまったのだ。過保護さは健在である。

ぷうと頰を膨らませているとパティエンスの騎士が音もなく近寄って来た。母専属の護衛騎士だ。

彼女から二、三言聞いたミルテアの口から「本当ですか」という声が漏れた。

「ロートレイツ公爵の従者が拘束されたそうです」

「やったぁ！」

「声が大きいですよ、リンテ」

リンテは慌てて口元を手で覆い隠した。何事かと向けられた少なくない視線に誤魔化し笑いを作る。

「王太后殿下も気を張っておいでしたでしょう。一度ご休憩されてはいかがでしょうか」

「そうねえ……ですが……」

ミルテアはまだ憂色《ゆうしょく》を浮かべている。

「お母様はもう若くないのだから一度休憩した方がいいわよ」

「あなたまでそのような」

そう言ったものの、やはり疲労を感じたのかミルテアは一度控室に戻ることに決めた。

母を見送ったリンテはというと。

同じ年頃の娘たちから逃げ回っているルベルムに助けてと言わんばかりに本日二回目のダンスの相手を請われたのだった。


「エデルもずっと気を張っていただろう。少し休憩をしよう」

そう言ってオルティウスがエデルを連れ出した先は大広間に面した庭園であった。夏に向けて昼の時間が長くなる。今も外は完全な暗闇ではなく、空は黒ではなく藍色よりもやや柔らかな色をしている。

平素よりも篝火《かがりび》が多く焚かれているため見通しが良く、外の空気を吸いに出た招待客らもちらほら見受けられる。

室内はどうしても熱気がこもる。肌を撫でる風はひんやりとしていて気持ちがいい。

「シモンが捕まったと聞いて、俺はどこかで期待していた。おまえと新しい思い出を作っていこうと言っていたのに、俺は往生際が悪いな」

「わたしもオルティウス様と一番最初に出会ったことやティースを産んだ時のことを思い出したいです。だからやっぱり、シモンに頼らずに暗示を解いてみせます」

「無茶だけはしないと約束してほしい」

「はい」

オルティウスがエデルの頬を優しく撫でる。心を預けるように目を閉じるとふわりと柔らかなものに唇を塞がれた。

彼は壊れものを扱うようにエデルに触れる。触れるだけの口付けを繰り返していると、いつの間にかエデルの方から唇を小さく開いていた。

今のエデルは口付けの仕方など覚えているはずもないのに、彼のことがもっと欲しいと。体が先に彼を求めていた。

オルティウスが微かに躊躇いを見せる。

けれどもそれも一瞬のことで。口付けが深まり、やがてオルティウスがエデルの後頭部に手のひらを添える。

不思議だった。こういう時どうやって呼吸をしたらいいかを覚えている。

意図せず甘えるような吐息が漏れてしまい、頰を赤くする。

呼吸ごと食らうようにエデルを貪るオルティウスのことを、怖いと感じることもなかった。

エデルはオルティウスの背中に腕を回した。隙間を埋めたい。二人を隔てる衣服すら邪魔に思えてきて。まるで性急に大人になろうとしているかのようだった。

夢中で呼吸を分け合い、唇が離れたそばからもう一度互いの存在を確かめるように唇同士をくっつける。

「あまり煽《あお》るな。我慢できなくなる」

「煽っているつもりはないのです……。自分でもよく分からなくて」

「そういう可愛い台詞は寝台の中まで取っておいてくれ」

心底困ったとでもいうようにオルティウスが眉尻を下げた。彼のこういう顔を見ることができるのは、きっと自分だけ。思わぬ独占欲に気付かされる。恋も愛も全部オルティウスが教えてくれた。

きっと今のエデルも以前のエデルも彼に対する想いは変わらない。

そしてオルティウスは今のエデルのことも変わらず慈しんでくれる。

そのことがとても嬉しくて幸せで。

「愛しています」

思わず口から言葉が滑り落ちていた。

「そういうところだぞ、エデル」

嬉しそうに笑うオルティウスをずっと眺めていたいと思った。


愛する人と僅かなひと時を過ごしたエデルがオルティウスと共に大広間に戻れば、ご婦人たちの噂話《うわさばなし》が耳に届いた。

「ルベルム殿下のお相手をされているのは北の……マレノ家のご令嬢ですって」

「リンテ殿下と二度目に踊り終わったあと、お二人で話しかけに行ったのだそうよ」

「陛下がクライドゥス海沿岸部を治める領主の娘たちを城に召喚したと聞いていますわ。ルベルム殿下なりの配慮なのでしょう」

「でなければ困るわ。わたくしの娘が入り込む隙がなくなりますもの」

それらに導かれるように広間中央を見つめてみれば。

「あら……まあ」

「ルベルムなりの苦肉の策といったところか」

そうなのだ。ルベルムが踊る相手は何とアルーツェだったのだ。

十九歳のアルーツェとルベルムの背は同じほどだ。まだアルーツェの方が若干高いだろうか。

初々しい二人組に微笑ましい気持ちを抱いたエデルは、近くで踊るもう一組のカップルを見つけてオルティウスに声をかけた。

「オルティウス様、リンテと踊っている少年はルベルムの寄宿舎での同輩でしょうか」

「いや……あれは確か……」

リンテと踊っているのは同世代と思しき黒髪の少年。髪の一部が光に反射し茶色にも見える。

その時、「リンテ殿下と踊られているのはゲレメク卿の嫡男レスラフでございます」とオルティウスの騎士が小さな声で言った。

「リンテと踊っているということは、仲直りをしたのでしょうか」

「舞踏会前に母上が面談の席を設けたと言っていた。その時はレスラフの舞踏会への出席は反対しないが、リンテには近付けないようにと約束をしたそうだが」

続けて「母上はどこに？」とオルティウスが尋ねれば「しばし休憩に入られています」との答えが返ってきた。

双子それぞれが踊る様子を見守っていると、ゲレメク卿が現れた。彼はその顔にはっきりと憂いの色を乗せていた。

「陛下、息子のあの行動につきましては私の指示ではないのです。今日の舞踏会にレスラフの出席が許されたのはミルテア王太后殿下の温情でございます。その旨を忘れることのないよう愚息には言いつけておりましたのに、あのような勝手な行動を」

ゲレメク卿は今にも頭を地に着けそうなほどの勢いだ。

当初こそ彼はリンテの降嫁に淡い希望を抱いていたのだろう。しかし彼は息子レスラフの気質を見誤った。

グラーノ城での私闘事件で双方から事情を聴いたオルティウスとミルテアの意見は一致している。二人の相性は合わないと。

このことはミルテアからゲレメク卿へも伝えられているはずである。

彼の意思はともかく、周囲にはゲレメク卿の野心とでも映ったのだろう。王へ息子自慢をしているとでも勘違いをされたのか同じ身分の男たちが集まり始める。

「皆ミルテア王太后殿下の顔色を窺っていたのというのに。春先の件といい、さすがはゲレメク卿だ。抜かりがない」

「けれどリンテ殿下の気質を鑑みますと、ゲレメク卿の子息では窮屈すぎるのではないか。そなたの持つ西方思想はオストロムの女性を抑圧しますしなあ」

などという声が上がる。

ゲレメク卿一人を頭一つ抜きん出た存在にしておきたくはないという意図が隠しきれていない。

「まさかそのようなつもりは全くございません」

「謙遜を。今日も貴殿はゼルスに移住したという従兄弟《いとこ》を連れて来ているというではないか。陛下に紹介するつもりなのだろう？」

「抜け目のない御方だ」

「ゼルスに移住した従兄弟か。あの国で黒髪では目立つだろう」

オルティウスが合いの手を入れた。

（国境近くの街だと黒髪もあまり目立たないのかしら。王都だと銀髪の人ばかりなのでしょうが）

エデルも話を聞きながら故郷のことを思い出そうとするが、そういえば宮殿から出たことがないことに気がついた。

「従兄弟でしたらあちらに。あの黒髪を後ろで一つに縛っている男です」

話題が逸れたことにホッとしたのかゲレメク卿が不躾にならない程度に手を動かし件の人物へ向けた。

複数の目がそちらへと向けられる。壁際に佇むのはどこにでもいるような中年の男だった。やや濃い肌色をしている。日焼けだろうか。特権階級にしては珍しい。

誰かの「あのような者、ゲレメク卿の従兄弟にいただろうか」という呟きが聞こえてきたのと、その従兄弟だという彼と目が合ったのは同時だった。

ドクン、と胸がざわめいた。

どうして。彼に会ったことがある？

考えようとしたその時――。

突然天井で大きな炎が上がった。パチパチという何かが弾ける音と金属が擦れる音も。

「きゃあああああぁ！」

「燭台から炎が上がったぞ！」

「爆発が起きたわ！」

会場のそこかしこから悲鳴が聞こえる。

「エデル！」

オルティウスの腕の中に閉じ込められる。

（一体何が起こったの⁉）

男女入り交じった悲鳴。それから状況確認を行う騎士たちの怒号。蠟《ろう》が焼ける匂い。

様々なものが一気に情報として押し寄せる。

「直ちに客人たちを避難させろ！　それからリンテとルベルムを保護しろ！」

再び悲鳴が轟《とどろ》いた。

どうやら壁に設えられていた燭台でも炎が上がったとのことだ。蠟燭が破裂し炎の粒がカーテンに引火したことが伝えられた。

蠟燭は必要不可欠な道具だ。夜の闇を照らすため、エデルの部屋でも平素から多く使用されている。

もちろん火を灯すのだから取り扱いには注意が必要であることくらい承知している。

(でも……こんな風に大きな炎の塊が発生したり弾け飛んだりするだなんて。そんなことが起こり得るものなの――？)

突然の事態に大広間内は混乱に陥った。王と王妃を避難させようと騎士に囲まれる。

エデルはリンテの姿を探した。人々が入り乱れ簡単には見つからない。すでに避難したのだろうか。

「他の蠟燭にも同じ仕掛けが施されているかもしれない。一度庭園へ出て、迂回《うかい》して客人たちを避難させる」

詳細は定かではないが蠟燭に何かしらの細工が施されていたようだ。テラスに面したガラス戸から外へ出たエデルはルベルムとガリューには落ち合うことはできたが、リンテだけが見当たらない。

「まずは客人の避難を優先させる。ガリュー、そちらの指揮は任せる。レイニーク宰相とヴィオスと合流し、適時判断して動いてほしい。ルベルムもガリューと一緒に客人への応対へ当たってくれ」

オルティウスの命を受けガリューがルベルムと共に立ち去った。

「わたし付きの護衛や女官は最低限で構いません。ヤニシーク夫人とパティエンスの騎士たちは親とはぐれてしまった娘《こ》たちの保護や客人の応対をお願いします」

「エデル、おまえも避難してほしい」

「いいえ。その前にリンテの居場所を確認しなければ」

彼女の行方だけが気がかりだった。この得も知れぬ不安感。一体どこから来ているのだろう。

「リンテ殿下でしたら、先ほどゲレメク卿の息子と一緒に外へ避難されていました」

ゲレメク卿の揚げ足取りを行っていた男の一人が言った。

「本当ですか？」

「ですが、あまり長い時間特定の異性と一緒にいるのはリンテ殿下の将来のためにもよくないでしょう」

「今日の彼はどうにも胡散臭《うさんくさ》いですぞ陛下。何しろ、私は古くからゲレメク家とつき合いはございますが、ゼルスから里帰り中だというあの親族の男の顔を一度も見たことがございません」

「よもやおかしな男を王城へ引き入れたのでは？」

当のゲレメク卿はレスラフを探しに行き不在だ。皆言いたい放題である。

このまま噂話という名のゲレメク卿非難合戦に発展するかと危惧したのだが、オルティウスが彼らにガリューたちと合流するよう促した。

その背を見送っていると、今度は急いた様相のデトレフがこちらへと向かってくる。ミルテアも一緒だ。

彼の要求で人払いがされた。エデルとミルテア、それからオルティウスの腹心の近衛騎士数名がいる場でデトレフが伝えたのは。

「あれはっ……。あの男はシモンではっ……あり、ませ……ん！」

「なっ……」

息切れをただす暇さえ惜しいと言った風情の彼を前に一同が絶句する。

「陛下より男を捕縛したと連絡を受けまして。カリヴェナ側としても早急に事態の把握に努めたく、先ほど人を遣《や》りました」

シモンと親しくはないけれど同じ使用人仲間として必要事項を話す程度には顔見知りだったという男が地下まで行き確認をしてみれば。

目隠しを外された男は背格好はシモンと似ているものの別人で間違いないとのことだった。

「その男が暗示にかけられている可能性は？」

「面会の時点で捕縛中の男が怪しい動きをしたということはなかったそうです。それ以前のこととなりますと断言はできませんが……」

「拘束中の男の身柄はそのままにしておく。この騒ぎは事前にあの男が催眠術を使い城の者を操り細工をしたものだと考えていたが……」

「あらかじめ偽者の犯人を用意しておき、我々を油断させたところで騒ぎを起こす。そしてその隙に目的を達成させる……」

オルティウスの推測を近衛騎士隊長のフレヴが引き取った。

その物騒な内容にきゅうと胸が引き絞られる心地になった。捕らえた男の異様な態度はそう仕組まれていたのだ。こちらを翻弄するために。

「イェノスに続いてあの子まで喪ってしまったら……わたくし……わたくし……」

その直後ミルテアが駆け出した。

「王太后殿下！」

ミルテア付きの騎士が複数人あとに続く。

「オ、オルティウス陛下。僕も何か手伝いを」

「デトレフ殿下にはこの件を収束させたあと、後始末で大いに役立ってもらう。今は騎士たちの誘導に従って室内にいてほしい」

きっぱり言われては従うしかない。騎士に付き添われデトレフが離脱する。

「エデル、シモンがどこに潜んでいるか分からない。城の奥へ避難するんだ」

エデルはゆっくりと頭を振った。

「いいえ。一人で行ってしまわれたミルテア様が心配です。気が高ぶっておいでですので、誰かが側にいた方がいいと思うのです。それにルベルムも頑張っています。一人で奥に避難をしている場合ではありません」

「……そうだな。同性で、同じ身分の者が側にいた方がいいだろう。母を連れ戻したのち、エデルも皆の不安を取り除くよう女性客への声かけを頼む」

もちろんだと頷いた。

彼から何かを任されたことが嬉しい。

「それから。決して一人にはなるな。いざとなれば避難するんだ。リンテの行方が分かったら一人で先走らずに俺に報告すること。以上だ」

「ありがとうございます。オルティウス様のお役に立てること、嬉しく思います」

「ねえ、レスラフ。こんな人気《ひとけ》のない場所に避難しない方がいいんじゃない？」

踊っているさなか上がった炎に驚き出席者たちが逃げ惑う中、リンテもまたレスラフに連れられてテラスから庭園へ降りた。

彼は「避難しましょう」と言ってリンテの腕を摑んだ。緊急事態だからと深く考えなかったが、現場から離れたこともあり徐々に落ち着いてくると、彼の様子がどこかおかしいことに気がついた。

まずリンテを摑んでいる手の力が強い。それにこちらの問いかけに何も答えてくれない。

(グラーノ城でのわだかまりを解消したくてダンスに誘ったんじゃなかったの？　わたしもあの時はカッとなって悪かったなって思ったから、ダンスの申し出を受けたのに)

グラーノ城での一件はリンテにも負い目があった。レスラフの挑発めいた台詞にまんまと乗っかってしまったのはもちろんのこと、剣稽古の延長線のように考えていたこともだ。

まさか私闘の扱いを受けるとは思ってもみなかった。

オルティウスだってルベルムだって王族ではあるけれど、剣稽古で真剣勝負をするではないか。そう主張をしてみれば。

「あなたは騎士団に所属をしてはいません。それに、剣稽古だと主張するのであれば、誰に立会人を命じたのですか」

という母の厳しい声が返ってきた。

私闘自体は、娘の評判に瑕疵がつくことを厭《いと》うたミルテアの意向により、なかったことにされた。そのため今日の舞踏会にはレスラフの出席が許されているのだと聞かされていた。

そのレスラフからダンスを申し込まれたのは二度目にルベルムと踊り終わったあとのこと。

母からは「今日はゲレメク卿の関係者と必要以上に会話をする必要はありません」と言われていた。

きっとレスラフは父から強く叱責されたのだろう。名誉回復を目論《もくろ》んでいるのかもしれないと考えた。

事態を大きくしてしまったのはリンテの自制心が足りなかったせいだ。

わだかまりは早いうちに解消しておいた方がいい。

そのような結論に至りレスラフとダンスを踊ることにしたのだが。

「さっきから黙っていないで、少しはわたしの話を聞いたらどうなの?」

カチンときたリンテはレスラフから離れようと腕を引っ張ってみるも、逆に引き戻されるのと同時に地面に放り出された。

「大人しくしろ。おまえのような非力な女が俺に敵《かな》うわけがないだろう」

「あなた、人を馬鹿にするのもいい加減に――」

「これはこれはお姫様。相変わらず威勢のいいことで」

リンテが啖呵を切るのとほぼ同時に、明らかに年配者だと分かる男の声が被さった。

「あ、あなたの顔……どこかで……」

「はて。高貴な身分の人々は一介の従者の顔などいちいち覚えてもいませんでしょう？私がそうでした。たかだか従者など。覚えて何になる？」

宮廷服を身に纏った中肉中背の男は自嘲気味に自問したのち、リンテの前に膝をついた。懐から取り出した金属製の小箱からポマンダーを取り出し、こちらの顔に近付ける。

妙に甘ったるい匂いが鼻についた。吸い込んだ側から頭の奥から思考を剝ぎ取られていくような錯覚に陥る。

「大人しくしていろ」

男と目が合った瞬間、リンテは自分の意思で叫ぶことも逃げることもできなくなった。まるで心が檻《おり》の中に閉じ込められたかのようだ。ここから出してと叫ぶのにその声は誰にも届かない。

「連れて行け。そのあとどうすればいいのかは、もう知っているな？」

「はい。――様」

レスラフが素直に頷き、リンテを引っ張り上げた。体は抵抗する気がなく、すんなり起き上がる。

（どうしよう。この男こそが、お母様に恨みを持っているというロートレイツ公爵の元従者なのだわ！）

ピンチを伝えようにも今のリンテは声を出すことができない。レスラフに手を引かれ歩くことしかできない。

「リンテ様ー！」

遠くから騎士が自分を呼ぶ声が聞こえる。彼らに「助けて！」と叫びたい。でも自分じゃこの体を思う通りに動かせない。

「さて、彼らには少し働いてもらうとしようか」

男の不気味な呟きが風に乗ってリンテの耳に届いた。

ゲレメク卿が庭園で倒れていたとの一報を聞き、オルティウスは彼が運び込まれた部屋へ向かった。

気付け薬を飲まされたゲレメク卿が口の奥でうめき声を上げた。

「一体何があった？」

「へ……いか？　私は……ええと、レスラフを探しにテラスから外に出て……。そうだ。息子がリンテ殿下を引っ張って行き……、私は慌てて奴を止めようと……そうしたら、従兄弟が急に行く手を阻み……」

そのあとの記憶はないのだという。その男がゲレメク卿を昏倒《こんとう》させたとみて間違いないだろう。

「そのゼルスに移住したという従兄弟について詳しく教えてくれないか？」

オルティウスは、誰かが言っていた「ゼルスから里帰り中だというあの親族の男の顔を一度も見たことがない」という言葉を思い出していた。

未《いま》だどこかに潜伏しているシモン。混乱に乗じてリンテをどこかへ連れ出したレスラフ。止めようとしたゲレメク卿は従兄弟だという男に、足止めのごとく昏倒させられた。

一つの仮定が頭に浮かび上がる。

目の前の男はシモンの暗示にかかっているのではないかと。

「私の従兄弟はつい最近ルクスに帰ってきまして……二十年ぶりだったということで……。舞踏会が開かれるのだから是非とも参加したいと――」

ゲレメク卿の声から徐々に張りが失われていく。具体的な思い出など何もなく、彼自身何を語っているのか分からなくなったかのようだ。

「分かった。もう少し休んでいた方がいい」

彼にも見張りをつけ、オルティウスは外へ出た。現在もリンテの行方は不明のままだ。

歩きながら己の考えを整理するよう声に出す。

「シモンの目的はリンテの殺害だ。首尾よく舞踏会に潜り込むためにゲレメク卿に暗示をかけ親族だと思い込ませた。おそらくレスラフにも何かしらの暗示をかけているのだろう。舞踏会のさなかに偽者を捕まえさせて俺たちを油断させた」

実際シモンを捕縛したと安堵した。王族たちがリンテから意識を反らした隙にレスラフを彼女へ近付けた。

「蠟の爆発を起こす時間の計算など、そう簡単にできるものなのでしょうか」

彼が言いたのは吊り下げ式燭台の件だろう。

「催眠術を駆使すれば、何かしらの細工を事前に行うことは可能だろう」

シモンがイプスニカ城内に潜伏していた空白の時間、追跡する内偵隊をあざ笑うかのように彼は事前準備を行っていたのだ。

「奴はこれまで二度も失敗している。そして今回これだけ大きな騒ぎを起こした。今度こそ成功させるためにレスラフ一人だけに任せるのではなく、彼自身もこちらの行く手を阻む恐れがある」

「奴の催眠術は厄介です。妃殿下の暗示を解かせるために生け捕りにとのご命令でしたが――」

フレヴの言いたいことを察したオルティウスは小さく顎を引いた。

状況次第では強硬手段もやむを得ないだろう。

エデルはミルテアを追って、ある建物へと入った。

イプスニカ城にはいくつもの建物が建っているため、未だ訪れたことのない場所も数多ある。客人に解放されていない場所であるため室内を照らす燭台の明かりも最低限だ。

「リンテ！　リンテ！　どこにいるの？」

ミルテアは何かに憑《つ》かれたかのように手近な扉を開けては叫んでを繰り返す。

彼女の気持ちも分かる。愛する娘の危機なのだ。捜索を人任せになどできないのだろう。エデルだって同じ思いだ。短い間ではあるが彼女と接して好きになった。

だからミルテアを強く止められないでいた。

ここにはいないと踏んだのか、ミルテアが一度外へ降り立つ。

「王太后殿下、リンテ様を見つけました！」

暗闇の中、一人の騎士がこちらへ向けて走ってくる。

「どこです？　すぐに案内なさい！」

騎士に向かって駆け出すミルテアを止めようとエデルは声を出した。

「ミルテア様、まずはオルティウス様に知らせなければなりませんっ！」

「そのような悠長なことを言っていられますか！」

普段の落ち着いた風情からは想像できないような金切り声を出されたエデルは、びっくりして動きを止めてしまった。

「王太后殿下、落ち着いてください」

ミルテア付きの騎士が止めに入る。だが、それが彼女の逆鱗《げきりん》に触れた。

「わたくしの行く手を邪魔するというのですか？　このわたくしに命ずるなど、一体あなたは何様なのですかっ！」

護衛騎士がたじろいだ隙を見て再び走り始めるミルテアの背を前に、どう動くことが最善なのか分からなくなる。

騎士たちの視線が集まる。彼女たちはエデルの指示を待っている。

ミルテアを止めることができるのは、エデルもしくはオルティウスのどちらかだ。

「わたしたちもミルテア様を追いましょう。目的地が分かり次第オルティウス様へ報せます」

手探りでしか動けない。

この判断でいいのか分からない。それでもやるしかないのだ。

目的地はそう遠くもなかった。建物の上は塔へと続いている。扉の前に複数の騎士が待機している。騎士に扉を開けられ、ミルテアが中へ吸い込まれる。

エデルは違和感を覚えた。騎士の中にはオルティウス直属の近衛騎士の装束を纏った者もいたからだ。一般の騎士に交じっているのはどうしてだろう。

「と、とにかく今はオルティウス様に報せに行かないと」

　現場に二人残して、エデルを含めた四人で戻ろうかという時、遠くから「エデル！」と名を呼ぶ声が聞こえた。その声を聞いた途端に安堵が胸中に広がり、エデルの方からオルティウスに駆け寄った。

「母上は？」

「実は――」

　エデルはオルティウスにこれまでのことを話した。

「まずは我々が追いましょう」

　オルティウスの側にいた近衛騎士が請け負いミルテアが消えた扉へ向かう。扉の前で待機していた騎士たちが剣を抜いた。近衛騎士に切りかかる迷いのない太刀筋《たちすじ》にエデルは喉を引きつらせた。

「やはり暗示にかけられているか。母上だけおびき出し、邪魔な俺たちは中へ入れないつもりなのだろう」

「もしかしてミルテア様の命も狙っているのですか？」

「理由はシモンにしか分からない。フレヴ、扉から入れないのなら別の方法を取るぞ」

「守るこちらの気苦労も少しは考えていただきたいものですが」

　フレヴがやけに重たい息を吐き出した。

これからオルティウスがどのような手段を講じるのか見当がついているのだろう。

「安心して背中を預けられるのは、おまえがいるからこそだぞ」

その信頼しきった台詞にフレヴが「まったく、あなたという御方は」と嘆息する。

オルティウスが近くの建物に入ったからエデルも続いた。止められなかったから、外にいるよりはいいと判断されたのだろう。

松明《たいまつ》を受け取ったオルティウスは迷いのない足取りで階段を上がった。三階へ到着し、廊下を進み、とある部屋へと入った。少々埃《ほこり》っぽい。あまり使用されていない部屋だと思われた。

部屋の窓を開けたオルティウスが窓枠に登り、そのまま飛び降りた。フレヴも続く。

驚いたエデルは慌てて近寄った。彼はすぐ下の屋根に降り立っていた。

目的の建物はすぐ目の前で、確かにこれなら屋根伝いで飛び移れるのかもしれない。

「エデルは部屋の中で待機だ。次の部屋に使用人用の出入り口がある。何かあればそこから避難しろ」

こちらを見上げたオルティウスにこくこくと頷いた。

「お気をつけて」

「ああ。リンテと母上は俺が必ず助け出す」

見守ることしかできないエデルは窓枠から身を乗り出し、彼らの成功を祈り続ける。

オルティウスは傾斜のついた屋根の上を平素と変わらぬしっかりした足取りで進み、隣の建物へと飛び移った。その先の屋根を登る。

屋根の頂上から今度はもう一つ高い場所に造られた屋根へよじ登ろうと、彼が手をかける。壁に設《しつら》えられた浮き彫りを足場に登り切ったオルティウスに、ホッと息を吐いたのもつかの間。

（あれは……何？）

オルティウスが今いる屋根の反対側から何かが月明かりに反射したのだ。

彼はフレヴに手を貸していて気付いていない。

エデルはよく目を凝らした。暗闇の中にさらに濃い影が見える。

「オルティウス様！　後ろに誰かが！」

自分の声が届くかどうかも分からなかったけれど、無我夢中で叫んでいた。

黒い影が彼に向かって突進する。月明かりが切っ先に反射する。

かろうじて避《よ》けたオルティウスが均衡を崩した。風に煽られたのだ。

「オルティウス様！　右にいます！」

叫んだ直後、風に乗ってふわりと甘い香りが届いた。遠乗りの会の時に嗅いだ匂いだ。

吸い込んだ途端に頭の中がぐにゃりと掻き回されるような心地に陥った。

「邪魔をするなぁぁ！」

叫び声が届いた。頭を押さえながら声の主へ視線をやる。

目が合った。そう近くもない場所にいながら、なぜか悟った。

（ここで負けてはだめ……。この匂いが催眠術のきっかけだというのなら、逆に記憶を取り戻すことだってできるはずなの！）

意識が遠のきかけ、いつか見た夢の中で眠っていた白銀の女性が頭の中に浮かび上がる。彼女を起こすことができれば、失った記憶を取り戻せるに違いない。

彼女が薄《うっす》らと瞳を開けた。エデルが腕を伸ばすと、彼女も応じるかのようにゆっくりと手を前に出す。

もうすぐ……。きっと記憶を取り戻すことができる――。

「エデル！」

非常に切羽詰まったオルティウスの声が頭の中に直接響いた。現実に引き戻され、足がぐらついたエデルを側にいた騎士が支えてくれた。

エデルの声に助けられたオルティウスは攻撃を避け、体勢を整えながら短剣を抜いた。

相手の動きは素人も同然だ。隙を突かれなければ勝機はこちら側にある。

「くそ！　おまえにも術をかけてやる！」

胸糞悪《むなくそわる》い甘い匂いが漂う中、黒い影、シモンがオルティウスに向かってくる。

「陛下、目を見てはいけません！」

「そんなもの、俺に効くか！」

何の根拠もなく根性論をかましたオルティウスは体勢を低くして、一気にシモンの懐に飛び込み、腹に一発膝蹴りを見舞ってやった。

たまらず息を吐き出し倒れ込んだシモンの腕を踏みつけ、手から離れた刃物をもう片方の足で蹴とばした。

ぜえぜえと息を吐くシモンをフレヴが「俺が騎士隊長をしている意味はあるんですかね」と言いながら押さえつける。

「おまえがいるから無茶ができるんだ。感謝しているぞ」

「ヴィオスに苦情を言われるのは俺なんですが……」

口を忙しなく動かしながら、フレヴは取り出した布でシモンを目隠しし、後ろ手に縛りつけた。縛られてもなお、シモンは愉快そうに唇を歪める。

「私を捕まえても、もう遅い。もうすぐリンテがこの塔から身を投げるのだからな！」

「何だと？」

「私の娘も塔から身を投げたのだ！　私が見ている前でな！　二回も失敗したのだ。私も色々考えた。どうせなら舞踏会のさなか、リンテが塔から身投げすれば面白い余興になるのではないかとな。ミルテアには特等席を用意してやった。誰を駒にするか悩んでおったが、おあつらえ向きにリンテに恨みを持つ少年と出会うことができた！　神は最後の最後で私に味方をしたのだ！」

オルティウスは塔を見上げた。身投げをするのなら、屋根のあるこちら側の窓ではなく、地面まで何の障害物のない反対側の窓を選ぶはずだ。

「陛下！　下の連中は拘束しました！」

「上に登れ！　リンテが飛び降りる！」

塔の窓から身を乗り出す近衛騎士に叫んだ。

それからもう一人。「エデル！」と建物の中で待機する妻に向けて声を張り上げる。

「建物から外に出て塔の反対側に回ってくれ！　リンテが飛び降りる！　騎士たちのマントを繋《つな》ぎ合《あ》わせて大きな一枚布を作るんだ！　指揮を任せる！」

今は一刻の猶予もない。声を聞いた別の騎士たちが動くのでもいい。間に合ってくれ。

そう願いながら手近な窓枠に手をかけ、塔の中へ入った。

螺《ら》旋《せん》階段を駆け上がり最上階を目指す。

近付くにつれて「リンテ！　リンテ！」と必死に呼びかけるミルテアの声が聞こえてくる。

「リンテ！」

最上階。辿り着いた小部屋の窓の縁《ふち》では、一人の少年が今まさにリンテをそこへ引き上げているところだった。

「全部おまえのせいだ。おまえが僕に向かって生意気な口を叩くから。王族といったって、降嫁すれば僕の下になる存在のくせに。僕に口答えするのがいけないんだ」

僕のために死ね、とレスラフが言い、とんとリンテの体を押した。

「やめろ！」

オルティウスが手を伸ばす目の前で、リンテが宙を舞う。

だめだ。死なせてたまるものか。己の目の前で弟妹がこと切れる瞬間など、もう二度と見たくはない！

「リンテ！」

オルティウスは窓から体を乗り出した。かろうじて彼女の腕を掴む。宙吊《ちゅうづ》りになったリンテはこの状況を分かっていないのか、悲鳴一つ上げずに成り行きに身を任せている。

（リンテにも何か暗示がかけられているのか……？）

でなければこのような状況下で平然としていられるはずがない。

後ろから「陛下！」と次々に声がかかり、オルティウスの体を支える。近衛騎士たちと協力しリンテを引き上げようとする。

「くっ……」

オルティウスの手からリンテの腕が滑った。

オルティウスの声を聞いたエデルたちは直ちに動いた。時間がない。早く。気持ちが急いて途中幾度も足がもつれた。

階段を降り建物から出て塔の反対側へ回ると少なくない騎士たちが集まっていた。王の声を聞いたのだろう、彼らはマントを結び合わせている。

いてもたってもいられずエデルも手伝おうとしたその耳に、誰かが叫んだ「殿下!」という声が届く。

それに導かれるようにして空を見上げたその先で――。

ドレスが宙を舞った。小さな体が塔の外へ放り出されたのだ。あまりの光景に心臓が大きく鼓動を打った。

落ちる! そう思った瞬間、リンテの体が静止した。目を凝らすと、窓から身を乗り出したオルティウスが彼女の腕を掴んでいるのが分かった。

風が吹いた。リンテの体が揺れる。

「万一に備えてもっと大きな一枚布にしましょう!」

エデルの呼びかけで騎士たちが作業を再開させる。もしもこのままリンテが落下したら、風の強弱によっては、どこに着地するか分からない。

「リンテ……お願い。頑張って」

エデルは強く祈った。もっと彼女と話したい。仲良くなりたい。悩みごとがあるのなら一緒に考えて解決したい。

まだわたしはあなたのことを全然知らない。あなたを知りたい。

そう強く。彼女を想った。

――わたしの将来の夢はパティエンス女騎士団に所属することです――

――わたし……、まだ大人になりたくない――

頭の中にふわりとリンテの言葉が蘇る。

これはいつの記憶？　今のエデルが有するものではないと認識した途端、脳裏にあの女性のイメージが浮かび上がった。

「お願い、目を開けて！」

そう叫んで手を伸ばした自分のそれに、彼女のそれが重なった。

直後。強い光が瞬《また》いた。同時にたくさんの光景が頭の中を駆け巡る。

オルティウスと初めて出会った時のこと。差し伸べられた手が思いのほか優しかったこと。俺の側に居ろと優しく言われたこと。フォルティスを身籠ったことを一緒に喜んでくれたこと。

それから、溌剌《はつらつ》とした顔で剣稽古に励むリンテの姿。双子の弟としょっしゅう喧嘩して。でもすぐに仲直りをする元気な彼女が、夢と現実の間で揺れ動く様子に胸を痛くしていたこと。

「リンテ！　頑張って！」

エデルは叫んでいた。

「わたし、あなたと出会った時のことを思い出したの！　オストロムであなたに出会って、たくさんたくさん励まされた！　わたしはまたあなたと一緒に笑い合いたい！」

それは心からの言葉。リンテのことが大好きだという思い。

お願い届いて。最後の力を彼女に与えて。皆あなたのことが大好きだから。

その気持ちが通じたのか、リンテの体がゆっくりと塔へと引き上げられる。

完全に引き上げられたその瞬間、周囲から歓声が上がった。

「よかった。本当によかった」

皆が口々に言い合った。

エデルも近くの騎士たちと喜びを分かち合った。気がつくと目に涙を浮かべていた。

しばしの時間が経過したのち、塔の扉が開いた。

「エデル！」

その声を聞いた瞬間、エデルは自分の中から湧き起こる感情に動かされ駆け出していた。

「オルティウス様！」

「記憶が戻ったというのは本当か？」

彼の両手がエデルの頰に添えられる。

「オルティウス様と出会ったことも、リンテとルベルムと仲良くなったことも、あなたがティースを授けてくださったことも、全部思い出しました」

「そうか」

オルティウスが嬉しそうに瞳を細め、エデルを引き寄せた。ここがわたしの居場所。自然に湧き上がる感情のままに彼の胸に頰を寄せる。

「オルティウス様ならリンテを助けてくれる。そう信じていました」

「おまえのおかげだ。リンテもまたレスラフに抵抗しないよう暗示をかけられていた。俺の腕を摑み返してくれなくて、もうだめかと思った。けれどもエデルの励ましの声のあと、あいつは俺の腕を握り返してくれた」

だから引き上げることができたのだと彼が続けた。

「リンテの様子はいかがなのですか？」

「母上が抱きしめて離さない。塔の上でしばらく落ち着かせようと思う」

「お義母様もご無事なのですね」

エデルは心の底から安堵した。一人塔の中へ姿を消した彼女のこともまた心配だったのだ。

「レスラフもシモンも捕らえた。彼らは牢に運ばせる」

彼の声が王のそれへと変化する。

二人は抱擁を解いた。まだ長い夜は終わっていない。

「これからが忙しいぞ。ガリューとヴィオスたちに任せきりだった客人たちへの対応へ向かわなければならない。エデル、おまえにも手伝ってほしい」

「もちろんです。オルティウス様」

オルティウスがエデルに向けて手を差し伸べてきたから、それに手を重ねぎゅっと握り返す。

当たり前のように頼ってくれる。そのことが嬉しかった。


舞踏会から一夜明けた。

夢の中から意識を浮上させたエデルを誰かが撫でている。

誰かではない。大好きな夫。わたしが愛したただ一人の人。

ぱちりと目を開くと、オルティウスが「おはよう」と言った。挨拶を返そうとしたら唇を塞がれて、しばしの間ついばむだけの健全な口付けに没頭する。

「記憶を取り戻したおまえは、この数週間のことを覚えているのか？」

幾度目かに唇が離れた時、オルティウスがそんなことを尋ねてきた。

「はい。少し不思議な感覚なのですが……。わたしはわたしとして同じなのですが、もう一人のエデルがこの数週間感じたり考えていたことを、わたしは少し離れた場所から俯瞰《ふかん》して眺めているような心地なのです」

「記憶を失った状態のエデルは、記憶が戻れば自分はどこへ行ってしまうのだろうと恐れていたが」

「思い出すことが怖いと考えていたことも、今のわたしの中にちゃんと残っています」

青い双眸に晒されるのがくすぐったい。

記憶のないエデルも運命の糸に導かれるようにしてオルティウスに惹かれた。

「わたしは、オルティウス様がもう一度わたしを受け入れてくれたことも覚えています。あなたがどんな状態のわたしでも慈しんでくれたから、わたしはあなたに相応しくあろうと頑張れたのです」

「俺の方こそ、もう一度俺のことを好きになってくれて礼を言う。嬉しかった」

「わたしはきっと、何度でもオルティウス様に恋をすると思うのです」

あなたがわたしを見つけてくれるから。この手を握ってくれるから。

エデルは心の中で、そう呟いた。

伸ばした指先が彼の黒い髪の先に触れた。どちらからともなく戯れのような触れ合いを繰り返し、唇を重ねて呼吸の合間に愛の言葉を囁く。

「俺だって同じだ。何度でもおまえを愛すると誓う」

「お揃いですね」

肩を揺らすと、オルティウスにもう一度唇を塞がれた。

春の柔らかな風が胸の中を舞うかのような喜びに心が満たされる。

二人は許されるギリギリの時間まで他愛もない触れ合いを続けた。

エピローグ

舞踏会で起きた一連の騒ぎについて、オルティウスは速やかに実行犯を捕縛し客人たちの前へ晒した。

身勝手な逆恨みに端を発する動機の公表と、刑は速やかに執行する旨。それから今回の件はカリヴェナでの過去の政治事変に由来したため、今後の保障や責任の所在についてカリヴェナ側と話し合いを行う旨をデトレフと共同で発表した。

エデルとミルテアは客人たちの心証を少しでも和らげるために日を開けずに規模の大きな昼餐会や茶会を開いた。

「……あのね。わたし、お義姉様に謝らないといけないの」

シモンの刑が執行され、慌ただしさが少しだけ落ち着いたある日、オルティウスとの面会のために二人で一緒に歩いていると、リンテが唐突に切り出した。

「え……？」

「グラーノ城で勝手に私闘をしてごめんなさい。レスラフに負けちゃって……みっともないところを見られちゃって、逃げ出しちゃって……。あの時のわたし、勝負に負けたショックで余裕がなくて。それで、お義姉様から逃げちゃって。謝る前にお義姉様は記憶を失くしてしまって」

自分が占いに興味を持ったことが発端になったのだと、リンテはずっと気にしていたようだ。思えばあの時、ロートレイツ公爵はリンテに余興を観に行くよう誘動していた。その先で待つシモンが彼女と接触できるように。

「ちゃんと謝りたかったの。できれば記憶を取り戻した状態のお義姉様に」

「ありがとう、リンテ」

目を見て言うと、リンテが照れ笑いを作った。

「あと、ね。塔から落とされたわたしに頑張ってって、言ってくれたでしょう。あの時お義姉様が励ましてくれたから、わたしは頑張れた。シモンの暗示になんか負けないって。お義姉様もきっと自力で解いたのだわって。そう思ったから、わたしもあの男に負けてたまるかって。根性出せたの」

あの日のことはオルティウスから教えてもらった。

シモンがミルテアだけ塔の中へ招き入れたのは、目の前で子供が塔から落ちる瞬間を見せるため。絶望を植えつけるためだったという。

ミルテアは室内で縛られ、娘が落とされる瞬間を見ていることしかできなかった。

「オルティウス様が間に合ってくれて本当に良かった。あの時言った通り、またリンテとお話しできて嬉しいわ」

「わたしも」

どちらからともなく手を握り合い、ふふっと笑い合った。

そのままオルティウスが待つ部屋へ向かうと、彼がお菓子を用意して待っていてくれた。珍しい果物もあるという。

「レスラフの刑が決まった。催眠術にかけられていたことと年齢を考慮して極刑にはしないが、終身刑の上で労役《ろうえき》を科すことになるだろう」

「グラーノ城での一件は、わたしにも落ち度がありました。レスラフ・ゲレメクに対する陛下のお心遣いに感謝いたします」

三人だけの室内で、リンテが正面に座るオルティウスに頭を下げた。

子供特有の無邪気さをどこかへ置いてきたような、ミルテアを彷彿とさせる所作と声。

その大人びた所作にオルティウスが微かに目を見張っていることが窺えた。その気持ちにエデルも共感してしまった。何だろう、リンテが短期間のうちに十歳ほど年を取ってしまった印象だ。

「グラーノ城ではリンテにも未熟さがあった。だが……、彼の根底には女性に対する根拠のない男性優生の思想があった。どのみち、あれではいつか何かしらの騒動を起こしていただろう」

シモンにつけ込まれたのは、彼自身に隙があったせいだ。リンテが気に病むことではない。オルティウスはそう続けた。

「それからシモンの証言にあった、あの男に催眠術を教えた男を現在カリヴェナ側で捜索してもらっている。そいつが見つかり次第オストロムへ連れて来て、シモンがかけた催眠術を解かせるつもりだ」

「ゲレメク卿やイプスニカ城内で暗示にかけられた騎士や下男たちの暗示が解けることを願います」

「あの男は細々《こまごま》とした細工を行っていたからな。前後の記憶をあやふやにしている者はまだ生活に支障はないが、ゲレメク卿は未だに従兄弟がどうのと言っている」

シモンはイプスニカ城に潜伏中に、たまたまゲレメク親子の会話を聞いた。利用できると判断し、親子に催眠術をかけ親族に成りすましたのだそうだ。

あの日、屋根の上で拘束されたシモンは催眠術を解くことに関しては、最後まで否と言い続けた。リンテが救出され彼自身拘束され、野望は潰《つい》えたというのに反省の色は最後まで見せなかった。

「蠟燭と水を組み合わせると爆発が起きるだなんて。わたし初めて知りました」

「悪知恵だけは働く男だったな」

リンテの言葉にオルティウスが頷いた。

彼は一発逆転を狙い、舞踏会に照準を合わせた。混乱のどさくさでリンテを連れ出そうと画策し、そのために蠟燭に細工をしたのだ。いくつかの蠟燭に穴を開け水を仕込んでおいたのだ。

時間経過とともに蠟が溶け水と合わさり火の手が上がるという仕組みだった。

「あの……陛下」

リンテが居住まいを正した。

「畏まった席でもないのだから、兄と呼んでくれて構わないのだが」

オルティウスが訝しげな声を出した。

リンテの隣に座るエデルも突然どうしたのだろうと内心首を傾げた。

「わたしは……、大人になろうと思います」

「あ、ああ……」

オルティウスの口から気の抜けた声が漏れる。

「今まで大人になんてなりたくないと逃げ回っていましたがやめます。騎士になる夢も……諦め……ま……す」

きっとこの宣言は、リンテの中での一区切りだったのだろう。灰青の大きな瞳からぽろぽろと雫が零れ落ちる。

「あ……れ？　どうして……？」

リンテは頬を引きつらせながら涙をぬぐう。

彼女の中でどれほどの葛藤があったのか。想像に難くない。出会った頃から言っていた。大きくなったら騎士になりたいのだと。

その夢に彼女は己の手で引導を渡した。

「我慢するな、リンテ。苦しい時はちゃんと泣いておけ」

「うっぅ……」

兄の言葉を受けてもリンテは歯を食いしばり、嗚咽をこらえる。

オルティウスが腰を浮かせた。躊躇いがちにリンテの隣に着席し、たっぷり逡巡したのち彼女の頭に手を乗せた。

ぎこちない動作であった。でも、その中には確かに兄としての情を見つけて。

エデルも彼女の肩にそっと手を置いた。

「王として感謝する、リンテ」

オルティウスが小さな声で呟いた。

　舞踏会の招待客らが順次帰途に就いた最後、デトレフが出立する日がやってきた。

ミルテアとリンテ殺害未遂の罪を犯したフェレン・レニス・ロートレイツ公爵も同じ

隊列でカリヴェナへ移送される。

彼はカリヴェナにて終身刑が決定した。

「このたびのミルテア王太后殿下の温情に感謝いたします」

出立の前日、オルティウスは帰国する親戚に対するささやかな晩餐会を開いた。その席でデトレフは改めて頭を下げた。

「いいえ。わたくしは叔父上に温情を与えたわけではありません。今の彼にとって死は楽になる方法であると考えました。逃げ道を与えたくなかったのです。それから、そう簡単にデニシューカと同じ場所へは行かせたくない。そう思い叔父上を生かすことにしたのですよ」

ミルテアがゆるりと首を振り、心の内に秘めていた想いを口にした。

牢に閉じ込められて以来、フェレンは現実と夢の間を彷徨ったままだ。己の殻に閉じこもりこの世にはいない人間に縋《すが》りつくことしかできない彼は、この世界で生き続けることこそが罰なのだろう。

ミルテアが話す言葉を聞きながら、オルティウスはそのようなことを考えた。

「オルティウス兄上、いつかまたお目にかかることができた際は、剣稽古をよろしくお願いします」

「次までにもう少し鍛えておけよ」

出立前のひと時、従兄弟として気安い言葉を交わし合う。

「次の機会はルベルムの結婚式の時でしょうか。そうなると、やはり次の剣稽古は思い切り手加減願います。列席者が筋肉痛ではルベルムも可哀そうでしょう」

「僕よりも前にデトレフ兄上の結婚が先なのでは？」

結婚という言葉が独り歩きをしたらどうするのだ、とばかりにルベルムが割り込んだ。

「僕は……どうでしょう。誰かいいお嬢さんがいれば前向きに考えますね。オルティウス兄上とエデルツィーア妃殿下の仲睦まじい様子に色々と感化されたので」

デトレフがにやりと笑った。

オルティウスの隣でエデルが頬を赤くしている。そういう可愛い顔は己の前だけにしてほしいなどという独占欲がむくりと湧き起こる。

「では、また」

最後くらいは明るく締めたい。皆がそう考えているのが分かった。

遠ざかる隊列を見送ったのち、ルベルムが王立軍の寄宿舎へ帰っていった。

リンテも「わたしはこれから詩作の授業がありますから」と淑女の礼を取ったのち部屋へと戻っていった。

（リンテは憑きものが落ちたかのようにすっかり落ち着いたな）

後ろ姿を見守りながら思う。もしもリンテが一介の領主の娘であったなら。どこかの町に生まれた平民の娘であったなら。彼女は騎士になりたいという夢を抱き続けることができただろう。

試験を受けパティエンス女騎士団に入団し、厳しい訓練に身を費やし、同期たちと励まし合う未来があったかもしれない。

けれども、彼女が生まれたのはオストロム国王のもとであった。王子と王女では、いくらこの国がオストロムであろうとも求められる役割が違う。

外国へ嫁ぐという選択肢が存在している以上、本気で騎士になる訓練を行わせるわけにはいかなかった。その身に傷を負わせるわけにはいかないのだ。

いつかエデルが言っていた通り、彼女の成長に必要な時間が過ぎたのだろう。

リンテはもう自分の気持ちを優先させたがる子供ではない。一歩を踏み出した。

(あいつの夢を諦めさせたんだ。父上の分まで、俺が守っていかなければいけないな)

ふわりとそのような決意が胸の中に咲いたのだった。

オルティウスとミルテアと共に中庭を経由して城の奥へ戻る道すがら、花壇で複数の蕾《つぼみ》が揺れているのをエデルは何とはなしに眺めた。

「わたくしはデトレフ殿下にデニシューカの絵を託しました」

ミルテアの方へ顔を向ける。彼女はそよ風に揺れる小花を見つめていた。

「お義母様……？」

「あの子の恋人だった青年は、ずっとあの子をモデルに絵を描き続けてきました。肖像画ではない、彼の目に映った幸せに笑う素のデニシューカです。それを、デトレフ殿下にもらってほしかった」

ミルテアが切なげに目じりを下げた。

「あの子のことを忘れないでほしかった。わたくしのエゴです。デトレフ殿下に、実の母親の在りし日の姿を持っていてほしかったのです」

ミルテアは胸の中にある塊を押し出すようにほんの少し顔を歪めながら言った。

デトレフがデニシューカ王女の息子……？

まさか。そんな。予期せぬ告白に驚きつつも、頭の中でいつかの会話が蘇った。

中庭でフェレンと相対した時のことだ。

――生まれた赤ん坊たちを見て初めて笑顔を見せた。

ミルテアは赤ん坊と話していたのに、フェレンははっきりと赤ん坊たちと言ったのだ。

――私以外の男に笑った顔を見せるのは気に食わなかった。だから片方は捨ててやったのだが……

一つの答えに辿り着く。

デニシューカが産み落としたのは双子だった。フェレンは生まれた子であっても、己以外の男へ笑みを零すデニシューカが我慢ならなかったのだろう。男児だけ彼女から引き離したのだとしたら。

そして、その男児がデニシューカの兄に引き取られていたのだとしたら。

デトレフもアルーツェも銀色のチャームを持っていた。

きっとオルティウスもエデルと同じことを察したのかもしれない。

「母上……」

「わたくしは……、デニシューカの産んだ子供たちのことを、誰かに知ってほしかったのかもしれません。彼らの道は、二人が引き離された時から分かたれています。もう交わることはないでしょう」

マレノ家の娘としてエデルに仕えるアルーツェ。

カリヴェナ王の息子としていずれは重責を担うデトレフ。

二人はこれからそれぞれの道を歩いていくことになる。

ミルテアと別れたあともエデルは揺れる花々を見つめていた。

花を揺らす風はどこへ吹いていくのだろう。

デトレフとアルーツェも同じ風を感じてくれていればいい。そんなことを思う。

「エデル」

ふわりと後ろから抱きしめられる。

「オルティウス様？」

「おまえが風に攫われるかと心配になった」

「アルーツェもデトレフ殿下もチャームを大事にしていました。だからきっと……」

「……いつかまた巡り合える」

たとえお互いに家族だとは知らされていなくても。

大切にしているものは同じだった。その想いは、心は、離れていてもどこかで通じているはず。そうであると信じたい。

だってこの空は繋がっているのだから。

エデルは遠い地で暮らす母を思った。オストロムに嫁してから出会った人々のことを。取り戻した大切な思い出を胸に、自分はこの土地に根ざしていく。

「わたしはティースもリンテもアルーツェも、大切な人たちを守れる王妃になりたいです」

「俺も誓う。エデルや母上、双子たち。それからオストロムの民を守れる王であり続けると」

エデルを抱きしめるオルティウスの腕がぎゅうっと強まった。

愛する人に包まれて、エデルは青い空を見上げた。

あとがき

はじめましての方もお久しぶりの方もこんにちは。高岡未来です。

黒狼王と白銀の贄姫、新シリーズ一巻をお手に取ってくださりありがとうございます。

今作から装画をＮｉＫｒｏｍｅ先生にご担当いただけることになりました。

お忙しい中お引き受けくださり本当にありがとうございます。キャラクターラフを先日拝見しまして、とってもとっても（無限大）素敵で、ＰＣの前でしばし呆然と見入ったのち、頬がにやけ口から黄色い悲鳴が飛び出しました。エデルのドレスも素敵ですし、二人の間に流れる空気がとても幸せそうで、ずっと眺めていられます。

新シリーズということで、副題も変更になっています。エデルとオルティウスがオストロムという国で互いを慈しみながら寄り添い歩んでいくというイメージで考えました。

作中エデルがちょっと大変な目に遭うのですが、改めて求愛活動に勤しむオルティウスを書くのが楽しかったです。過去を思い出して殴りに……のあたりがお気に入りです。

わたしはヒロインが大好きすぎて斜め上に迷走するヒーローが大好きなので、今回は少しその要素が入っていたのかなと思います。

また今作では、ずっと書きたいと思っていたリンテの思春期も書かせていただきました。リンテを甘やかす前国王（父親）をオルティウスが見たらビックリするのだろうなあと。兄と妹の距離もずいぶんと縮まったかと思います。終盤の、エデルを交えたオルティウスとリンテのシーンにはわたしもしみじみしました。

担当さんには最初から最後まで大変お世話になりました。最初の打ち合わせから改稿まで、いつも担当さんのアドバイスに助けていただいています。特にじっくり改稿に付き合ってくださいまして、最後まで緊張感のある展開になりました。

特に今回はいつも以上に担当さんが奔走してくださいました。こうして一冊の本になったこと、本当に嬉しいです。ありがとうございます。

冒頭でも述べましたが、装画を引き受けてくださったＮｉＫｒｏｍｅ先生にも改めて謝意を。そして読者の皆様、いつも応援ありがとうございます。皆様のおかげで小説二巻のコミカライズ制作が決定しました。コミックス三巻も三月十四日に発売になりました。そしてもう一作、『わたしの処女をもらってもらったその後。』のコミックス一、二巻も好評発売中です。併せてよろしくお願いいたします。

校閲様にもいつも助けていただいております。編集部の皆様、書店の皆様、他この本に携わってくださる皆様にも感謝申し上げます。

またお会いできることを楽しみにしています。

高岡未来

<初出>

本書は書き下ろしです。

◇◇メディアワークス文庫

黒《こく》狼《ろう》王《おう》と白《はく》銀《ぎん》の贄《にえ》姫《ひめ》1
辺境《へんきょう》の地《ち》で最愛《さいあい》を育《はぐく》む

高岡未来《たかおかみらい》

2024年3月25日　初版発行

発行者　山下直久
発行　株式会社KADOKAWA
〒102-8177　東京都千代田区富士見2-13-3
0570-002-301（ナビダイヤル）
装丁者　渡辺宏一（有限会社ニイナナニイゴオ）
印刷　株式会社暁印刷
製本　株式会社暁印刷

●お問い合わせ
https://www.kadokawa.co.jp/（「お問い合わせ」へお進みください）
※内容によっては、お答えできない場合があります。
※サポートは日本国内のみとさせていただきます。
※Japanese text only

※定価はカバーに表示してあります。

Printed in Japan
ISBN978-4-04-915175-6 C0193

メディアワークス文庫　https://mwbunko.com/

本書に対するご意見、ご感想をお寄せください。
あて先
〒102-8177　東京都千代田区富士見2-13-3
メディアワークス文庫編集部
「高岡未来先生」係

◇◇◇

薬師と魔王（上）

永遠《とわ》の眷恋《けんれん》に咲く

優月アカネ

既刊3冊
発売中！

元リケジョの天才薬師と、美しき魔王が織りなす、運命の溺愛ロマンス。

元リケジョ、異世界で運命の恋に落ちる──。

薬の研究者として働く佐藤星奈は、気がつくと異世界に迷い込んでいた──！

なんとか薬師「セーナ」としての生活を始めたある日、行き倒れた男性に遭遇する。絶世の美しさと、強い魔力を持ちながら病弱なその人は、魔王デルマティティディス。

漢方医学の知識と経験を見込まれたセーナは、彼の専属薬師となり、忘れ難い特別な時間を共にする。そうしていつしか二人は惹かれ合い……。

元リケジョの天才薬師と美しき魔王が織りなす、運命を変える溺愛ロマンス、開幕！

メディアワークス文庫

星降るシネマの恋人

梅谷 百

スクリーンの向こうのあの人と恋をする。

時を超えて出逢うシンデレラ物語。


　あの人と私をつなぐのは、８０年前の一本の映画。


　丘の上のミニシアター「六等星シネマ」で働くことが唯一の生き甲斐の22歳の雪。急な閉館が決まり失意に暮れていたある夜、倉庫で見つけた懐中時計に触れて気を失う。目覚めたのは1945年。しかも目の前には、推しの大スター三峰恭介が！

　彼の実家が営む映画館で働くことになった雪は、恭介の優しさと誠実さに惹かれていく。しかし、雪は知っていた。彼が近いうちに爆撃で亡くなる運命であることを――。

　号泣必至の恋物語と、その先に待ち受ける圧巻のラスト。

『キミノ名ヲ。』著者が贈る、新たなるタイムトラベルロマンス。